胡竹峰 作品

惜字亭下

湖南文艺出版社

前　言

故家青瓦泥墙的老房子渐渐忘了，耳鬓厮磨的日常也如云烟，时过境迁，找不到丝毫影迹。老街口的惜字亭还在，风风雨雨，不改古朴模样。天晴时候，有老人去亭下焚烧字纸，又古典又清闲，砖炉纸灰仿佛透着幽静，飞扬出诗书礼乐的韵致，飘飘然遁入暗黄淡然的遥远心境。

依稀记得当年亭边农户，门庭清幽，草木扶疏，夏天格外青葱翠绿。屋旁开辟有菜地，种了茄子、辣椒、南瓜、扁豆、向日葵。一株青藤绕上毛桃树，不知不觉爬到枝头蔓延过树顶，无风也微微晃动。有人在门前汲水、灌溉、浆洗衣物，几百年来上上下下，青石板台阶被脚底磨得光滑透亮。牧童牵牛过桥，一身夕照，像诗像词像曲又像画。

旧时儒生乡绅自愿组建惜字会、敬字社，尊孔尚道，叫人爱惜字纸。《帝京岁时纪胜》上说，二月初三文昌帝君圣诞日，文人行礼拜祭并举办"敬惜字纸"香会，在文昌祠、精忠庙、梨园馆或各省会馆献贡演戏，动辄聚集千人。北地如此，南方也不例外，雇人沿街定期收取废旧的字纸残书汇总焚化，余烬投入江河。古风绵延几百年，风雨无阻。凌濛初有诗专颂道："世间字纸藏经同，见者须当付火中。或置长流清净处，自然福禄永无穷。"他的话本里，敬惜字纸的人得享安详、福及子孙。

《二刻拍案惊奇》里的故事，宋朝有人拣拾遗弃在地上的字纸，落在粪秽中也设法取将出来，洗净烘晒再焚化，行径多年不改。妻子有娠将产，梦见孔圣人吩咐道："爱惜字纸，阴功甚大……遣弟子曾参来生汝家。"果然生得一儿，感梦中之语，取名王曾，后连中三元，人称状元宰相，封沂国公。传奇上还说一客梦科考事，有人孝顺友爱、广行惜字、多积阴功，果然得中。有人争强好讼，爱作风流小说，应除名。那人醒来，一一验证，与梦中无误。话本好奇谭怪事，笔涉迷信，诸多无稽，但其中多警醒心向善心，有劝世教化之旨。

中国人认为字是神圣的，对字纸有特殊心理。燕京旧俗，污践字纸几乎与不敬神佛不孝父母同罪。仓颉造字，惊动了天地鬼神，只因文字有灵。昔年渔民习俗，出海前虔心去一读书人家，请回字纸压在船舱底，算作破浪远航的定针。

《颜氏家训》上说，读圣人之书，应严肃恭敬相对。故纸上有经文和贤达姓名，从不用在污秽处。古人劝勉字纸善行，让人守住笔下的清正光明。有关性命、功名、闺阃以及婚姻之类，谨慎再谨慎，忌淫词艳曲兼以书文讥诮他人，不可离间骨肉，倾人自肥，不可凌高年欺幼弱，更不能挟私怀隙谋害别人，唆人构怨，颠倒是非，使人含冤。损子堕胎的偏方不可刻印，否则害了自己命格。这样的"惜"是敬是止是仁是义，因果报应不管，为人处世堂堂正正，多些磊落，踏实安稳。

祖父略通文墨，桌底备有竹筐，将写有字的废纸团成一球放入其中，隔十天半月，找一树下或河边焚去，观想所烧字灰中一切法义与大地众生结缘。幼年记忆里，纸灰浮扬上空或随水波悠悠荡荡漂远了，引得一阵遐想，让我懂得百姓之礼自有端庄肃穆。

北宋李成画风简练，惜墨如金，取景平远旷阔，渴笔画寒林枯枝，树身以淡墨涂抹。后人说画家用墨微妙，泼墨气势磅礴，惜墨骨骼疏秀，文法也如此。有人删繁就简，有人由简入繁，各寻路径上了宝山。李渔不喜欢元词楔子，觉得太老实，说文章忌讳开口骂题，随意惜字如金，容易鲁莽灭裂。他的《闲情偶寄》自抒性情纵酒臧否，不乏风雷气概，行文恰切可见锤炼词句功夫，《笠翁十种曲》更是言辞精当。

古书读了几十年，越来越在意纸页的鲜活风华，那是先贤人世一游的痕迹。下笔节制，有惜字之心，或许更能写出风骨写出安静写出宏大气象。清人安祯作《惜字》诗："羲皇一画本先天，仓颉演成字万千。会意象形涵妙理，岂堪抛掷不加怜。"有爱意、有敬意、有惜心、有文心。爱意、敬意、惜心、文心，是情怀是境界，比起承转合珍贵。

文章各有机缘造化，旨趣性情不一，开花结籽，风貌迥异。

古风古韵渐渐阑珊，策马迎着一抹夕阳，不知暮色已至。夜宿鸡声茅店，晓月清辉照见板桥霜上的足迹，旧士人的背影并未走远。于是回归元典，偶转前人，与古为徒，抒发一己之思，书写一家之言。文章最怕掇拾陈词，株守俗见，拘囿于别家瓜田篱笆屋檐，一团精光性灵不得从胸襟流出，遮了自家面目。

暮雨青衫，西风流年，时间比逝水无情冰冷。几万个晨昏在瓦屋木窗外踏马走过，惜字亭还在，法相庄严，如见祥云。惜字亭好，惜字更好，下笔放任自流，也要惜字，点横撇捺一笔一画如镂金石。

好文章正大里放出光芒，照过心眼，所谓光明正大。正大才稳妥，尘世所求无非稳妥，岁月稳妥，身心稳妥，家国稳妥。袁宏道游览武陵，入德山盘桓近月，与诸衲极谈，体悟良多，欣喜无量，给友人手帖报喜，说学问乃稳妥，不复往来胸臆间。此后果然文采浓郁，识见脱俗，大宗师气度在焉，那是山中得道了。文章本在林深处、白云间，作文者要一意孤行，远上寒山石径。枯井底的青蛙，自在而鸣，胜过鲫鱼，尽管鲫鱼汤鲜美。

风骤起山峦，说不尽云山雾沼，应无所住，而生其心。由草野入洪荒，寻兽迹，觅虫痕，察秋毫，或看日月星辰，或察风雨霜雪，悠然自适，自适就好，文章最怕不自适。言词之箭，达意即可。

二〇二一年九月八日，合肥

目　录

辑　一

辑
一

云　深

　　宋元古画里的云，辽阔深远。苍黄的旧纸老帛俨若大千，一些山脉一些树木一些流水隐在云深处，深不可测，总觉得其中有隐士，不知姓名不知行状，兴许如先秦晨门、接舆、荷蓧丈人、长沮、桀溺一类大贤。

　　读山水，读的多是云是雾。打开手卷，一点点抻拉，云出来了，不知道是春天的云、秋天的云，还是夏天的云、冬天的云。云一白，朱印格外红，旧时朱砂颜色真好，红得有体温。远远地，看见树在山岚间一片又一片，或在某个角落枯荣挺立，婆娑虬枝，自在安稳。叶子和枝丫，以墨点绘成。有树就有草，浅浅生在画面下端。不远处是河，河上有船，淡墨寥寥几痕人影，无面目有精神，无线条有气度。岸上往往有亭，空空无人亦可，几客闲坐亦可。远山大片的云，几百年了，旧日的云总也不散。偶尔，云间石路上，立着一长袍老翁，拄短杖向山林深处走去，深处是苍茫的白云。

　　春看晓云。破晓时山间的嬉啼，是群鸟的喧哗。曙光初现，壮阔欢欣的原野呼应着浩大的黎明之光，紫色的烟云逐渐绵延露白的天际。夏则看夜云。夜里远近潺湲的流水，幻化成山谷冉冉的云岚烟雾，一缕又一缕。月亮上来的时候，星云飞入夜空。秋日黄昏，日近西山，倦鸟归巢，两只三只四五只飞过，远山云间隐约有大雁结伴远去。暮色渐浓，云赤红色酱红色浅红色橘红色粉红色。云深处，日影如幻如梦。冬天早晨，雪后自不必说，地冻霜白，纤细白云与山相依，令人神迷遐想。

谷雨时节去九华山看茶。追云而上，走到云里，云又在前头。茶山高耸入云，上到山顶发现云又在山之外，从半山腰升起，像一朵朵莲花，升到高处，缓缓四散飞天。云深处可望而不可即。

宣和年间，皇家园林艮岳刚刚建成，赵佶令东京开封附近山民制油绢囊，以水浸湿后放在深山上收纳云雾，作为贡品，是为贡云。每每驾车游玩时，打开油绢囊，须臾，云开四散，仿佛行走在千岩万壑间，如神山仙境。

苏轼也集云，说云气自山中来，像群马奔突，以手掇，开笼收其中，回家后，云盈笼，开而放之，作《攓云篇》。苏轼攓云，后人视为风雅。清初名士王渔洋还以身印证，说他在秦栈道，路两旁石罅间烟气如缕，弥漫山谷，行人衣袖中皆有云。

深秋去山里，通体萎去的芒草顶着一束银灰色芒花。芒花毛茸茸的，柔软蓬松，山下仰望如云，让人有些恍惚。山坡上一棵老树又高又壮，浓密的松针闪着油光。想起小时候在老家常见的古松也那样好看那样挺拔，每日路过，觉得松顶就是云。

"上学去？"

"上学去。种菜呀？"

"种菜。"

"放学了？"

"放学了。浇水呀？"

"浇水。"

松下有块菜地，常见农人劳作耕种。种青菜萝卜，种葱蒜莴笋，偶尔还在地头种一排油菜花。菜地春花秋月，与古松不相干，它孤零零矗立坝上。松花开，松花谢。松花开时，风一吹，纷纷扬扬一身。松花开时，也像云。

夜里靠在床头翻书，想起旧事。屋顶积雪融化滴答打在窗沿上。拥被而卧，忽有春意。

午饭后，想小寐片刻，躺着不是，趴着不是。迷迷糊糊，干脆睁眼撑着。撑着撑着，脑子里冒出了一些诗，起先"云深不知处"一句独秀，后来整首诗浮现了：

　　　　松下问童子，言师采药去。
　　　　只在此山中，云深不知处。

贾岛的《寻隐者不遇》，诗名大有章法，寻是一味，隐者是一味，不遇又是一味，如王子猷雪夜访戴。乘兴而行，兴尽而返，何必见戴？这样的性情，除了魏晋，哪里能见？大沼枕山句曰："一种风流吾最爱，南朝人物晚唐诗。"晚唐诗不论，南朝人物实在蕴藉风流，让人神往。

人生无非两种境地，如江河洋洋归于大海，海上生明月，静而阔，浩渺一片。又或者缘溪而行，上到深林白云间，山色空蒙中。人生往往在乐山与乐水之间徘徊，或者乐山或者乐水。这么一想，大脑越发清醒，跟着，一句句诗排山倒海一样呼啸而来：

> 策杖白云岑，云深不知处。
> 恍见云中君，白云乡里住。
> 举手弄竹云，招我登云路。
> 漫漫云路长，愿乘黄鹤驭。
> 黄鹤不复回，白云自来去。

庄子说相濡以沫，不如相忘于江湖，这是知世之言。这样的道理，染世渐深，才慢慢懂得。

住在云深处，枕着雨中千山万壑的流泉入睡。天明早起看山，坐在阳台上，看一清晨的云。阳台外的天，辽阔无际，雨丝细密密，一道又一道。树被重重地洗过了，绿得近墨，水分太足，在盛夏的空气中葳蕤苍翠。茶虽陈，有老朋友陪聊，喝在嘴里，还是乐陶陶的。用来遣兴，即便陈茶，也会让时光变得慢悠悠的，跟着悠闲、闲散、散淡、淡泊一起涌来。茶是无辜的，陈不是它的错。

也就是无所事事。无所事事地轻摇杯子，手中茶水微漾，像一泊湖水细浪拍堤。一院子树木，阳台上有朋友莳弄的兰草，树木无言，兰草无言，人也无言，无言独上二楼看云。

在无所事事之际看云，看的不是云，是心情。

好久没见故乡的云，不免起了乡思。人间处处有雨，天下何处无云。故乡的云是孤本，乌云白云红云铅云灰云黑云，千姿百态，关键还有一份故乡的风土民情。

坐在阳台，一抬头，不远处大团的云像棉花像羊群。也的确像羊群，山树是它的草原，羊群奔腾，慢慢离山而去。又像抖开的棉被，软软的，一下摊在床上。厚的云，一团团堆积；重的云，沉沉凝滞着；轻的云，随风飘散；薄的云，欲遮还羞，或丝或片，露出纯棉的白或者淡淡的灰，透过稀薄处，可见天空。

刚开始是有规则的云，风一吹，云散了，散成极有韵味的一朵朵。天空飘满了云。白云纯洁，一捧捧滚滚而来，有富足美。乌云像移动的焦墨，用干笔蘸浓墨，传统叫焦墨，焦墨可以说是最干的浓墨。灰云则是水墨，在焦、浓、重、淡、清之间焕发精神。

比我高的是楼，比楼高的是山，比山高的是树，比树高的是云，比云高的是天。天之高，不知其几万里也，天之大，更不知其几万里也。

中午出去吃饭，见一女子在厨房烧菜，头发蓬松，家居服蓬松。她看了我一眼，那是人间的云。

天出奇冷，松土冻成了酥糕，踩上去咯吱咯吱响。

站在楼头远望，一人携子散步，稚儿忽站树下小遗，生怕他出尿成冰撑在地上。

居家觅读，扉页有前辈手跋："三十年前印旧书，摩挲字迹已模胡。存亡继绝真难事，不怕丢差不怕输。旧作打油一首写贻竹峰兄。念楼。"模糊作"模胡"，赠作"贻"，是老派习惯，也是老派风气老派坚持。

读书况味如看云。有人捡拾往年文集，感慨尚有做作，却亦颇佳，说自己垂老自夸，亦可笑也。难得垂老自夸，云深处展颜一粲。

好文章如云，所谓行云流水，挥毫落纸如云烟。

二○一八年一月八日，合肥

古　环

多年没有见过这样的大雪。一路树木毁伤无数，地上大片断枝，几株香樟树连腰折倒，倾在雪地里。不知前天风雪夜里有过怎样的挣扎。倘或是乡下，天晴得久了，自有妇人去山头将断下的树枝一根根捡回生火做饭。饭熟了，铲出灶下的炭火放入脚炉。晌午时分，小睡醒来，穿布鞋轻踏在火盆上，炭木渐渐蒙上白灰，一点点暗淡，一本书翻完，晚饭也好了。

窗檐积雪开始消融，关起门窗说话，况味最好。三个人围坐，室灯并不透明，互相讲书事文事，觉得很有意思。烟斗里烟雾清淡如雾，人脸刹那恍惚了一下。想象他在书房小窗前握着烟斗写作的情景，那是种闲书境界。

郁达夫出过本杂稿集，书名即为《闲书》，自白都是闲空不过，才拿起笔来写出的短长杂稿。又说："中国一向就把看书当作是消闲的动作，故而对于那些小说笔记之类的册籍，统叫作闲书，说它们是无关大体，得遣闲时；我以为这一个称呼，实在是最简洁适当也没有的了，所以就拿来做了我的书名。""被天强派作闲人之后，他的寂寞与凄凉，也并不是可以借了一句两句的话来说出的。"

看他的《会饮记》，有种烟丝软醉，像郁达夫"醉眼朦胧上酒楼，彷徨呐喊两悠悠"况味，看起来是闲人，实则有深切有关怀。那些文章写于野狐狸庵。野狐狸庵是作家远藤周作的斋名，他拿来做了自己的堂号。恍惚里，冒出"窗含西岭千秋雪"的句子。西岭千秋雪的荒野中，一只野狐狸碧眼幽幽，走向寂寞隐秘的丛林，一行脚印，深深浅浅逶迤。他取出一枚三才环送我，接过，打开，野狐狸庵的小狐在环孔里倏忽一闪。

环为玛瑙所制，润洁若玉，放掌心，可见柔光。隐约点点沁色，斑斑如苔花。不知何沁，也不知何年月何人何工。人与物的缘分，也是老天注定的。这枚三才环，一天天一月月一年年一代代，不知经历几世，才落入我手中，一世之后，又将踪归何处，更不知也。相赠之情我知，其中大美可浮一白。

好文章当有狐气。《聊斋志异》有狐气，美艳的青狐，不知从何而来，不知迹归何处。张岱的文字也隐藏有狐狸，一只白狐在雪地，上下一白。雪上唯白影一痕、碧眼两点与古木数棵、苍石三五粒而已。韩愈的文章常有一只灰色老狐狸卧在老松上。庄子则是飞狐，忽在林中，忽在云端。一只只古代的白狐飞入雪中，抖擞一团团银绣球，化为北冥之鱼。

雪狐生机勃勃，是雪地精灵。飞扬欢快，没有一丝颓废与衰飒。

当年大禹治水来到涂山，遇到一只求偶的九尾白狐。天人相感，大禹娶涂山氏之女于台桑，涂山人作《涂山歌》：

> 绥绥白狐，九尾庞庞。
> 成于家室，我都攸昌。

《涂山歌》里有喜气，是赞歌也是祝词。屈原《天问》："焉得彼涂山女，而通之于台桑？"《吴越春秋》记载，涂山女名谓阿娇。阿娇是个好名字，如狐女之名。蒲松龄笔下狐女所生之子貌韶秀，有狐意。我见过狐，貌美态憨，眼里隐隐含笑。

——那些书生，那些荒废的庭院、楼台，那些各式各样的狐，幻化为绝色女子在人间悲欢离合，将幽暗的夜晚点染出一片汪洋春意。蒲松龄下笔不是《录鬼簿》，不是《平妖传》，不是《封神榜》。蒲松龄的狐是老先生怀里的白猫，是案头的红袖，是纸端的墨猴。

《聊斋志异》之后再无狐狸。

某年某月某日，梦一女子身披大氅看雪。女子清清爽爽、干干净净如一束桃花，眉目依稀有狐气。正开口说话，忽地隐去，混沌一片……此女该是出自《聊斋志异》外传，或者出自明清画师的仕女册页，或者是来自心源。

两册铸雪斋抄本《聊斋志异》，放在会校会注会评本《聊斋志异》一旁。扉页留有二〇一一年一月一日钢笔写下的小记："生病了，浑身无力，在床上躺了一天。晚间起来吃饭时，睡意浓浓，身体尤倦，不能久坐。在床头读此书，借鬼狐气压病体之倦耳。"

《聊斋志异》里的鬼狐是一个人的后院。后院总有雪，厚厚的雪，压满梅枝，荷池里也满满是雪。聊斋的冬天格外漫长，漫长得无穷无尽。推开院门，天地一白，左边是白右边是白，除了白还是白，白日梦里也是木沉沉的白，像白梅开在白雪里。聊斋书案上，旧墨在砚台磨出一串串墨花，黑字透亮，静静照着白的世界。

读《聊斋志异》不知道多少遍，最喜欢那些鬼狐，至情至性，有人间态有人情美。一样是俗世的男欢女爱，人心的婉曲，腾挪着，瞬息移到了一个传奇的异域，编织成一曲尘世之外的动人之歌。每每读来，神随境走，出离凡俗，可得一时快慰。蒲松龄畸才之大仿若灵鬼转世，总感觉他在写作的时候，有风雨敲窗，青灯昏黄。

纪晓岚不喜欢蒲松龄，认为才子之笔非著书人之笔。著书人凿凿大言，固然掷地有声，才子之笔往往独抒性灵，行文逍遥。蒲松龄是得了庄子笔意的人，上天入地，摘星下酒，酒入愁肠酿出一群灵狐，一笔笔写下一个又一个诡谲瑰丽的故事。一管笔泛着药香，水晶般的句子绕室三匝，暗夜如墨，再也无迹可寻。

《聊斋志异》一书，稗官传奇的翘楚，家弦户诵，妇孺多知，有大气力也。词外之意颜色大好，偶见村儒的小气，好歹一字一句都是自己。有读书人贬损其内容千篇一律，胡适先生也说蒲松龄取材太滥，见识鄙陋。书事自有机缘自有慧根，秋坟鬼唱果然不是人人听得，满街争说蔡中郎，定有人冷眼一瞥，不以为然。

晏婴奉命使楚，楚王存心侮辱他，说齐国无贤，居然派这个矮人来，不得走正门。晏婴说齐国街上人摩肩接踵，挥汗成雨，挥袖成云。那样的先秦古都，比起地方小郡，也像是黄酒之于白干，稀饭之于馍馍，鲈鱼之于大蟹，黄犬之于骆驼。

临淄大街小巷遍布作坊，晶莹剔透的璧、琮、圭、璋、璜、琥被精心雕琢打磨出来，仪态庄严。贵族华服晃荡有环、管、珠、佩，叮当作响。撩开两千多年的幕帘，飘然而至的古都旧物，也像一只修炼了两千年的狐。临淄城郭故人早已湮没无痕了，故都旧物依稀可见旧日繁华，编钟里往昔声色余音袅袅。

在博物馆一个个大厅里看，霸业厅、韶乐厅、武威厅、城郭厅、稷下厅、礼俗厅、火牛阵厅。燕昭王时，燕将乐毅破齐。田单诈降，于夜间用牛千余头，牛角上缚上兵刃，尾上缚油浸的芦苇，以火点燃，猛冲燕军，并以五千勇士随后冲杀，大败燕军，乘胜连克七十余城。安史之乱，宰相房琯模仿古阵法火牛阵对敌，征集耕牛两千多头，结果牛群掉头，冲散了自家阵形，被人一路追杀，四万唐军阵亡。此后，北宋王则，南宋王德、邵青，直到民国年间，还有人用火牛阵，这些人全部失败。

在乡间见过疯牛，刚健如滚雷，呼啸而来，无坚不摧，人莫敢挡。疯牛最终滚下山崖，五脏震裂，牛皮做了鼓，牛角被人挂在檐下，村口牛肉飘香，三日不绝。

农人回家晚了，牵牛去河里饮水。渡过河去，举步踏过石墁，水中月碎了一池，一圈圈涟漪荡向河岸。多年前的场景，今时忆起，犹自熨帖。

他在台上讲眼下冬日这场大雪，讲《水浒传》中林冲雪夜上梁山，讲《红楼梦》中的雪，讲咏而归。当日一众弟子在夫子面前各言其志，子路志在治千乘兵车之国，冉有三年可使小国足民，公西华愿为小相。曾点在旁鼓瑟，放下瑟直起身来，言道，暮春时节，换上春衫，约五六个朋友，六七个少年，一起到城西的沂水中游泳沐浴，然后到城里舞雩台上吹风，最后唱着歌，兴尽而归。孔夫子悠然神往，喟然感叹，他和曾点想法一样啊。

秦相李斯被腰斩于咸阳，父子相对痛哭，临刑回想当年牵黄狗到上蔡东门外狩猎狡兔的时光，痛惜再也不能回去了。后人以"东门黄犬""东门逐兔"作为官遭祸、抽身悔迟之典。那年李由休假回咸阳，其父李斯摆设家宴，百官来贺，门前车马以数千计。李斯想自己从过去一介布衣，到如今位极人臣，念及荀卿的话，物禁大盛，盛极则衰，心里又茫然又舍不下爵位俸禄。

庄子垂钓于濮水之上，楚王使人求之入仕为官。庄子持竿不顾，说不想变成死龟，供奉在庙堂上，宁愿做一只活物在泥浆里自在曳尾。曳尾涂中的欢乐自有逍遥，庄子不是范仲淹，居庙堂之高则忧其民，处江湖之远则忧其君。春日在九华山下，见到滕子京墓，想起《岳阳楼记》。范仲淹文章大好，深得音律之美。"政通人和，百废俱兴"八字百读不厌，让人感动，其中有天地之大美天地之大爱。天地之间，以慈爱最美。天地无有恩意，恩意在政通人和，百废俱兴。

读完《范文正公集》，云山苍苍，江水泱泱。先生之风，山高水长。范仲淹有士气，有真趣，真趣里有大开大合的精致，放浪间的简约，有太多话头可参，比后世中国文人闲趣高雅一路高出不止一截。范仲淹是宋人，下笔浩荡却有唐风。宋人得唐风者，两个半，一为范仲淹，一为苏东坡，王安石算半个，陆游差一点。

春日，在江南，路过滕子京墓地。拾级而上，一片翠竹掩映，当地人称其地为"抱珠墩"，中耸"天章阁待制滕子京之墓"石碑。站在碑前怀想好一阵范仲淹。

我喜欢散淡文字，过去喜欢明清小品，近来读《幽梦影》《小窗幽记》一类，觉得那是一种想象的清高、虚弱的无尘，十分可厌。中国传统士大夫讲究清高，喜欢谈禅，也喜欢亲近自然。但明清小品里的清高谈禅显得假，倒是那些山水小品稍好，好在有亲近心。张岱最好的文章是《湖心亭看雪》之类，公安三袁、竟陵派的游记皆可圈点。

明朝的文章，第一大书是《徐霞客游记》。徐霞客身体力行，笔下山水有《史记》心，也就是写史之心。写史之心、写碑之心都好，但司马迁更多有杂帖之心，比王羲之早了几百年。写史之心、写碑之心，以杂帖之心为底色方好。《史记》的好，好在司马迁的人情世故，这是大境界。写史书要有人情，后世人写史多有世故，少了人情。杂帖里有人情之美，读《报任安书》，看到司马迁身体里住着王羲之。太史公疾笔走在汉简上，仿佛青铜器苍绿的铭文，悲痛、曲折，透着股风流云散的气息，又有千万人吾往矣的慨然。

午后与友人茶叙，谈孔子、孟子，不胜向往。儒生的浩然，金光闪闪，大多人，不说千万人，或许几百人，几十人，甚至三五人，就退了。相视一笑，各自归家。

去博物馆，独留心古器铭文。

商代玉戈三字铭：乍册吾。

商代玉琮铭文四字：小臣妥见。

战国双龙形佩五字铭：公全一吉玉。

这是先秦小品文，旧时气息漫漶，比明清小品高古。高古物器中三才环我见过不少，在博物馆。

三才者，天地人也，三才鼎足。《系辞》云："有天道焉，有人道焉，有地道焉。兼三才而两之，故六。六者非它也，三才之道也。"人在，天地在。天地在，人在。人不在，天地不在。天地不在，人不在。先秦人追求与天地同在，那个美妙的终极秩序，不独天，不独地，不独人，而是天地人同呼吸。

友人偏爱《战国策》，推崇其是一等一的大文章。苏秦失意时，妻子不下织机，嫂子不去做饭，父母不与他说话。六国封相后，路过家门，父母听说了，出门迎了三十里路，妻侧目而视，嫂如蛇行，匍匐在地。魍魉世界的魑魅魍魉自古无二。

有论者说战国人跌宕自喜，非常调皮，更有天地清旷。周朝的东西委委佗佗，如山如河，战国人则像贾宝玉做小生日。贾宝玉生日，他从外头大场面的筵席上行礼如仪后散了，回怡红院与芳官、袭人等做小生日，瞒过查夜的林之孝家的，悄悄请了黛玉、宝钗等来，猜枚行令饮酒。等黛玉等人告辞去后，他们还闹到深更半夜，各人都把大衣服脱了。芳官满口嚷热，身上只穿半旧葱绿桃红夹袄裤，又褪了冠儿，松了钏儿、钗儿，只发际缀一行珍珠，灯下越发显得齿白唇红，面如满月。苏秦、张仪他们亦像这样，闹得玩得够了，横七竖八地睡下，及至醒来，天大亮，是秦朝天下了。

战国之战在乐毅，用剑刀划出道路，把鲜血染进大地，一人下七十余城。遭嫉去国。火牛阵后，燕国兵败，惠王去信表示悔意，乐毅写下《报燕惠王书》。一封竹简之书通透明亮，像经过风暴后看见的夕阳一样让人怦然心动。乐毅温润旷达如一脉潜流，流到魏晋。

春秋战国本是个泼辣的时代。韩非、申不害、苏秦、张仪、白起及战国四公子，他们任侠、悲歌慷慨，皆是一条条泼胆汉，从《诗经》里走出来，化作汉魏六朝名士风气。这风气直至晚清方才渐渐绝矣。

袁崇焕入狱，门人程本直辩冤，四次抗疏无效，愤而请死，说自己非为私情，不过为义。希望死之后，埋葬于袁公墓侧，题曰："一对痴心人，两条泼胆汉。"好个痴心人，好个泼胆汉。

午后醒来，靠在床头闲读，书上说高雅的东西：淡紫色袙衣，外面着了白袷汗衫的人。小鸭子。刨冰放进甘葛，盛在新的金碗里。水晶的数珠。藤花。梅花上积满了落雪。非常美丽的小儿在吃着覆盆子。我想加几条：插在陶罐的芒花。白瓷盏里浅浅的红茶。小可盈握的紫砂壶。舞动水袖的大青衣。冬夜锡壶里温着的黄酒，酒盅热了。佩玉的布衣男子。佩玉的布服男子是旧时月色了。

存有几枚环，绞丝环、袈裟环、丝束环、云纹环、谷纹环，取其无穷止之意。又偶得一玉质三才环，器形正圆规整，刀法利落，琢三平面，通体无纹饰，斑斓古雅，沁出高古的尊严，依稀战汉气息。难得精致小巧，亦瑞玉也，适宜佩戴把玩，也算纪念远去的年代。

贴身一枚古环，无端驰想，俨然接通了古今的幽隔。人与物肌肤相亲，遥远的时间和空间依旧无限横亘，但前人的气象气息究竟有了几许存照。

先秦礼仪，迎人赠环，绝人送玦。荀子说得更详细：聘人以珪，问士用璧，召人授瑗。我喜欢环，求的是还，是圆满与平安，是细疏是清简。

友人来访，泡壶文山包种茶，半发酵乌龙清茶，那年台北所获。一口口入喉，清香醇厚，海岛阴雨气息飘上心头。一手把玩古环，温润掌心，不忍分离，苍茫岁月化作今日潺潺流水，我偏爱这一抹古旧的光华。

二〇一八年一月十日，合肥

素 年

促席延故老，挥觞道平素。

——陶潜《咏二疏》

过了腊八，乡村开始弥漫兴发之气，一点点浓烈起来的是年味。很多年没有回乡下过春节了，今年特别，要给表弟证婚。小时候经常一起玩，放火烧田坝、斗鸡、抓鱼、爬竹子。表弟会爬竹子，噌噌噌纵上几米。转眼二十几年，念小学中学大学，然后工作，一天一天彼此越来越远，也越来越客气。

大年早晨，一家子去坟上。祖父、祖母、曾祖父、曾祖母、高祖父、高祖母，一顶顶坟头一个个人生，一个个人生一顶顶坟头。野草老了，焦黄枯萎衰败，马尾松还是青的，香樟、女贞也还是青的，枫香、银杏、乌桕、桦木枝叶凋零。走往山里的小路，鸟鸣和着松风，仿佛多年前的时光。多年前的时光不复有，这些路，祖先走过，这些石头，祖先坐过，祖先走了，路还在，石还在。这些路，我三十年前走过，二十年前走过，十年前也走过，如今走走停停，况味是日暮乡关，烟波江上。冬日之阳照进山林，疏疏斜斜，千树万树皆是人世悠远。

路过一庙，菩萨身上雕刻有"日进千斗金"五字。日进千金不够，要千斗金才够，真真觉得中国百姓有喜气有真气更有烂漫气，烂漫气尤可嘉也。浪漫人多，烂漫人少。

回家后，开始贴春联、贴门神、贴福字，一院子春色与喜气。在院子里东游西荡，感受到岁月深情。有人在听戏，戏词直吹过来，漫过耳朵、漫过房顶，与酒肉靡靡之味一体。炖牛肉烂了，香气填满厨房，溢出窗户。饭后一家人去市集买菜，天空晴朗，头顶仿佛有诸多赐福的神灵俯瞰。走在路上，心里一清，眼前的人也气象一清。春节几天，风物看上去与往常不同，山川草木、花鸟虫鱼，平生吉气，除了春节的新郎新娘。春节够热闹了，结婚是热闹事，不应该凑春节的热闹。闲坐时候忽然这样觉得。

阳光大好，几个闲人在门前池塘边草坪上闲聊。冬日暖阳下的乡村，有种兴旺的闲适，也有种慵懒的富贵，无所事事是节日的祥和。春节的氛围很安逸，空气飘浮有吉祥之神，看得见平旷阳气。中国人的明朗在春节显现得最多。世俗日子过得久了，往往颓丧，需要过节来增加仪式感。人难免颓丧，在过年的热闹处吃喝玩乐，可增元气。年岁虽长，对过年的热情一直有。乡村旧时秩序不再，普遍缺乏仪式感，好在还有春节。

一家家屋顶起了炊烟。接祖，放鞭炮。父亲弟兄四人，平常大家各烧各自的锅灶，除夕这天，一起吃年夜饭。一桌子热气腾腾的菜，一桌子热气腾腾的人。老兄弟几个喝了两瓶白酒，谈起祖父祖母，一个个热泪满面。堂兄弟和婶娘们喝了一点红酒和果汁。

　　饭后去长辈家辞年。一家家，谈笑无羁。辞年是老家旧俗，过年前去亲戚邻居家走动叫辞年，过年后去叫拜年。夜十时归家，上楼读书，读周密《武林旧事》。窗外鞭炮不绝于耳，躺在被窝里感受南宋开封的气息，很有旧味。《武林旧事》是怀旧之书，周密才情尤在写《东京梦华录》的孟元老之上。选注者前言写得极好，让人豁然。

　　迷迷糊糊进入梦乡，早晨被鞭炮声震醒了。

　　喝茶嗑瓜子吃饭，初一初二初三初四初五，日子一天天过，年味一天天淡。天晴，一路见篱笆，晒满了衣服，红橙黄绿青蓝紫，那是篱笆墙开的花。

　　初六回城。行前整理书柜，发现了家谱。它静静地躺在柜角，积了一层灰。

　　拂去封面的灰尘，打开，一个个名字标注在书页上，有熟悉的，更多是陌生的，恍如走进另外一个世界。隔着层纸，鲜活的生命变成了简单符号冷冷地在眼前静默。泛黄的纸张有些焦脆，小心翼翼翻阅着，触手一股霉味，仿佛跌进了一个深不可测的黑洞。没有一丝灯火，没有一点声音，纷纷扰扰的人名如同大树上悬挂的干果，芜杂而凌乱，很难一下子将这些黑体字和人的生命连在一起。

温暖明亮的白炽灯下，家谱散发出腐朽与死亡的气息，字里行间充盈着衰落与血肉生命的残酷。家谱文字简略，多不过数行，少则仅仅几字，寥寥几笔交代了一个人尘世所有的岁月。

汽车在路上，像一头猛兽。迷迷糊糊不知过了多久，车灯剪开夜色来到城市，抵达车站时很晚了。披上外套，系紧围巾，压低帽子，戴好手套，跳下车门。拉着行李箱走在有些寂寥的街头，底轮沙沙划过，路灯拉长人影，淡淡的。白天那些嘈杂的声音一一消退，只剩灯光树影。时间逝去之后的安静，像满腔心事、垂垂老矣的女子，稍一触发就有情绪。昏黄的路灯照在红色的外衣上，恍恍惚惚像裹着一身酱。

手心的行囊，如一枚永不过时的邮票，将人寄送到一座座城市。迎面走来几个女子，笑声在静寒的街头传得很远。车站旁有家小馆子，包子、拌面、馄饨，还有米饭、炒菜。小吃很地道，店面也干净，每次路过总要光顾这里。照例是一笼蒸饺一钵汤。邻座饿了，隔空能听见吸食面条的声音。

想起在这座城市的日子。那个栽满了银杏的小区，一到春天，栅栏盛开着蔷薇花，粉红的花瓣，微漾在绿中。如今人近中年，风花雪月换作了柴米油盐，偶尔才会有一丝桃红的遐想。前几天读胡适的诗，一遍遍沉吟，词句也简单，却打动人：

偶有几茎白发，心情微近中年。

做了过河卒子，只能拼命向前。

这是胡先生一九三八年《自题小照》诗。他多次把这首诗写成条幅，将"偶"字改为"略"字，"微"字改为"已"字，又将"卒子"改为"小卒"，"只能"改为"只许"，反复斟酌。

进站了，像一滴水珠，淹没在人海。保洁来不及清扫，地上有橘皮、塑料袋、瓜子壳，还有痰渍。满满当当的人，打牌的、聊天的、玩手机的、读书的、拥抱的、发呆的。皮箱、蛇皮袋、背包、挎包、坤包在眼前晃动。

走过不锈钢栏杆，踏进火车，须臾离开。车外黑漆漆的，雪色中有树林从眼前飞快掠过。玻璃中头影朦胧，似乎静止在那里，其实正在悄无声息地一点点流逝，离别缓慢却坚决，缠绵而果断。

车行如飞，一乘客走到过道，脸色迷离，眼光闪烁，看着车外。几近无声地前行，窗影微微晃动，这也是一颗好脑袋。《资治通鉴》记载的吧，忘了是哪一朝的事：某人对着镜子自顾，好头颈，谁当斫之？身边人惊问故，那人笑笑说，贵贱和苦乐，都是朝代更迭造成的，有什么好伤感的哪！

没有带书，任思绪游离了许久，然后睡觉。次日上午九点到家。电脑坏了，朋友过来修理，拆开机箱，敞开了一个陌生的世界。午后在小区外馆子里吃午饭。糖醋排骨口感甚好，萝卜丸子滋味颇佳，可惜鱼片略带腥气，饮啤酒半瓶，送走朋友，回来午睡。下午在家读书。翻《张大千画选》，张大千的画从八大山人、石涛入手，底色有清凉，或者说是悲凉，有种冷调子，一幅幅看下来，又饱满葳蕤，越到晚年，越多了昂藏气。翻《茅盾诗词集》，书做得极好，有旧气，可作闲来把玩之物。又读了半本贾植芳《老人老事》，几篇记人之作，读后惆怅。贾植芳的文章干且瘦，仿佛他晚年的样貌，文如人乎？序中说："从历史来说，屈原的名气比楚怀王大，虽然后者可以贬黜他、流放他，但《楚辞》却流芳百世；汉武帝可以囚禁司马迁，以至割去他的生殖器，《史记》却是千古绝唱……"这些话不过老生常谈，但老生成了一个八十多岁的老先生，他的话又不一样了，句句是人生的经验和感悟。

只要时间充裕，读书与写作间隙，会看很多电影。有时候一天看七八个小时，看五六部电影。一寸光阴一寸金，这样消磨时光，几近挥金如土。没有钱，有任意打发的时间，也是福气。有个周末，从早上看到凌晨。

鲁迅喜欢看电影，晚年在给友人信中说"我的娱乐只有看电影"。我的娱乐也只有看电影。

上午十点才起床，好久没有睡得如此之好，一夜不醒，睡到做白日梦。近来愿望是做白日梦，在白日里大睡一场，做做白日梦。

醒来接了几个电话，朋友约吃饭，推了，彼此难得清静，索性清静。中午，朋友来访，炖了排骨汤，做了猪肉炒豆芽、西红柿炒鸡蛋、炒白菜，切了盘牛肉。下午读书，晚饭后看碟片。冰箱里还有黄豆，索性做了一大杯豆浆。然后读孔另境编的《现代作家书简》，收信人与写信人，都已作古。近百年的老书信，依稀翻出几番故人往事，翻出一片旧时情意，叶圣陶的一封手札格外有情味：

　　蛰存先生：
　　　　承饷鲈鱼，即晚食之，依来示所指，至觉鲜美。前在松江尝此，系红烧，加蒜焉，遂见寻常。俾合家得饫佳味，甚感盛贶。调孚、振铎，亦云如是。今晨得一绝，书博一粲。
　　　　红腮珍品喜三分，持作羹汤佐小醺。
　　　　滋味清鲜何所拟，《上元灯》里诵君文。

　　　　　　　　　　　　　　　　　　　　　弟叶绍钧
　　　　　　　　　　　　　　　　　　　　　十二月二十八日

　　叶圣陶文章和他的书法一样，四平八稳。这封短札摇曳生姿，绝妙之小品也。《上元灯》是施蛰存的短篇小说集，多年前读过，记得清鲜。鲈鱼也清鲜。我吃鲈鱼大多清蒸，没有像叶圣陶先生那样做汤。选一斤左右的鲈鱼，蒸得恰到火候，鱼肉刚熟，细嫩爽滑，鱼肉的鲜美完全地呈现。汤汁带着米酒的甜、豉油的香，每一口都是享受。

　　与一个快二十年没见的旧友见面。上午九点，从家里出发，春天阳光很好，从楼顶射下来，照到鞋上，照到裤管上，照到外套上，然后照着眼。天空晴朗，只想在春光里走着。走累了，拦下一辆车，靠窗坐着，一块玻璃隔着春意。空气湿润，坐在车上，暖风绵软的气息透过来。有人家后院里油菜花平铺着，黄得肆意，黄得灿烂，还有一丝家常的风雅，风雅的家常。

　　旧友在城东，提前问清了路。一条岔道，大街的车水马龙斜斜引向家长里短。一栋半新的楼，没有大门，一棵古树，好大的树冠，像南方的榕树。毗木而居，脑子里突然冒出一句文艺的话——采绿西窗。"采绿"语出《诗经》：

　　　　终朝采绿，不盈一匊。予发曲局，薄言归沐。
　　　　终朝采蓝，不盈一襜。五日为期，六日不詹。

　　终于到了既喜欢《诗经》，又必须读《道德经》的年纪了。想要岁时平顺，也想去先秦文学之殿看看。

　　旧友每天从树下上班下班，骑车买菜，挽着先生，拉着儿子。十几年没见，有些羞怯，如果是无意偶遇，应该还认识。一个女声叫住。一转身，一刹那，进入旧事的隧道。

　　坐在客厅里，喝茶，剥花生。阳光远远跳过阳台，射在粉白墙壁上，投下疏朗的光影。旧友比想象中天真、单纯，偶尔甚至还有一点孩子气。她先生坐在椅子上，三个人漫无边际地闲聊，琴瑟和谐，耳畔传来一丝丝古琴的淙淙与琵琶的声音。当年那个一脸烂漫的女人，如今出落得丰润清雅。

茶越喝越淡，话越说越浓。一起吃晚饭，旧友与先生下厨做了几道菜，火腿黄瓜清淡，清蒸鲈鱼细腻，芹菜豆腐干有秋天的旷达。

回家时候路过菜市场，买了菜薹、辣椒、豆腐、豌豆。路边桃树枝上还有花，时令已过，不能灼灼其华了，粉粉嫩嫩还是粉粉嫩嫩，只是有些蔫。捡起一朵在指尖，清香上来，饥饿也上来了。

菜薹清炒，放入猪油。辣椒煎豆腐，豌豆做汤。一碗米饭，饱腹而歌。想唱《空城计》，唱不成，唱了一段《三家店》。对面楼台的坛坛罐罐盛满花花草草，远远望去，分不清何物。不过楼顶种的丝瓜认得，黄花青藤，瓜蔓缠着竹架，竹架半青半黄。

忽然，夏天了。

春天跑马灯似的走个过场，天气开始炎热了，轻衫短裤兀自有汗从后背直流而下，女人早已撑起遮阳伞。有人独爱夏天，说可以剥光衣服关门在家看书，真个祖腹相见，赤条条有顾千里裸体读经遗风。李白也裸夏，在诗里写道："懒摇白羽扇，裸祖青林中。脱巾挂石壁，露顶洒松风。"酷暑逼人，懒得摇扇，在山林中一丝不挂，松风吹拂，想必十分惬意。

我在夏天喜欢打赤脚，在室内，脱掉鞋子，丝丝冰凉沁入腿骨。走在户外，无人时，提起拖鞋，光脚踩在地上，接接地气。如果下雨，那些温润的泥巴，像虫子在脚趾间蠕蠕而动，想起乡村耕田种地的日子。在乡下，立夏后走在小路上，随处可见一头水牛悠悠地拖着犁耙。农人的呵斥，竹鞭划过空气的声音，还有泥腥气，交织在空中。

晚饭后，下楼跑十圈。好几年了，稍有空闲，只要天气尚可，总要绕绿化带跑十里路，不紧不慢。有人跑得快随他快，有人跑得慢随他慢。很多事情与自己无关。

耐心跑过两圈，微微出汗，五圈之后，浑身透湿仿佛水浸过。运动有无休止的沉闷，需要音乐。京剧、豫剧、昆曲、黄梅戏，当然更多是流行音乐、摇滚。有一阵子一直听《三家店》选段，西皮流水的节奏很适合跑步。偶尔在饭桌上，酒后微醺，大家提议唱唱歌，总唱这一段，这里有往事。少年时将《隋唐演义》看过两遍，秦琼卖马的故事读得熟。

那本《隋唐演义》是旧书，有不少木刻插图。很多年过去，还记得翻阅的声音，橘黄的灯光洒过微黄的书页，指尖划过，旧事徐徐展开。偶尔也雨读。家里养了牛，雨天放牛最无聊，总会背一个小凳子，撑把伞，黑色的大布伞。牛在山里吃草，雨点打在伞面上，或砰然作响，或萦回着丝丝水汽。一个少年被雨线包裹起来了，山风吹乱马蹄声，吹过瓦岗寨，吹过扬州，吹过隋唐历史的天空。

跑完十圈又走了一圈，压压腿，揉揉关节。夜气渐渐上来了，汗慢慢消下去。洗澡。读片刻书。睡觉。明天去外地，领一个文学奖，得稍微起早一点。说过这样一句话，得外面的奖，吃家里的饭。因为觉得这样才好玩。如果吃外面的饭，得家里的奖，那就没意思。

在机场候机，晚点三个多小时，有一点点不耐烦。后来想，领奖是吉祥的事，飞机晚点没什么，不能什么好事都被你撞上了。

有时候人会忘了年轻时候对自己的承诺。文学很好，一直提醒你不要遗忘，不要活成二十岁时讨厌的那种人。写作很简单，写自己的思想写自己的文本，这是现在写东西的乐趣，又觉得似乎有神灵的指引。但写作是一辈子的修炼，一辈子的习惯，快四十岁的人，改行似乎也不明智。

夏天又过去了。夏日最后一天，天气很好。回家路上，头顶星月，夜色朦胧，想起古人在这样的星空下拨弹箜篌，唱《公无渡河》：

公无渡河，公竟渡河！堕河而死，将奈公何。

想象那声调是高亢的、苍凉的，久久在古中国夜空下回荡。

夜里睡得不好，起床后恹恹的，打不起精神。垃圾车踢踢踏踏走过窗下，鸡鸣声远远传来，四周还算安静。喝口茶，这几天电压不足，一盏荧灯悬在壁顶，黑着脸，一副老于世故的黯然。打不开电脑，无心写作，打开墨盒，磨墨写字。

无心写作，因为疲倦。我时常疲倦。有时候突然觉得自己的文章飞了，羚羊挂角，无迹可寻。不是说文字丢了，而是文字是水中之月，不敢回看。小时候，有次在院子里洗漱，木盆里有轮月亮，伸手捉时，却是井水冰凉。

文章是生活。文章太需要匠心、苦心、用心，而生活无非柴米油盐，锦衣玉食也行，粗茶淡饭也行，无非这样。人人有生活，阔人有阔人的活法，穷人有穷人的日子。临帖半个小时。书店送来两箱书让签名，偶尔在扉页留下手跋，不知道是钢笔太新，还是墨水质量不好，笔下行书居然枯若秋风。线条断断续续，无意中竟然有草书的飞白了。最近在中原生活久了，北方缺水，越来越缺少南方的水汽。

小区外是旧城，弄堂小巷阡陌。老房顶的大瓦，褪尽烟火的清凉。斑驳的墙壁，一律青灰色调，像年代久远的黑白照片。两旁店铺，卖些鸡零狗碎的杂货，廉价的塑料制品、锅碗瓢盆、油盐酱醋——陈列在架。天黑前两个小时，陆续有附近的菜农来路边摆摊，碧绿水灵的新鲜瓜菜，令人感到生之喜悦。

旧城小巷很多，像老式窗棂木格，一道道，一条条，错综复杂。走进小巷，俨然一脚踩进了木刻年画的风景，每一步都是世间岁月。

常常在夜里，站在楼顶独望小巷。巷尽头有家饭馆，妇人忙着收钱，男人在炒什么，油气蒸腾，雾蒙蒙的，生活在烟云中。红漆桌上摆放有两道小菜，三五个吃客在喝酒，愉快交谈着。天空早已不见飞鸟，有人家在屋顶养了白鸽，还有人养了几只鸡。清冷的早晨，听见鸡鸣，容易让人惆怅。一些人家天井和庭院栽满花草树木，品种各异，刺槐、丹桂、蜡梅。小巷的一年四季草木飘摇。

一家小酒坊在巷子里，糟酿之气飘散数里。常常睡着睡着，突然醒来，拧亮台灯，起床打开窗子换换空气，扑面迎来一阵醪糟之香，富足而空灵，很让人浮想。枕着几缕酒香，在床头看书，故意把纸页弄出些声响，哗啦啦翻动的是一步步惊破的尘事。

楼下平房像一捆又一捆旧书。房顶上，紫的扁豆花，黄的南瓜，好大的南瓜，挂在秋风中渐渐老熟，熟成老南瓜。老南瓜黄得不一般，可以称为南瓜黄。柿子的黄自然就是柿子黄。各有所黄，各得其美。扁豆稀稀落落之际，柿子开始泛黄，隐隐的高贵，事事如意。

夜间睡在凉席上，一股寒意贴背袭来，感到冷，蜷缩身子，还是耐不住，从箱底翻出毛毯，盖在身上，还得曲着腿。秋天到了。薄薄的秋凉随风从窗隙间吹进来，撩拨得人没有睡意。

拧亮壁灯，抓起本书，躺在床头，信手翻开，是白先勇的短篇《游园惊梦》，写一次角儿出身的官太太聚会，烟丝醉软在家长里短中，点点暗伤溢出纸面，美人迟暮缠绵悱恻。

季节转换之际，走进这样的情节，有些伤怀，有些感叹光阴似箭。过往的时间像梦，飘忽不定，如手掬了一捧清水，看也看得真切，感觉亦很饱满，一握却空空如也。一场场阴雨铺天盖地而来，胡须又长了，黑而硬，触手扎人，人近中年，岁月的痕迹开始飞快在脸颊滋生蔓延。

秋日午后，人懒懒的，茶都不想喝。燃一支香，青烟淡淡袅向屋顶，窝在沙发里，眼前红星一点点向下。窗外有雨，秋天的冷雨。路旁的山，影影绰绰映在秋雨中，迷蒙一片。东窗下，秋雨打在法梧上，秋一点点深陷。晚开的桂花，清香满袖，在鼻息间飘云荡雾。一树桂花繁星满枝，半架丝瓜蔫头耷脑，脑海泛起宋人王禹偁的句子："雨恨云愁，江南依旧称佳丽。"喜欢宋词，宋词是秋雨薄凉，黄叶零落。

纱窗外，一行行树叶重新染过，绿得发乌，落叶乔木在西风中敞头淋雨。早上新换的衣衫，隐隐嗅到了秋味，冰凉，细腻。一帘风月，满庭闲花，桂花。

昨夜，伊去院子里折桂花。折了一枝桂花，轻巧巧捧回来，透明的雨滴犹自挂在桂叶底端，与叶尖连成一体却又若隐若离。不多时，垂在叶梢的水点微微变了形，猝然滴了下来。心头一颤，伸手去接，亮晶晶正好落在掌心。静静凝眸，水珠在手上慢慢变小，蒸发，渗透，最终消失。看得人兴致索然，于是上床睡觉。睡得早，却醒得迟，有人天生懒骨。

餐桌上干干净净的玻璃瓶，透明晶亮，装上净水，插了桂花，已开未开，细碎如繁星一样的花蕾，香气淡淡氤氲，收敛而放肆。桂花插在陶瓶里更好。

七点起床，去医院。午后方归，极倦。做青菜鸡蛋面，食毕即睡，傍晚时分醒来。晚饭后读《人间词话》，王国维说："客观之诗人，不可不多阅世。阅世愈深，则材料愈丰富，愈变化，《水浒传》《红楼梦》之作者是也。主观之诗人，不必多阅世。阅世愈浅，则性情愈真，李后主是也。"这些话大有见地，以前读过，并无切肤之感，这次重读，何止切肤，几近切腹。窗外雨潇潇，腹部冰凉，泡了杯红茶。母亲催我洗澡，热水器开着，放好了水。

边洗澡边想古人关于洗澡的诗，不知道是苏东坡还是韩愈，说洗了一次澡都瘦了好几斤，差点在浴室笑出声。差点是说终究没有笑出来，其实也没什么好笑的。记忆力一直不错，但读过的诗歌，常常忘得一干二净。不要说写诗，连记诗都不行，实在没有诗骨。老家有个木匠，边推刨花边背诗。《三国演义》中的古风，《红楼梦》里的诗词，一首接一首。

没有暖气，冬天冷，走出浴室钻进被窝。

下了场雪，钢筋混凝土房子呈深灰色。阴沉的天空，几只大鸟从头顶掠过，显得萧索。

"天冷了，穿上七匹狼。""七匹狼"是我的厚棉衣。

"人在江湖，遇见一匹狼就够你喝一壶了，还七匹狼呢，我要八匹马。"

"干脆五魁首吧。"

边洗脸边思忖：五魁首是对的。早来见飞雪，可以喝几杯。古人苦读《诗经》《尚书》《礼记》《周易》《春秋》五种经籍，以求功名，五科夺得第一，谓五魁首。不想中状元的事，先把文章写好。把文章写好，又能如何？将银子赚满，又能怎样？将相美人金银富贵，到头来不过荒冢一堆。

偶尔也会消沉，感觉生命无味，脱不开人生虚空。人向高处走，偶尔也会向弱处滑。人生如水，水流卑湿，是自然之性。

这场雪，下得再壮美，终究还要软塌塌融化。"水是融化的雪，雪是固态的云，云是浓凝的雾，雾是幻化的水。"脑海中浮现出这样的句子，不禁凝思无语。

下班途中见一女子，黑衣花伞，手捧雪球如托钵，嬉笑吟吟。看了看她，她也看了看我。有孩子气的女人真好看，光华灿烂。所谓元气，就是孩子气。元气是生机，孩子气也是生机。那天见一中年魁梧男人在台上滔滔不绝说了一堆并不漂亮的废话，心里难过。不知道为什么难过，就是难过。

天光一点点暗下去。夜空灰漆漆像野兽张大嘴，奇怪而狰狞。小街躺在冻风中，灯泡上凝上了霜花冷露，街灯黯然。两旁店铺的灯火拉长了身影，淡淡的。迎面走来许多人，似乎长着一张相同的脸孔，像一条条水蛇，无声无息游动在一条街道与另一条街道之间。冷气弥漫，人木木的，不带表情。只有橱窗里挂着不变的微笑，那是少女的梦呵。出电梯，走在楼道里，防盗门后人家电视机的世界若有若无地发出嘈杂声响。

回到家，空调机嘶嘶吐出暖气。觉得舒服一点，脱下外套，靠在床头，选一册《鲁迅全集》。几十年前的出版物，褪去了旧时浮华，微黄的纸张，轻轻的，翻起来没有哗哗的纸页声。在灯下看《野草》，读《朝花夕拾》《呐喊》，掌心仿佛捧了一团火。窗外城市夜景一片富丽堂皇，车影人影树影楼影，影影绰绰在夜气里飘浮。

在厨房烧菜，豆角炒茄子。上次在老北京烤鸭店吃了一道豆角炒茄子，味道不错，突然想做来吃。可惜茄子炒老了，味道打了折扣。

一个未曾谋面的河北朋友发来讯息："从昨天开始重读你的《不知味集》，读一辑就要回头想想，消化消化，觉得这写法真自在难得。反复读你的序，觉得神形兼备，落笔起笔，一股大气，后记却又如小家碧玉让人爱不释手。可知你在经营文字上下的功夫。细析某些句子，确实简得不能再简了。你文字表面有了一种水洗的干净与安宁，内里却包含了巨大的能量。在你当时的年龄，写这么一本书，它达到的高度和突破，是少见的。

我不想这样说，然而也只有这个年龄的人才可以写出如此鲜活如此年轻的文字，让读它的人感到震撼。尤其是写时态度的端庄，蓬勃着的朝气醉人。"

有些感动，人家有客气有抬举，但朋友每次总是恳切提出自己的观点和意见，倍感珍惜。于是回道："你这么说，很开心。很多人看到了我的简，没多少人体会背后的繁，你是知者。"

不需要表扬，也不在乎批评。写作是面向黑夜的长啸，一篇篇白纸黑字是一声声长啸。但回音总让人温暖，那是风雨之后的一杯暖茶。不知道会写进什么样的天地，时常觉得自己笔下有太多未知和不确定性，有可能会抵达天空或者海域，也可能停在山脚或者在瀑布口就断流了。因为未知，前方有巨大的空白等着你，这恰恰是写作的乐趣，也是艺术之美。

不刻意就好，刻意往往步入歧途。西子捧着胸口好看，东施捧着就不好看，何止东施不好看，南施、北施，捧着胸口都未必好看。

多年前非常喜欢祖莹说的一句话，用红笔端端正正地抄在《西游记》扉页上："文章出于剽辍者，丰靡而不美；出于独见者，简质而华贵。"《魏书·祖莹传》说："文章须自出机杼，成一家风骨，何能共人同生活也。"这两句，道理差不多，是大白话也是大实话，做起来并不容易。

又开始飘雪，夜空下一片茫茫。天地间遗失了的种子，现在开满了雪花，纷纷像长了翅膀似的，迎面扑来。打开日记本写：

> 读友人小说近作，忽有所感，文章不可太多僧道气。此气容易寒碜，欲脱俗往往大俗。晚起雪，风极大，雪横飞入窗内，小女忍不住外出玩雪。我闭门写作，得文万余字。改旧稿数篇入《竹简精神》小集。食白菜粉条、玉米粥。

这是我的生活，文章不过生活。

天气突然转暖了。傍晚去菜市场买菜，清风微凉，仿佛深秋。

喜欢秋天，尤其喜欢深秋。中国文化带季节性，老子、庄子、屈原、韩愈、苏东坡、张岱，他们的文字有深秋之意。书画家也一样，八大山人、黄宾虹、石鲁，走墨着色也有深秋之意。白话文时代，鲁迅写过《秋夜》，郁达夫写过《故都的秋》，林语堂写过《秋天的况味》，叶圣陶写过《没有秋虫的地方》。不少作家写有秋，都是名篇，其中因由，耐人寻味。秋天是一种情结，秋天也是文化成熟期的瓜熟蒂落。不知道是不是偏见，有时候人容易产生偏见，偏偏看见也偏要固执己见。

一九〇六年秋天，鲁迅在北京绍兴会馆的补树书屋抄古碑。秋天的鲁迅，抄古碑的鲁迅，心底应该有一份苦闷、彷徨与逃避的，当然也在积蓄与藏存一种力量。秋天的好，恰恰好在积蓄与藏存。蓄满精神力气，藏下春华秋实。

很多年前，我在乡下生活。深秋时节，照例有很多农民把稻米、苞谷、红薯藏进向阳的洞窖里。常常是正午，冬阳暖暖，走过一排排洞窖。小口深洞，藏着今年的果实，也是来年的种子。皖西南地质与别地不同，洞窖建在麻沙地背靠上，用砖石封住，仿佛大地隐藏的秘密。

薄暮时分，车子到达小站，要在这里候车。夕阳刚下山，火红的云霞在远山上浮动。西天下的高楼小山被渲染成一幅幅浅绛红图。半城瑟瑟半城红，就像打翻了书桌上的颜料瓶。

一个身着红衣的工人，半睁着浑浊的眼睛，表情冷漠地坐在吱吱嘎嘎响的竹椅上，一只手里端着一个玻璃杯子，满满一杯酱红色茶水。不时拧开盖子喝一口，然后呼出一口气。候车厅墙上挂着一幅巨大的山水画。车站广播断断续续地播报着列车信息，间或有地方戏剧的唱段。一扇如墙的玻璃窗立在眼前，稍一抬头可以清楚地看见小小的站台和孤零零的站牌。对面是村庄，再远的地方是山。与其说是山，倒不如说是起伏的丘陵更为恰当。

稀稀拉拉几个座位，百无聊赖几个乘客。无可奈何的守望和麻木呆滞的眼神，这是小站的原色调。冷意像蚂蟥，密密麻麻地吸附在体表，召之即来，挥之不去。

不知是冷还是久坐的缘故，腿有些麻，站起来揉揉膝盖。一辆火车迅速掠过站台，车厢石灰白的灯光扫在路灯上，交织成恍惚的真实。火车甩下一串哐当的声音消失在铁轨尽头。铁轨匍匐在碎石子上，像放倒的梯子，一格一格地向前爬去。人群骚动了片刻，瞬间又恢复宁静。宁静的背后有些许失望，也有一份决绝的耐心。

天气预报说下周有雪。下周就是春节，转眼又一年过去了。

二〇一八年七月八日，北京

挥　觞

　　树叶红了。绛红、朱红、嫣红、深红、水红、粉红、土红、铁锈红、浅珍珠红、橙红、猩红、鲜红、灼红、绯红、殷红、紫红、晕红、幽红、银红……树叶黄了。柠檬黄、淡黄、中黄、土黄、橘黄、橙黄……

　　银杏树和五角枫立在院子里，没有风，枝叶静止如油画。银杏叶细碎碎，五角枫的叶子一片片吹落在地上，是吹落的，也是老凋的，堆积厚厚一层，踩上去，脚底感到一点极微细的柔软，一点极微细的声音。倘或是夜晚，感觉越发柔软，没有秋虫的鸣叫，只有落叶的气息，还有林中的气味。风从林深处吹来，那是时间的风味，是岁月的秋味，清洌悠长。

　　又来京郊了，眼前是古都的秋。忘了是多少次来京郊，也忘了见过多少次古都的秋。古都的秋总让人伤感，没有来由的伤感，古今都一样。一九三四年八月，郁达夫从杭州经青岛来到北京，再次饱尝了古都秋味，《故都的秋》一文亦有伤感之心。生活如清水浸过河岸，悄无声息濡湿细沙滩，如今难得有伤感心。大概是昨夜读来字里的余味——

隋炀帝当年广造高楼，网罗数千名女子纳于迷楼中幽闭，侯夫人为其一，未见帝面，自缢而死，臂悬锦囊，左右取进，得诗三首。杨广看后，反复伤感。往见其尸，见颜面艳若桃花，美貌异常，越发无限伤感，令选美宦官自尽。

已是残秋，再过几天就立冬了。早饭后临窗坐着，院子里遍植杨树、山楂、黑枣、海棠，叶子的颜色已经变成殷红、金黄或黄中带绿的秋色。五彩斑斓的树叶与零落的几个果子微微跳动。黄色花朵、紫色花朵，在黄色、红色、绿色叶子下开着，秋意里也有枯荣。

释迦牟尼当年在拘尸那城娑罗双树之间入灭，东西南北，各有双树，一荣一枯，称之为四枯四荣。佛经中言：东方双树意为常与无常，南方双树意为乐与无乐，西方双树意为我与无我，北方双树意为净与无净。茂盛荣华之树意示涅槃本相：常、乐、我、净；枯萎凋残之树显示世相：无常、无乐、无我、无净。在这八境界之间入灭，意为非枯非荣，非假非空。

人生枯荣，是常事也是大道。列子说大道多岐，我却觉得大道坦途，不独如此，还坦腹坦白坦诚坦率坦然。马蹄走过古道石板，又清脆又空旷，不留踪迹。

院子里有小儿学步，几个老人坐在树墩上晒太阳。难得好天气，很高很高的天色，蓝茵茵的。柿子树叶一片也无，光秃秃结满柿子，又大又红，不是大红深红，红得黯然，太阳照下来，那日光能穿透柿子，温润如玉，有一种清透。

伤感渐渐平复。突然想喝点酒，无人对饮，泡了杯红茶。绿茶是道家心，红茶有山僧气。俗世里浸染太深，需要道家心与山僧气游离于红尘之外，眉睫之内于是安定。

李白辞别长安后，游山览水，访僧问道，纵情诗酒。天宝末年，在皖南宣州盘桓漫游，与山翁樵夫、屠沽渔商、隐士逸人相交，还常常走观串寺，广交方外客。游泾县水西寺，见台阶上有鸟停留的痕迹，禅室空寂无人，透过窗户见白拂尘挂在墙壁上生满尘埃，山僧不在，心有不舍有惆怅，写诗以记。好在终是见得山僧，临别之际又写诗以记。

据说当年水西寺林壑邃密，下临深溪，浮屠对峙，楼阁参差，碧水浮烟，咫尺万状。在这种环境里休养生息，那山僧想必气息脱俗。

近年常进山，见过几个气息不俗的僧人，绑腿草鞋，不见拘谨，无有落寞，器宇轩昂，佛珠或悬于颈上或缠绕腕间，不经意地拂捻把玩，一派徐然。那些人照例瘦面长身，一席袈裟随风而动，有梅花的安静。

古联说"今生有债都还遍，唯欠梅花数行诗"。实则人生的债是还不完的，梅花诗并不好写。人生债是功名、金银、娇妻、儿孙，丢不得，看不破，曹雪芹才让疯癫落拓、麻鞋鹑衣的跛足道士唱《好了歌》，劝世解脱。解脱何其难，李贽说必须持戒、忍辱以入禅定，而后解脱可得。

梅花诗见过太多，到底是种梅养鹤成癖的旧时士子，林逋"疏影横斜水清浅，暗香浮动月黄昏"二句最让人低回。而大道低回，大味必淡，大道大味从来不热衷躁进，好文章也如此。我喜欢尝尽酸甜苦辣而归于淡泊的宁静，那宁静下有深流的水。

文章淡了又如何，偶起虚妄，觉得一切不过沙雕，潮水涨上来，一切依旧。多少次宴饮之后，杯盘收洗干净了，俗世的欢乐散去。老友一一拜别，房间打扫干净，干净如新，仿佛没有谁住过，过去主人的气息一扫而空，只有记忆。记忆是浮在海面的半截木头，有时候也是一束稻草。

李白会须一饮三百杯，古希腊也有会饮聊天的盛事。秋日下午，空气黏稠。黏稠得想饮酒，饮酒浇块垒。块垒是指郁积之物，阮籍胸中垒块，故需酒浇之。块垒与酒一起，常入诗。宋人刘弇说"赖足樽中物，时将块垒浇"。蒲松龄也说"一身剩有须眉在，小饮能令块垒消"。好在他的块垒奇大无比、传奇嶙峋，小饮未能消除，凝成二十四卷《聊斋志异》方才终结。

有人的块垒在胸中，有人的块垒却在眉间。明人梁辰鱼写效颦人，看西施妹子，眉梁间有些块垒，越发俊俏。我如今眉梁间像是也有些块垒，你看我比着她的如何？

块垒也是情，"此情无计可消除，才下眉头，却上心头"。李清照常常喝酒，微醺的少女在一阕阕宋词里脚步踉跄，摇摇晃晃荡漾到藕花深处，分不清星空还是湖水。雨疏风骤，不消残酒。

宴饮之乐是肉身的大欢喜，自远古壁画、先秦砖画始，一路到明清书画，宴饮图何止千百，有帝王将相也有贩夫走卒，有鸿儒也有白丁。盛世宴饮，人生快意。浊世宴饮，亦为和光同尘之道，其中自有欢娱。人生那么多沉痛，陆机临刑所想的是家乡华亭的鹤鸣，金圣叹杀头之际心里惦念的也不过花生米与豆腐干同嚼。

台静农藏有一张弥陀造像题记拓片：

　　咸亨元年四月八日弟子刘玄飑母樊为夫征辽愿一切行人平安早得归还敬造弥陀像二铺

这里有为人妻朴素的情感，也有大爱，"愿一切行人平安早得归"是心怀苍生的善念。虽是小民，却怀有大爱。咸亨是唐高宗李治的年号，用了四年有余。咸亨元年，吐蕃兴兵，四月攻陷西域多地。唐廷派军西援吐谷浑，辽东防务一时空虚，高句丽遗民起兵。是年，唐皇派人前往辽东平乱。征辽之行，不知多少白骨曝于野。刘母樊氏的发愿文，哀婉动人，不知其夫征辽是否得以全身而回。

唐人崇佛，多有造像。在洛阳龙门，见西山破窑内西壁正中弥勒像龛，也有贞观十一年的造像记：

……道国王母刘□□为道王元庆向洛□□□礼，心中忧悴，恐有灾郢，仰凭三宝……敬造弥勒像一躯，以报大圣。上资皇帝，下及含生，同出苦门，俱登正觉。

　　道王李元庆跟唐太宗是同父异母的兄弟，贞观十年正月徙封道王，三月外放豫州刺史，其母担心他恐有灾郢，造佛像为儿子祈福。然"上资皇帝，下及含生，同出苦门，俱登正觉"四句熠熠生辉，王侯不忘黎民，黎民也心怀苍生，唐风之正大可见一斑。

　　南朝刘子鸾九岁时被皇兄赐死，留遗言说："愿身不复生帝王家。"帝王家也有同出苦门之叹。人生八苦：生、老、病、死、爱别离、怨憎会、求不得、五阴炽盛。无关富贵，不论贫贱。

　　古人书剑飘零，游于四方。这回我的行旅无书更无剑，只有一帖，王羲之《丧乱帖》。墨色线条里有一个迁徙流离的家族在战乱中对生命巨大的幻灭无常感。经永嘉之乱，琅琊王氏家族南迁，远在北方的祖坟一再地被人刨掘。五胡乱，中原沸，天下崩，人如草芥，生者尚且如此，何况地下枯骨？

　　乡野村落门楣上的春联，常见的是"风调雨顺、国泰民安、五谷丰登、万事如意"。年年书新，红纸随岁月褪淡破碎，深红绯红淡红残红，黑字一字不苟，岁末依旧醒目，那是最庄严的大愿。

　　人生多苦，何以解忧？唯有杜康。《说文解字》说杜康又名少康，夏朝国君，始作秫酒。秫就是黏高粱，极好的酿酒原料。我去过高粱地，火红的高粱鲜艳热烈，谷穗饱满，沉沉垂下来，用它来酿酒，留下那一份激扬，也得了那一份内敛。好酒既张扬又内敛，张扬是精神，内敛是心性。

一年去嵊州胡村，农人在酿酒，纯高粱酒，缓缓流入瓦罐。农人友善，让我舀一口吃了。真正的新酒，唐朝人重新酒，所谓"绿蚁新醅酒"。白居易如此，元稹也这样，其诗《饮新酒》中说："闻君新酒熟，况值菊花秋。莫怪平生志，图销尽日愁。"杜甫穷困，"樽酒家贫只旧醅"，觉得十分歉意。

与一般饮食不同，酒里有肉身的欢愉，还有精神的放弛，让心如槁木的人也添了愁感。多少人迷蒙地醒着，他们需要热烈的梦。多少人热烈地梦着，他们需要迷蒙的醒。李时珍说酒，味辛、甘、热，有大毒，消冷积寒气，燥湿痰，开郁结，过饮败胃伤胆，丧心损寿，甚则黑肠腐胃而死。一口苦水胜于一盏白汤，一场场辛甘，冲淡的是生之麻木与老之将至。

北齐高季式豪爽好酒，为人不拘小节、有胆气。有一年在济州夜饮，忆老友光州刺史李元忠，令左右开城门，乘驿马，持一壶酒，送往光州。济州与光州相距千里，最快的马，三十里驿站一路不停，李元忠喝到高季式相劝的一壶酒差不多要到第二天午时了。驿马是国家公器，史书上说朝廷知而容之。知不难，容大难。

杯盏劝酬，千里酒桌，六朝高致，驷马难追。

夜里下了场雨，后山红叶被打落无数，院子里小道上银杏叶苍黄复仓皇，叶落苍黄，风起仓皇。

燕京的雨，淋湿了红墙黄瓦，落在长城上。初夏游长城，一场豪雨，洗尽河山郁闷。燕北气象不同于江南，江南的大雨，因了山水，更因了鱼鳞瓦、乌篷船、小桥小巷小曲，急切切只是女子的侠气。燕北的大雨明亮、硕大、锐利，疾风中有森然，泼在窗子上，狠戾如刀客，赤青的头，眼神阴鸷。

燕北的雨，亦如燕北的人，不牵连不黏滞，风起雨来，天青雨住，然后就是乾坤浩荡、白日朗朗。

长城是大地之诗，也有二十四品：雄浑、冲淡、纤秾、沉着、高古、典雅、洗练、劲健、绮丽、自然、含蓄、豪放、精神、缜密、疏野、清奇、委曲、实境、悲慨、形容、超诣、飘逸、旷达、流动。二十四品之外，长城还有泼皮气，但不是《水浒传》中的没毛大虫。有人称赞灵宝大枣泼皮、倔强、耐旱、耐涝、耐寒、耐碱，寄给鲁迅尝新，大先生高兴，回信说品质极佳。灵宝大枣我吃过，灵宝苹果亦佳，其地羊汤尤妙，食之后背汗出，舒畅通透。

灵宝羊汤是妙品，选一岁健羊，取其精肉，冷水浸泡拔血，配作料腌制入味，放入大锅，再加白芷、陈皮、砂仁等药材，大火煮，文火煨，出锅冷后切薄片，取姜、蒜、葱花爆出香味烧炒后入汤。汤用新鲜羊骨架，老火煎熬，色白如乳，撒上香菜出锅。

近年冬日所恋，正是一口羊汤。

那些人，卑微的血肉之躯站在长城上，那是匈奴的北方，那是盔甲的北方，那是铁蹄的北方。风雪大地幽幽暗暗，冷冽的冰雨长城，他们守着，用一腔热血，用一壶烈酒，用一碗羊汤，守着老官儿的江山，他们泼皮、倔强、耐旱、耐涝、耐寒、耐碱。那些武器，弓弩枪棍刀剑矛斧钺戟殳鞭锏锤叉钯戈。隋朝无名氏的《挽舟者歌》：

> 我兄征辽东，饿死青山下。
> 今我挽龙舟，又阻隋堤道。
> 方今天下饥，路粮无些小。
> 前去三千程，此身安可保。
> 寒骨枕荒沙，幽魂泣烟草。
> 悲损门内妻，望断吾家老。
> 安得义男儿，焚此无主尸。
> 引其孤魂回，负其白骨归。

隋炀帝在龙舟上听此歌，让左右找那纵歌者，到天亮也没找到。帝颇徊徨，整夜不寐。此歌出自唐人罗隐传奇《海山记》。民间传说罗隐有天子命格，玉皇忧惧，派兵将换他的仙骨，罗隐咬紧牙关，保住了牙床骨，留下一张"圣贤嘴"。

征辽东与守长城并无二致，《挽舟者歌》是所有世间凡勇的注脚。在博物馆里看老照片，那也是世间凡勇的注脚。暮光照在落地玻璃上，盛世夕阳浩大辽阔，慷慨流金，没有边际。黑白旧影里，摘棉花、编苇席的少女，一袭旗袍的美妇人，英武的男人，纤弱的少年，珠光宝气与布衣粗服，在苍茫大地无声沉浮，如一片秋叶。

燕京的雨打落了秋叶，足底一片枫叶尾随不去。

一场秋雨一场凉，添了件衣服。棉质的夹袄，暖暖的，是往昔阳光的慰藉，又一次想起博物馆老照片中摘棉花的少女。一群摘棉花的少女，淹没在时间长河中。六十年过去，即便健在，如今也是垂垂朽矣的老妪，满脸皱纹里或许还能看出曾经山清水秀的眉眼。淮河岸边捡到过一枚瓷片，半片残叶，那抹清韵还在，那丝神采还在，时间无情，川水冰冷，这是最后的温存。

二〇一八年十一月五日，北京

一　觉

　　一觉醒来，肉身安妥，四方大定。

　　肉身是我的天下。

　　肉身安妥，静气来了。静能安，安后思，思方得。实则得与不得皆好，其中大可回旋，回旋才有余地进退。魏源说得好，静气迎人，人不得而玷之。每临大事有静气，小事更要静气，小不忍则乱大谋，不可妄动肝火。凡俗人生两肩一口，不过衣食住行，绝少大事，不必妄动肝火。肝火生灾，无妄之灾。中医说七情过极均可致病，尤以怒最要不得，怒伤肝。

　　人之七情，喜、怒、忧、思、悲、恐、惊。

　　文有七情，喜、怒、忧、思、悲、恐、惊。

　　有人说文章惊恐成。不要也罢。

　　文章喜怒成。不要也罢。

　　文章忧思成。不要也罢。

　　文章悲苦成。不要也罢。

　　有些文章不要也罢。

文章闲情成如何？天地有不仁，人间重闲情。以闲情破天地之不仁，有人说打天下也不过闲情。那日在江边，水流浩浩无有倦意。四野寂静，只有大浪拍堤的声音。日光纵横，江流不息，舟帆四季纷扰。堤边人家后院种萝卜白菜小葱大蒜，菜园青郁，众生安稳。忽得闲情，飘飘然如散仙。

文章游戏成如何？文章游戏，寓文章以游戏；游戏文章，借游戏做文章；其中分寸并不容易。文章面目可喜一些不坏，娱遣悦志之辞亦可抒情言志载道，大有机心。游戏文章，游弋文字，戏嬉章法，绝了七情，且写六欲，眼、耳、鼻、舌、身、意之欲。文章只是幻影，幻影消失，真身水落石出，真身又不过幻影。常常眼里无我，也没有文章。文章是幻影游戏，游于艺，艺也是幻影，艺幻如影，艺影似幻。

夜凉风露月影，天地一人。一笔在手，无天无地无人无我，有我非我，更非他，他非我，他非他，只有山水云雾雨露光霞。在混沌世界点横撇捺，与风在一起，和雨在一起，随星辰月亮太阳。

阳光大好，这光芒照过老子、孔子、孟子，光影里忽现古意。古意在心里弥漫，顿起倦意。本以为中年肉身易生倦意，翻女儿写字本，她随记也有倦意，七岁倦意烂漫在焉：

　　今天上绘画课回来，头晕，所以没写作业。头晕的时候睡了一觉，起来后就吃饭了。吃完饭，头还有点晕，仍然没有写成作业。

倦意十足，睡午觉去也。午觉梦话，文章梦话如何？

李白写过梦诗，《梦游天姥吟留别》有个完整梦境。御风而飞，轻快晴朗，欣然飞往倾慕之地。脚着谢公屐，身登青云梯。见海日，闻天鸡，熊吼龙鸣，泉水震响，仙府石门大开，天空蔚蓝广阔，日月照耀金银做的宫阙。以虹作裳，驱风为马，云里众神纷纷。老虎弹奏琴瑟，鸾鸟驾车而行，仙人成群结队密密麻麻。梦中变幻不定，惊醒之后，一腔孤寂。

前人说李白回首蓬莱宫殿有若梦游，故托天姥以寄意——"安能摧眉折腰事权贵，使我不得开心颜"。梦境虽好，却魂悸魄动，恍然惊起。惊身外之险恶，惊心中之僭越。所谓僭越，不离江山美人，纵然古来万事东流水。王思任游天姥不忘前事："饭斑竹岭，酒家胡当垆艳甚。桃花流水，胡麻正香，不意老山之中有此嫩妇。"桃花凋零，流水干涸，嫩妇老矣，一切都黯淡了。在绝笔《临终歌》中谪仙人也不禁叹息："大鹏飞兮振八裔，中天摧兮力不济。"寂寞无边无际，大鹏终于无力了，诗人神游到另一个时空去了。

李商隐自况梦中传彩笔，俞平伯先生有本《古槐梦遇》，说文章乃梦中偶得。我梦中没有得过文章，尽管记梦逾十年。梦本虚幻，记梦是化虚为实。化虚为实不稀奇，难的是坐实为虚。

隔些时日总要重读《红楼梦》，越读越体味出坐实为虚的力量，如庄子的文章。曹雪芹是天才里的大才，文笔清贵，清贵是稀罕物，清贵的家长里短，藏进时代藏进命运。中国后世小说，遇见《红楼梦》那种清贵虚空，每每相形见绌，矮了三五寸。不少小说写人写情写景写事，难脱做作。《红楼梦》让小说自然说话，说的还是小声的话，语感、声调、气息，是东方艺苑之花。

读《红楼梦》，恍若真事又仿佛梦境，囫囵囵如一脉山，明晃晃似一汪水，不觉得它是小说家手笔，俨若天地间早就有了的。春风骀荡的夜晚，一灯如豆，心静若禅，翻翻《红楼梦》，是属于读书人的愉悦享受。《红楼梦》又名《石头记》《风月宝鉴》，这些书名有良辰美景，有韶华之意，有景物之旨，有警世之心。《红楼梦》也是一觉集。一觉醒来，远烟空梦，众人散尽，化作灰烟飞去。千金散尽还复来，人散后，一月如钩天如水，于是追忆。

一觉醒来，耳畔子曰子曰。窗外蝉鸣不绝，母亲说声声如子曰子曰，心下咄咄称奇。悠悠盛夏长日，无处不在的蝉鸣。弥天大热，暑气灿烂，蛙鸣虫声也灿烂，淡然萧散出芳草香气。

蝉唱虫吟之声不绝如缕，入耳聒噪，却有清气浸心。复闻鹊噪鸟鸣，犹时空颠倒，身移田园。在树下坐歇，偶遇几个老翁携小儿安步徐行，鹤发童颜，恍若尘外中人。转入小巷，但见屋舍相邻，一户鸡飞招致家家狗叫。眼前小楼依依，旧而不破，屋脚下生满青苔，像河底石头上淡淡的水藻。

小时候，扰人晨梦的不是鸟鸣是蝉声。单调、冗长、无趣、乏味，无处可躲。如今再听，觉得幽静，夏天仿佛明亮起来。

桑树上常常有蝉，钉在那里，专等人来捉似的，一捉住，越发声嘶力竭地叫。桑林里，褐色蝉最多，也有青色的，偶尔还能见到浑身花纹的。用棕榈叶织一个小小的笋状绿囊，囚住蝉，挂在腰间，听它叫，忽长忽短，时高时低。

蝉在皖西南被称为"蚱蝉"。漫长的夏季，我们这些孩子除了捉蜻蜓便是捕蝉，尤爱青蝉，因为音色响亮。很多年没有见过蝉，去岁夏秋之交，与友人登高，山脚下几株麻栎树挂着累累果子，凑过去，树干怔怔伏着一只蝉，觉得亲切。到底近秋，蝉声虽叫得颓唐了，却不失勃勃生机。

喜欢蝉，模样好看。买过几块玉蝉，汉八刀尤为精妙，形态简洁饱满，线条平直有力。晋人崔豹《古今注》说，魏文帝有几个宠妃，莫琼树、薛夜来、田尚衣、段巧笑，日夕在侧。莫琼树会梳理一种与众不同的发型，将面颊两旁近耳的头发梳成薄而翘起的形状，望之缥缈像蝉翼，如丝如缎，若天女下凡，得魏主独宠，惹人嫉妒。盛夏时，几人趁机在她头上抹了香油，引来蝇蚊无数。曹丕查明真相后大怒，罚薛夜来、田尚衣、段巧笑三人跪地一天，不得饮食。

一觉醒来，窗外泼绿一片。蝉鸣传来，声势汹涌，重重叠叠，像记忆中故乡的蒸笼，叠叠层层，层层叠叠，一层一层叠得高高。眼朝蝉鸣处，层层绿荫杳然无迹可寻。正因如此，虽年年听着，依然有挂念。过往一切像雾像烟像风，又像春日浅浅的梦。

三十几岁的人生，开始有一些挂念了。过去不知挂念，只知挂面。邻居是挂面师傅，一进冬天，搬出面盆，支起晾面木架，趁着晴好天气做面。出面的时候真好看，面挂在两米多高的木架上，弱如柳条，白似秋练，从上到下拉伸，宽窄粗细恰到好处。一杆挂面由一根面绳拉成，阳光下仿佛瀑布。挂念里，挂面柔软、洁白，纯净无杂，匀称光滑，久煮不糊不腻。

小时候吃挂面，汤水里搁一些葱蒜青菜，添半勺腊肉猪油，偶尔有两块油煎蛋金光灿烂盖住碗头，又清爽又富贵。人的味觉会慢慢改变。乡人送我挂面，用鸡汤煮食，新鲜懵懂而已，不觉得美味。在徽州老街，遇见过挂面之妙品，笋衣肉丁浇头，肉丁肥而不腻，笋衣鲜酥香，入口易化。

有人说他在北京十年，始终未曾吃到好点心。盘桓南方多年，我也未曾吃到几回好面。苏州、扬州的面出名。《扬州画舫录》记载，城内食肆多挂有面馆招牌。面分大小碗。冬天用满汤，谓之大连；夏日用半汤，谓之过桥。面有浇头，用河豚、虾、鳝为之，以鱼、鸡、猪为三鲜……还有以鳇鱼、螃蟹、斑鱼做浇头。这样的面我看了生不起食欲。

今日苏杭一带据说有百十种面，所谓不同只因浇头有别。浇头分荤素，另外有半荤半素的，譬如酱炒肉丁、雪菜肉丝、腊肉笋片。叵耐我口味固执，只喜欢北方面。南方面细腻、精致、绵软而爽，到底有花哨气，状若银样镴枪头。

多次吃南方面，阳春面、葱油面、奥灶面、肉丝面、鸡汤面、手擀面。南方面食大抵如袁枚《随园食单》所说，以汤多为佳，碗中望不见面为妙。我吃面恰恰相反，要汤面两清，汤少为佳，碗中望不见汤为妙，故刀削面最好。其味劲道，有嚼头，浇头滑润而霸气，又坚韧又强悍。

旋转面团，快刀削之，面片如雪花般落入锅中。面条从汤锅捞出，一勺牛肉丁勾芡浓汤浇头，闪着诱人红光。喜欢吃刀削面，有过去岁月的感念。冬日严寒，手捧面碗，热气腾腾足以慰藉愁绪。几回去山西，终日寻觅刀削面。平遥巷口那家面馆，老夫妻如古画中人。浅口青花碗，碗底几条宽面，牛肉浇头如神品，入嘴四海升平。一盏汾酒，就花生米，满心欢喜。

南人饭米，北人饭面，如今米面皆我所好也。家谱说我族人本是洪洞大槐树移民，口味可能还残存几百年前晋地习惯，也说不定。几百年前，人丁纷纷自北向南。想象秋收后某个吉日，鸿雁在天空成对成行。茫茫苍穹，秋草焦黄，肩挑背驮的人装着山西村庄装着北方家乡一路南行，依依不舍又义无反顾。时间再久远一些，想起达摩的事。天地气象苍茫，到底浩大，一苇渡江，水流湍急，一幅远古画卷在旧中国徐徐展开。

赵孟𫖯论画，说作画贵有古意，若无古意，虽工无益。董其昌也说画家以古人为师，已是上乘，进此当以天地为师。这两句话受用。文章也贵有古意，哪怕是故意的古意。做人也贵有古意，哪怕是故意的古意。赵孟頫认为，古意既亏，百病横生。此八字里有天机，天机不可泄露。

有人将画家分三等：画士、画师、画工。画士为上，画师次之，画工为下。敦煌壁画里无名画工常有神性，画士多有不及也。王维自称前身应画师也。文人要分四等：文神、文师、文士、文工。老庄孔孟曹苏辈都是神，自凡俗里走出的文之神、人之神。凡俗之神比云雾莲花之神更让人亲近。柳宗元、张岱、归有光、鲁迅是文师，未离尘埃，野马尘埃，妙处在文师文士文工之间迂回游击。

近年常读界画。界画乃国画十三科之一，以亭台楼阁、桥梁、舟车为主题。山水画、人物画、花鸟画以绘画对象来命名，作画时以界尺引线，才能做到横平竖直，故称"界画"。界画是建筑画，《营造法式》把建筑设计绘本也称为界画。

读界画，常常看郭忠恕《明皇避暑宫图》与马远《踏歌图》。宫室宏伟壮丽，山野清幽可人，庙堂与江湖之间，是人心摇摆的悬针。王维《辋川图》也是界画，画自己晚岁辋川居所。画中楼台背山面水、丛林掩隐，屋前云水流肆，舟楫过往，画中人儒冠羽衣，从容谈笑，诗酒棋画，参禅悟道。这样的画有我一世肉身。最难的事，还是安顿这一世肉身。

友人迷扬州八怪，有缘存得十来幅书画真迹，他最喜欢李复堂，感慨八怪里他功力最深，有笔有墨，大幅小品都好。看友人珍藏，果然又奔放又严谨，浑厚中透着秀润。

李复堂曾为康熙侍从，后为宫廷作画，画风恣意，有霸悍之气，遭人排挤。宫廷画如清庙之音，雍穆堂皇正大，自是容不下偏执与个性。当年唐玄宗将李白赐金放还，理由也是非廊庙器。李复堂后来出任山东藤县知县，为政清简，颇得民心，因得罪上司被罢官，只好在扬州卖画。草绿繁华无用处，途穷丹青画亦贱，穷困潦倒之际，甚至要向朋友乞借纸笔。

自古饭碗难捧，君子忧道亦忧贫。一身才华换不回三餐热汤，并不稀奇。何止长安米贵，天下处处如此。齐白石画过一只蟋蟀，题"草间偷活"四字，笔墨磊落，活得生机勃勃。我辈文章衣饭，是字间偷活。草草杯盘，粗茶淡饭，不因柴米心酸。世间愁苦万千，有才而不得意者不得志者，向来后继有人，一代代各有各的境遇。

齐白石卖画学郑板桥，说君子有耻，不论交情，照润格出钱。还说减价者亏人利己，余不乐见。不求人介绍，有必欲介绍者，勿望酬谢……无论何人，润金先收。送礼物者不报答，减画价者不必再来。

郑板桥润格明码标价，启白尤好，崎岖娓娓。说送礼物食物未必自己所好，不如白银为妙。送现银心中喜乐，书画皆佳。礼物既属纠缠，赊欠犹恐赖账。时人张维屏赞郑板桥画书诗三绝，三绝中有三真：曰真气，曰真意，曰真趣。真气难，真意难，真趣难，难在真。荀子说人之性恶，其善者伪也。一叹。

王实甫《西厢记》，借张生发牢骚："学成满腹文章，尚在湖海飘零。"那是感慨一世肉身不好安顿，徐文长、李卓吾、汤显祖三位眉批道："不独你一个。"感受深也。唐寅自况："不炼金丹不坐禅，不为商贾不耕田。闲来写就青山卖，不使人间造孽钱。"张恨水将唐寅的句子改了一下："卖文卖得头将白，未用人间造孽钱。"徐渭半生落魄，况味更是帘卷秋风："笔底明珠无处卖，闲抛闲掷野藤中。"这番话有大沉痛，笑着说出来的沉痛是大沉痛。

想想后主李煜、徽宗赵佶，有泼天富贵，却又是一等一苦人。富贵苦人最苦，贫贱苦人落得自在。天下难得富贵，难得闲散。贾宝玉兼而有之，所以薛宝钗叫他"富贵闲人"。

有论者说《红楼梦》写的是纳兰性德家事。姑妄听之。昔人评纳兰性德，说不知为宰相子也。之前有宋徽宗，亦不知为帝王身也。不知为宰相子，妙人。不知为帝王身，苦人。徽宗皇帝心头大概也有愿生生世世莫生于帝王家的想法吧。"不知"二字甚好，美人不知其美为大美。作文不知作文是法门妙门。作文多年，唯恐多作，但求为文。作文多年，未入法门，遑论妙门。好在知道妙门在心、法门在上。法门悬天，苍天在上。

舜的故事，有苍茫深远的一幕。孟子说他一个人离家，孤独地走在田野上，仰天长哭。长哭大概是受虐所致。舜修缮粮仓，爬上房顶，父亲抽走了梯子，放火。舜化险为夷。过几天让舜挖井，进得井底，黄土倾泻而下如江水倒灌。舜的弟弟象力大如象，一气填实了井口，一路狂呼："杀舜者是我。干戈归我，琴归我，弓箭归我，两个嫂子跟我！牛羊归父母，粮仓归父母！"住在舜屋里，弹琴自得。舜回来，象惊愕异常，曰："我思舜正郁陶！"到底还有廉耻心。

舜幸免于难，民间传说因娥皇、女英拿出绘有鸟纹和龙纹的衣裳，让他化为鸟飞离火海，化为龙顺黄泉而逃。《史记》说舜以斗笠为翅，跳下房顶，得以不死。又说舜挖井的时候，在侧壁凿出一条暗道。孟子说舜"象忧亦忧，象喜亦喜"。忧是真忧，喜也真喜，忧喜中大悲苦。

窗外阳光大好，影子如团团浓墨，神色凝重。楼影树影花影草影，偶见虫影，并无人影。暑气正烈，人躲在楼影里。日头在上，万物在下，天地如银，几个红尘老少，手持蒲葵扇，敞怀而谈。一觉醒来，正好读书。陈老莲说略翻书数则，便不愧三餐。翻书本分事，文章谋营生。

一天三日用，躬耕稿纸上。谁知盘中餐，粒粒文字饭。

王思任有《文饭小品》，文章如山水出石口，像流晶散玉，绿云翠雨，衣肤皆寒。

好文章有层寒意，好文章有层春意，好文章有层秋意。好文章还有古旧意、风雅意、恍惚意，一觉迷蒙，将醒未醒，似说梦话，好文章还有微微醉意。底色不一，有意就好，最怕文章无情。作者有意，读者才有意，仿佛冬夜醒来，被窝是暖的。仿佛冬夜欲睡，被窝是暖的。暖暖的被窝是人情，其中消息如花半开，又像与老友饮酒微醺。只是少年人血气未定，文章往往激越跌宕。中年脚步放慢，文字如缓缓花开。老来之后，纸上平安，人墨相宜就好。吴昌硕说是梅是篆了不问，缶老不问，我更无言。做且做，无须多言。文章就文章，画画就画画，无须多话。艺本茶饭余事，茶饭引，引出一片闲情，引出琴棋书画。

金人刘仲尹诗《不出》："天气稍寒吾不出，氍毹分坐与狸奴。"泥实了，不及陆放翁"溪柴火软蛮毡暖，我与狸奴不出门"有蔬果风味。大风卷起，四山雨声如巨浪翻滚。柴火温暖，毛毡温暖，诗人与猫都不愿出门。不出门也好，居家美睡。

胡适说王国维模样难看，不修边幅，留小辫子，木讷口拙，所以很少出门。读他诗词，以为是风流才子。有人说鲁迅文气逼人，非常不买账，非常无所谓，又非常慈悲，看上去一脸清苦、刚直、坦然，骨子里却透着风流与俏皮。萧伯纳在上海见鲁迅，称赞他好样子，大先生应声道："早年的样子还要好。"样子是早年好，文章却是晚年好。一册《野草》，始终迷人。

《野草》恣心所欲，措辞含糊，游荡在废弛的地狱边沿，凝成冰雪霜雨雾露，得了惨白的朦胧美，幽咽婉转中别具锋芒。初版书衣，有暮雨黄昏气息，又像夜空下出门远行，意味近乎《故乡》所说，苍黄的天底下，远近横着几个萧索的荒村，没有一些活气。开篇《秋夜》绮丽清奇：

在我的后园，可以看见墙外有两株树，一株是枣树，还有一株也是枣树。

这上面的夜的天空，奇怪而高，我生平没有见过这样奇怪而高的天空。他仿佛要离开人间而去，使人们仰面不再看见。然而现在却非常之蓝，闪闪地映着几十个星星的眼，冷眼。他的口角上现出微笑，似乎自以为大有深意，而将繁霜洒在我的园里的野花草上。

《野草》中有篇《一觉》，隐喻沉郁，沉郁是鲁迅文章底色之一。沉郁有深情，情绪重影，或以古朴胜，或以冲淡胜，或以钜丽胜，或以雄苍胜，于是莽苍。莽苍也是鲁迅文章底色，旧物古木莽苍，夏天野草莽苍。莽苍是时间生出的包浆，沉郁是天生气象，或者异禀。鲁迅文章不是修出来的，仿佛古已有之，从来如此，如禅宗棒喝，没头没脑跳出来，醍醐灌顶。读鲁迅常有所悟，大梦中一觉醒来。

《一觉》，一次觉醒，一场好睡，人生总在睡与醒中。

各样的青春在眼前一一驰去了，身外但有昏黄环绕。我疲劳着，捏着纸烟，在无名的思想中静静地合了眼睛，看见很长的梦。忽而惊觉，身外也还是环绕着昏黄；烟篆在不动的空气中飞升，如几片小小夏云，徐徐幻出难以指名的形象。

一觉醒来，活在人间。有人说，睡眠是另一种死亡。
在乡下，每每闻鸟而醒。耳畔清脆短促，清悠绵长，叽叽喳喳全是鸟声。日光爬过窗台，树木枝条把影子印在粉墙上。

卧室后窗正对树林，入眼一绿，满耳鸟声。推窗，众鸟昂头高挺，从树枝跳到草地来回走动，顾盼之间满是得意。我知鸟甚少，能分辨者唯麻雀、野鸡、乌鸦、喜鹊、白鹭、燕子、黄鹂这些常见的飞禽。有一鸟，模样灵巧像麻雀，羽毛五彩斑斓，艳丽多姿，不知其名。还有一鸟，尾有褐色长羽，飞速极快，比乌鸦大些，独来独往，颇有些乌衣剑侠气，也不知其名。有意在靠窗地板上放些稻米，引鸟啄食。半盏茶工夫，一只花喜鹊飞进屋里，边啄食米粒边鸣叫几声，不多时，众鸟纷至。推门而入，群鸟四散。

窗外槐叶阴翳，枝杈碎叶在风中颤起绿韵。无酒亦起醉意，再起倦意。我醉欲眠卿且去，明朝有意抱琴来。

俞伯牙抱琴而来，知音不在。取出挂在腰带上的压衣小刀割断琴弦，双手举琴向祭石台上用力一掼，摔得玉轸抛残，金徽零乱："摔碎瑶琴凤尾寒，子期不在对谁弹？春风满面皆朋友，欲觅知音难上难。"斜阳余晖，不免一场大醉。深谷飞鸟，嘤其鸣矣，求其友声，相彼鸟矣，犹求友声。明月清风可以与人共适，知音到底难求，嗒然若丧，临书但有惆怅。

窗下花谢了，枝木换了头面，浆果峥嵘，无须锦上添花。但有惆怅又无惆怅。

二〇一九年八月二日，合肥

欢 喜

一朵菊花泡在玻璃杯里，浮浮，沉沉，浅浅，淡淡，仿佛向日葵。一杯黄，从金黄到浅黄到淡黄，喜气在焉。喝了几口，薄薄的苦中泛着清香，又有甜润回旋，不独喜气在焉，几欲喜心翻倒。

冒鹤亭为友人诗集求序陈衍，作书力赞："公读其诗，当喜心翻倒也。"石遗先生不快，感慨冒鹤亭天资敏慧，可惜专心作名士，未能向学用功。说喜心翻倒是喜极悲来的意思，出自杜甫"喜心翻倒极，呜咽泪沾巾"一句，冒鹤亭误认为喜极拜倒，岂老夫膝如此易屈邪？到底老夫子，倔强固执。

喜心翻倒，是说喜而不能自持，并不一定是拜倒，与膝易屈无关。宋人陈与义诗中有"喜心翻倒相迎地，不怕荒林十里陂"句。近人小说写人乍闻父亲尚在世间，虽不免将信将疑，却已然喜心翻倒；又写一老夫妇晚年得子，自是喜心翻倒。

盛开在水里的菊花，让我喜心翻倒。

花叶的流年，一杯漂浮着菊花的澄净之水。花有流年吗？

《述异记》上说，西海中大食王国，有一方石，石上多树，树干发红，青色叶子，枝上生有小儿，头挂树枝，长六七寸，见人皆笑，使摘一枝，小儿便死。这果子遇金而落，遇木而枯，遇水而化，遇火而焦，遇土而入。《西游记》中人参果之来历，当即本此。

地仙之祖镇元子的万寿山五庄观有人参果树，是一棵开天辟地的灵根。果树三千年一开花，三千年一结果，再三千年才得熟，只得三十个，短头一万年方得食。果子模样，如三朝未满的小孩，四肢俱全，五官兼备。人若有缘闻一闻，能活三百六十岁，吃一个，能活四万七千年。

猪八戒食肠大，口又大，馋虫拱动，见了人参果，拿过来张开口，囫囵吞咽下肚，又白着眼胡赖，问行者、沙僧吃什么？味道如何？行者回："你倒先吃了，又来问谁？"八戒说："吃的忙了些，不像你们细嚼细咽，尝出些滋味。我也不知有核无核，就吞下去了。"

书上说唐僧自服了人参果，真似脱胎换骨，神爽体健。《西游记》是喜心之书。《红楼梦》也偶有喜心，读得人心里满是光亮的喜气。韶华之美，景物之美，风月之美，皆是人间大美。

存有一套影印乾隆年间程乙本《红楼梦》。近年迷恋线装书，其美在古朴素雅，瓷青色封面，竖式的题签，一份沉静浸润而出，如芝兰之香，如清茶之味，如古琴之韵，弥醇弥厚。《红楼梦》每年会翻一翻，很久没有读《西游记》了，也很久没有读《封神演义》。电灯、油盏、蜡烛下，神魔共舞，莲花盛开，仿佛昨日，实则过去了二十几年。

喜心易碎，流年似水，喜心仿佛是风化多年的朽木，一碰就散落一地。真庆幸遇见那些书，读了几十年，人生跌宕起伏，心头宁静，时有欢喜。

汉光武当年在春陵城中。望气者说城中有喜气有王气，郁郁葱葱。春陵一带我去过，植被丰茂，山脉成林。古人以为皇帝不是凡人，说汉光武在陈留出生时一屋子红光，大放光明。郡上飞来了凤凰，有水稻一茎九穗，不同一般禾苗，县界大丰收，因此取名刘秀。

古人术数中有望气者一类。墨子说有大将气，有小将气，有来气，有败气，能得明此者，可知成败吉凶。《史记》对望气占卜法作了介绍，仰望云气能达三四百里，登高则能看得两三千里。观测云气，预测吉凶顺逆。气色光明则发旺，气色暗淡则败落，气呈红色则巨富，气呈黑色则有祸，气呈紫色则大贵。据说曹丕出生时，有浓郁的青色云气，圆如车盖，终日笼罩其身。望气者说这是至贵征兆，非人臣之气。

三国时，望气者说荆州有王者之气，将破扬州，不利于建邺宫。吴主孙皓迁都武昌，以制荆州王气，后来又大肆征发民众，掘开界内大臣或名家坟墓，以泄王气。实不知损了自家福报，终是素车白马，两手反绑，衔璧牵羊，大夫衰服，把棺材装在车上，率领太子孙瑾向晋军营门投降去了。

北魏拓跋焘在位时，望气者说大王山有天子气。拓跋焘至此地巡狩，以压制"王气"，又用巨石在山上堆砌，厚达三层，以为可以断绝王气。王气是帝王运数的祥瑞之气，欢喜之气。大动干戈本非祥瑞，更损了喜气。拓跋焘最后死于宦官之手，享年不过四十五岁。

北京有王气，游故宫、颐和园，处处可见王气，尽管是前朝王气，喜气隐隐闪动。王室喜气如红茶，内敛。民家喜气是酒，热闹。乡下春节，红衣红帽红灯笼，并无王气，喜气却足。苏轼诗里说："门前人闹马嘶急，一家喜气如春酿。"春酿是春天酿的酒。贾思勰《齐民要术》说："冬酿十五日熟，春酿十日熟。"

古人十月获稻，初冬时以新米酿酒，春时方出，是为春酿。我老家至今有此风俗。五谷收仓，稻草垒垛，六畜在栏，地旷天清的日子里正适宜酿酒，是甜糯的米酒。春酿稀少难得，故有春酿贵如金之论。唐人有诗道："春酿正风流，梨花莫问愁。"到底此中有喜气，冲淡了梨花白里的春愁。宋人周密也感叹："薰然四体知，恍若醉春酿。"

春日里喜气多，柳芽第一喜，桃花第二喜。柳枝发芽了，初春在路边散步时遇见，心头一愣，马上欢喜起来。春色来了，流水清澈无邪，映照得春日风月没有一丝轻薄。

春一点点深，花色渐渐淡下去，深红变成了绯红，绯红又变为浅红。最后，一切红消失的时候，大片的绿呈现出一片肃穆葱郁的神色。喜气不改，欣欣向荣。欣欣向荣四字大好，是我心头好。

欣欣好，向荣更好，好在喜气，欣欣向枯如何？油菜籽、芝麻、大豆之类榨油后有渣滓：菜枯、麻枯、豆枯。小时候学校旁边有榨油坊，醉人的油香滚滚冲冲，觉得喜气。油香是贫瘠岁月里的膏腴。茶里有喜气，酒里有喜气，油里有喜气。

日常欢喜，不过柴米油盐酱醋茶。闲来两盏茶，三杯酒，推门是生，闭户是活，生与活凝结成人间烟火。烟火不多见了，炊烟是安神药，疗乡愁疗清愁。远远看见那些炊烟，炊烟下是柴火饭的清香。

乡下逢婚庆、洗三、做寿，越发欢喜无限。婚庆不必说，陶陶然有蒸腾的喜气。来客人人衣帽齐整，喜笑颜开，显得气氛嫣然。做寿时，浅口的竹篮装一层寿桃，堆在里屋，又富贵又安详。有时配寿仙模型，越发多了欢喜。

寿桃有两种。一种为夹层松糕，大小不一，将糯米、粳米、红米磨粉加糖加玫瑰酱，和成团，放甑笼蒸熟。糕皮松软，色泽红艳，口味清甜。还有一种将糕粉做成桃形寿桃，夹层多为豆泥、果仁，与寿糕一起，更添喜气。寿桃多为摆设，分送亲朋好友，共沾喜气。

吃满满的饭菜让人欢喜，换一碗素白的米饭也有喜气，儿童的喜气。查慎行诗云："半月前期传父老，一家喜气到儿童。"

儿童的喜气混沌又浑然。有老先生回忆小时候做客，待饭碗被鱼虾鸡鸭堆满了之后，突然把筷子一放，宣布吃饱了。直等到主人劝了又劝，才说："那么请你们给我换一碗白饭来。"

老家岳西有吃新习俗，劳作半年，稻谷收仓，第一顿新米饭，请亲邻共食，仪式庄严。一口铁锅，几升白花花的大米煮成颗粒晶莹的米饭，有沁入脾胃的糯软新香。一家人围桌而坐，吃出风生水起的欢喜来。

饮食有欢喜，香甜的欢喜，暖意的欢喜。张爱玲爱吃糖炒栗子，假日与姑姑上街，总会买一些，用牛皮纸裹了边走边吃。每次回寓所途经栗子铺，忍不住放慢脚步，细细听师傅操着长柄铁铲炒栗子的"擦擦"声，深深嗅那桂花糖和砂子混合散发的香气。

有一年，在秋浦河边遇见几个乡农，他们手提半旧竹篮箩筐，在石阶上卖栗子。通红的栗子，饱满喜人，剥开外壳，粟肉色泽如玉，滋味鲜活，吃得出清脆吃得出欢喜。山边野果如豆，江南的水墨山峦中，它们饮风吸露，恣肆而长。几只鸟在夕光里，不知道品种，仿佛是金鸟，让人怀着欢喜。妇人在岸边掬水浣衣，棒槌一声一下捶打着衣物。河底水草袅袅婷婷，随波逐动。

记得小时候最喜欢看晾衣服，湿漉漉的衣裳，晾在绳子，残留的水不紧不慢地滴下来。阳光升过屋顶，穿衣而过，水滴声音渐渐停息，衣裳慢慢干了。傍晚收衣回家，忍不住轻嗅衣物的阳光味道，觉得真好闻。

欢喜无处不在。欢喜是漫卷诗书喜欲狂；欢喜是小儿亡赖，溪头卧剥莲蓬；欢喜是得老加年诚可喜，当春对酒亦宜欢；欢喜是一日看尽长安花；欢喜是采菊东篱下，悠然见南山；欢喜是此心安处是吾乡；欢喜是田家衣食无厚薄，不见县门身即乐。

《枕草子》说快心的事是：献卯杖时的祝词，神乐的舞人长，池里的荷叶遇着骤雨，御灵会里的马长，祭礼里拿着旗帜的人。卯杖是官员献给朝廷的木杖，以桃、梅、柳、松之类的木材制成，用五色丝线包裹，有驱除邪气的功效。献卯杖时的祝词我没见过，祭祖扫墓时跪在地上的老人，喃喃自语，让人觉得欢喜。

《枕草子》还有使人惊喜的事，小雀儿从小的时候养熟了的。婴儿在玩耍的时候走过那前面去。烧了好气味的熏香，一个人独自睡着。在中国来的铜镜上边，看见有些阴暗了。身份上等的男子，在门前停住了车子，叫人前来问讯。洗了头发装束起来，穿了熏香的衣服的时候。等着人来的晚上。听见雨脚以及风声。惊喜与快心是大欢喜。

让人欢喜的还有，雨天穿过小巷，行人寂寂，处处市井。青菜挂满雨滴，青翠剔透，守菜摊的妇人一脸安详。老人路边卖白生生的挂面，用红纸缚就，齐齐躺在竹篮里，人弯腰问价。

欢喜事在野外，山重水重，淡蓝的烟雾萦绕群山，看见自己喜欢的绿与红，还有橙黄青蓝紫。

欢喜事是小时候撕扯布料的声音，犹如弦乐，嗤一声入得耳里，绕心三日。欢喜事是众人饮酒喝茶作乐。欢喜事是一个人看书，习字，睡觉，做梦。

微雨薄寒天气，烟柳袅娜，花事繁盛，心灵空蒙，坐船游湖。这是欢喜的。大热酷暑天气，走得热了，见一大树，径自荫下坐着，解衣敞怀，有风吹来。这是欢喜的。夏日雨后满山林木气，有松脂与树叶混合的幽香，人迎面走过去，肉身都消弭无影了。秋日，天渐渐变冷，去别人家做客，在阳台上喝茶。忽然看到屋子正对着的一座座连着的小山。低矮的山，黛青色的山，有错落的乐趣。晴朗的夜晚，黑压压山影映着明晃晃的月。月明星稀，月晦星亮，让人欢喜。冬天午后或傍晚，在家烧饭，牛肉萝卜汤在锅里翻滚。窗外下了很大的雪，屋子里都是牛肉与萝卜的气味。春节将至，一屋子吉祥，一屋子喜气。一个人剥食坚果，果壳成堆。烟火的日子，让人舒心让人欢喜。

欢喜有四境，人生之四境：

第一境：儿童散学归来早，忙趁东风放纸鸢。

第二境：隔帘花影动，疑是玉人来。

第三境：老骥伏枥，志在千里；烈士暮年，壮心不已。

第四境：不以物喜，不以己悲。

二〇一九年十二月十九日，合肥

得铜印记

　　铜印源于东周，古称金印，多为官家所用。《三国演义》上关羽快马斩得颜良，曹操即表奏朝廷，封他为汉寿亭侯，并铸送铜印。

　　铜有好意思，铜郭，铜堞，铜楼，铜山，铜墙，铜头。京剧里还有铜锤，又称净角、黑头，俗称花脸，以唱为主，是我最喜欢的角色。旧小说中使铜锤的好汉，骁勇异常。少年时，老家有一铜匠，整日挑担走村过户，补锅修锁，化铜为水，变腐朽为神奇。他是乡村里的闻达。

　　二〇二〇年惊蛰，得黄铜名印一方，边款尤妙："囿八斗之才于寸方内，快哉。己亥岁末之蓁利刃攻铜。"攻铜如作文，各有艰辛。铜者，金也，得铜即得金。金为五行之首，金为美，好文章是金言。受此铜印，无意多金，但求多得几斗美文。

二〇二〇年三月五日，合肥

玲 珑

　　小文章有小文章的意思，这意思长文章没有。小文章意思在小巧玲珑，有庭园氛围；洒洒洋洋的宏阔长文章，没有这种风味。罗大经说看诗要胸次玲珑活络。少年读过的书，叔齐在岸上徘徊，扬声悲歌。

　　　我这一张断弦琴弹得出一声声的哀弄：丁冬，琤琮，玲珑，一声声是梦，一声声是空空。

　　文章是空空事业。以空为业，有一些玲珑意思就好。鲍照说："白日照前窗，玲珑绮罗中。"玲珑未必非要在绮罗中，玲珑布衣，玲珑粗服，更有好风华。

二〇二〇年四月二十日，合肥

怀　古

　　老友张扬赠方古砚，掌心大小，堪堪一握，可喜铭文吉祥："人之淡者出之浓，他日文章华国，策尔磨砺功。"其中情谊荡起心绪，更堪铭记。这砚台旧年墨花涓涓，文章鲜鲜，不知与几人晨昏相伴过，更不知几人在此耕耘心田，不禁起怀古幽情。

　　人近中年，突然多了怀古幽情，在先秦与明清之间徘徊。因缘际会几幅古画数本旧书，近年更迷恋老玉，有幸遇见环、玦、璧、司南、勒子、佩。藏玉入怀，养护肉身的玉性，也是对君子如玉的向往。老玉之美，无关沁色变化，往昔气息足以令人拜倒，其中有往事有精神。去年冬日存得一弦纹剑璏，玉质颇好，沁色深厚，中有凹槽，其形如桥如瓦，又称瓦纹，有长桥卧波之势，手中把玩，雨打鱼鳞瓦的气息飘了过来。

二〇二一年九月十九日，合肥

日　熹

走进春日竹林，夜里下过雨，隐隐有珠光宝气在眼底在胸前，驱散了最后几缕阴霾，无哀愁无挂碍无恐怖。两束光亮起，一束从脑际射出，一束自头顶照下，心静如玉。

风吹起衣袂，竹林新鲜的气味弥漫鼻底，田野露水和朝阳的气味，篱笆青草与红花的气味。一株蕙兰在竹苑旁开过，散着幽香。几根笋粗壮有峰峦气象，石峰，林峰，竹峰，得了春欣自然之力，不几日蹿至两人高。头顶蓝而深的天，几朵云缀在那里，像一丈青锦上镶嵌的如意。竹林比天颜色更深，烂漫到碧翠如蓝。

柿子树下两只喜鹊欢叫，彼此唱和。树高且大，枝头密密麻麻的叶子，焕然一新，又回到青葱年华了。老去的只是过客，山川永恒，星辰永恒，树木永恒……

鸡鸭出了坶窝，鸡在草地啄食不休。鸭子憨憨张开翅膀，无所适从的模样，孩子们将它赶向庭院外的池塘。竹篙挥过，几只麻鸭逃一般跳起，扑棱进了水里，惊得两尾鱼跃出水面。

是金色的鲤鱼，腰身翻转，阳光下一阵迷蒙。

忍不住走近水边，碧绿的池塘透着晶莹的光，鱼在菱莲之间悠游自在，黄色、橙色、红色、灰色的鱼，影子淡淡投入水底，或大或小，或胖或瘦，或动或静。游动的鱼好看，静止的鱼也好看，凝住了似的，投块瓦片，惊得它闪身出离三尺外，躲到浮萍下。

塘埂旁农人屋前挂满了衣物，花花绿绿的衣服也像花。看见幼童的衣裤，眼眸与心底忍不住柔软，化开了，坠入空阔的无邪，一脸欢喜。太阳越升越高，像巨大的蛋黄，何止光芒万丈。雾渐渐散去：是大放光明的人间白昼。日熹下周照无极，山河光明，画出人间斑斓的影迹，并不独是影迹，更画出万千生机。瓦房传来一个童声，念的是汉人镜铭：

　　日有熹，月有福，乐毋事，宜酒食，居必安，毋忧患，竽瑟侍，心志欢，乐已茂，固常然。

汉镜稀世，这样的铭文更稀世。以镜自照，以人自照，以日自照，照见五蕴如琉璃。古人说，未有天地，先有琉璃，人一琉璃也，物一琉璃也。昱耀心田，度一切苦厄，美意延年。

二○二一年九月九日，合肥

多收了三五斗

有人存钱，有人储物，有人收礼，有人受贿，有人获罪，有人藏娇，有人匿私，有人买马，有人纳凉，有人享福，有人得意，有人进寿，有人来宝，有人添丁，有人招财，有人割稻，有人采花，有人折桂，有人抱蔓，有人摘瓜……我只有积攒文章。近来写作颇勤快，多收了三五斗文字。

文才可以斗量，谢灵运说天下一石才，曹子建独占八斗，他得一斗，余人共分一斗。十升为一斗。升斗大小不同，形体近似，四块梯形木和一正方木组成，以镉钉或榫卯构连，上口阔大，下面封口较小。

三十年未见斗，升也二十多年不见了。乡下人称升为升子，其中有对谷物稻米的敬意。

二〇二一年十月十日，合肥

辑

二

牛　忆

张中行先生叔父家养过一头黄牛，性情温顺，难得记性好。行翁小时候和几个孩子去姑母家，二十里距离，大人牵牛送到村外岔路上，牛自己会认路。一路摇动，孩子们在牛车上东瞧西看，打打闹闹，还可以下车去掐花草，牛走得慢，几步就赶上。在姑母家吃过午饭，再让牛送回来。

老马识途，老牛亦识途。张家黄牛识得二十多里的村路，真奇牛也。

张先生坐过的牛车，我没坐过。岳西没有牛车。小时候经常以牛当马，纵横山野。水牛力健，几山几河跑下来，丝毫不见倦意。

骑牛者不独我辈，李聃出关，骑的也是牛。后世尊奉他为道家始祖，大概觉得骑牛失了威风，改口说所骑者乃是兕。《山海经》上说兕是神兽，状如牛，苍黑，额心有一根独角，天下将盛才出现。我觉得骑牛更好，牛身上有家常气息，李聃的《道德经》是家常智慧。

小时候放过牛，山里草多，各家牛都在山头觅食。牛渴了，径自去溪边饮水。山里树多，人坐在树下看书，十分阴凉清静。

家里养的是长角水牛，性情温顺，水草吃得饱了，自行归栏。我却以为牛走丢了，急赤白脸好一阵惊慌，回家后却发现牛在栏里摇着尾巴，一边反刍一边眨眼，态颇自得。

有邻人家水牛性极暴躁，两牛拼力，硬是抵得双角折断了才过，牛满山乱跑，更无人敢挡。

牛招苍蝇蚊子，尾长莫及，牛自有办法，卸下桩，在泥水坑里打几个滚，弄得全身都是泥浆，蚊蝇就奈何不了了，连山蚂蟥也叮不进去。

水牛会游泳，小时候放牛，过河时骑在牛背上，牛的四条腿全浸在水里，只有它的背和昂起的头部露出水面，悠然划过。

牛在乡下是极贵重的家产，耕田犁地，少它不得。人视牛如妻儿，纵是打骂，也舍不得下重手。每年过了农忙，祖父总要熬几升黄豆给牛进补，偶尔家里做了玉米馍，他也舍不得吃，藏几个在衣襟送到牛栏里。

《枕草子》上说画起来看去更好的东西：松树、秋天的原野、山村、山路、鹤、鹿。清少纳言忘了牛和马，牛马画起来更好看。金农多次画马，俊逸不可名状，真好丹青也。唐人韩滉的《五牛图》，神气磊落，画中五头牛从左至右一字排开，各具姿态，品种有异。牛科里品种不少，有心人可以写一本《牛谱》，可媲美宁戚《相牛经》。

《枕草子》里《扫兴的事》有一条是：虐待牛的饲牛人。我批曰：贼杀才，何止扫兴。

春秋时候，齐景公与儿子嬉戏，景公叼绳扮牛，其牵走而行。是为孺子牛也。春秋之前有人说："鸡栖于埘，日之夕矣，羊牛下来……鸡栖于桀，日之夕矣，羊牛下括。"这情境读到二十几年了，还是难忘。鸡进了窝，夕阳不断西沉，纷纷下坡归家的那些羊那些牛啊。

二〇一八年二月二十二，合肥

竹林的故事

　　走到坝上，远远望见竹林，我的记忆又好像一塘春水，被微风吹起波皱了。

——废名《竹林的故事》

　　想重读《竹林的故事》，找不到那本书了。去年整理书架还看到过，这回不见了，书报太多太乱。

　　记得初读废名《竹林的故事》。旧杂志发黄，翻开书页，依稀往日味道。是夏天的事，放牛的老者回来了，走在塘埂上，人与牛的影子倒映在池塘里，西天上了晚霞。土砖瓦房，屋檐下堆着柴火，门槛是一长条青石，暮色与竹韵一起，一个小男孩在门槛上坐着，小男孩是我。门前树影婆娑，树林外的竹窠群蚊乱飞。

　　出城一条河，过河西走，坝脚下有一簇竹林，竹林里露出一重茅屋，茅屋两边都是菜园，十二年前，它们的主人是一个很和气的汉子，大家呼他老程。

废名落笔不事雕饰，平淡而真实，读出生之种种，沉痛处让人惊心。

我的记忆有竹林的味道。

我的记忆有竹林的颜色。

我的记忆有竹林的故事。

对于竹有种偏爱。大凡人喜欢一件物什，总有理由，像陶渊明"秋菊有佳色，裛露掇其英"之类。我的爱竹，大概是天性吧，实在说不出什么道理来。行经竹林，听见竹声飒飒，两眼绿意盈盈，就欣喜得忘乎所以了。

老家岳西属山区，山里遍野松木，竹林也多。重重叠叠、密密匝匝望不到头。到近处看，有的修直有的峭拔有的苍劲，各得神采。

清明前后，一场场雨，春笋破地而起，从泥土里冒出来，从石缝间钻出来，从沙砾中挤出来。笋见风长，一日日拔高，不管不顾，几个月工夫，粗粗大大成一片竹林，绿得浓重葳蕤苍翠，那是生意也是自然。自然的生意，欣欣向荣，人看了心生欢喜。树林多菌，竹林有笋。挖笋与采蘑菇是风俗画。满目葱翠中，挑挑拣拣寻觅冬笋，有乘骏马衣轻裘的轩昂。

旧宅前有片竹林，是我小时候的乐园。那块天地里，有野鸟，有家雀，更有郁郁青青一片阴凉。竹皮十分光滑，油亮亮作翡翠绿，摸上去冰凉舒适。风过时，竹叶沙沙响，像琴音，像蚕食。我们喜欢找一丛竹枝做窝，在上面静卧。有时还蹿上一根细竹顶，然后吊下来，双脚着地，再松手，竹子嗖的一声如飞箭般弹回。大人见了总要骂，说吊坏了竹子。每每慌忙中捡根细木棍子在胯下夹着，口中嘚嘚作马蹄声，逃也似的跑走。

夏日暑气正烈，常常和外祖母搬张竹床，放在竹林中小睡。仰面躺着，竹叶阻住了阳光，遮阳的大荷叶扔在一旁。不时吹来一阵好风，凉飕飕的，偶尔几丝阳光点点滴漏，经竹叶筛过淌了下来，青草地上洒满斑驳的碎影。外祖母早已经沉沉入眠，我总是睡不着，心事幽远，转背看竹影，透过竹叶而下的光明明灭灭。

到了夏天，人总贪睡竹床，清凉凉的，很舒服。到了晚上，家家户户搬出竹床，在星空下露地乘凉。

故乡人家竹器繁多，竹床外，还有拐杖、扁担、筷子、衣竿，种种竹篾编成的箩、筐、盒、席、凳、椅。春天时候，打来的野菜放在一个竹篮里，一种长方形的竹篮，叫作黄米箩。乡间小姑娘一手挎着黄米箩，一边捡拾着什么，有劳作之美也有艺术之美。乡农惜物，不少人家的竹器颇有些年头，触手世故而又温厚丰润。竹色像鸡蛋壳，薄薄一层暗黄是岁月走过的亮光。

竹器的使用，可远溯至上古。操作之什，起居之器，争战之备，不少即为竹子做成。古时削竹为简，为书写轻便和防蛀虫，要将青竹火烤杀青，竹中水分如汗渗出，故又叫汗青，所谓丹心汗青。

古代大臣上朝拿的手板，有时也以竹片制成，且有纹饰，上可记事。王献之有斑竹笔筒名为裘钟，六朝齐高帝赐人竹根如意，皆竹之雅器也，非一般用具所能比。苏东坡"无竹令人俗"一句浩荡，后人说竹中虚劲节、清高独介，堪比君子。竹无金银珠玉气，也和象犀之类迥然有别，文人雅士以此标榜，广做竹刻，笔筒、诗筒、香筒、臂搁、扇骨、笔洗、水丞、储盒、砚屏，甚至印章、簪钗也偶存竹韵。

民间有这样的话：虚心竹有低头叶，傲骨梅无仰面花。这是体察物性后所赋予的一种人格，君子如玉，君子如竹。竹之性，一直，二节，三中空，故为雅器，多以其喻德。这是竹子的辩证法：正直才正大，有节得节操，中空喻虚心。处处是做人的道理也是处世之法则。人间有道，官也好民也好，穷也罢富也罢，品行直，有节操，能虚心，自然长长久久。否则，虽高论惑人，愚弄一时，终非正途终非大道。

竹器里最爱臂搁与笔筒，竹色殷红，波磔刀口下有肌肤之感也有时光之叹。存得一小块湘妃竹片旧臂搁，刻竹枝竹叶，不知年代，无论刻工，却爱其清凉苍老，跟庄绶纶在香筒上刻雾鬟云鬓一样销魂。《竹人录》里记载庄绶纶年四十余不娶，绝无艳冶之好，偏偏喜欢竹刻的美人。

湘妃竹又名泪竹、斑竹，我在湖南见过很多。竹斑朵朵如花，中央点紫，有晕，与芦叶斑点相似，颜色红褐，又如陈旧的淡墨。说是尧舜时代湖南苍梧山上有九条恶龙，常到湘江戏水，引发洪灾。舜爱民心切，赶去除害，劳累病逝。娥皇、女英二妃闻此噩耗，奔丧而来，伤心哭夫九天九夜而死，血泪沾竹，泪痕成斑，化为斑竹，二人成了湘水之神，云纹紫斑的竹子自此称为湘妃竹。故事不必当真，后人喜欢湘竹，迷的也正是这古老浪漫的传说。

苍梧山现名九嶷山，那年自山下经过，午饭吃到了山上的竹笋。不知道是不是湘妃竹之笋，怕是焚琴煮鹤了。洞庭湖君山岛上有湘妃祠，更多湘妃竹，竹木幽幽，有清凉气，又有古旧味道。自竹林下走过，心情常常飘忽。

竹器好，竹画更好。

竹画难画，难在脱俗。元人李衎认为画竹重要的还是枝叶姿态，一笔笔有生意，一面面得自然。说是四面团栾，枝叶活动，方为成竹。一笔笔生意一面面自然是大境界，得生意者失了自然，得自然者常常少了生意。

李衎可谓竹的知音，一生爱竹画竹写竹，他的《竹谱详录》我翻得熟。说竹生于石，则躯体坚而瘦硬，枝叶枯焦，如古烈士；生于水边的竹子性柔而婉顺，枝叶疏朗，是谦恭君子；生于土石之间的竹子，不燥不润，根干劲圆，枝叶畅茂，如卓尔有立的仁志之士。

徽州山坡上满满都是毛竹。马头墙外的乱石区，中立三五根竹子，比坡上竹瘦一点，有倔气有傲气。水边的竹子见得更多，老家水域河流池塘密布，有竹终年长在水边，湿气太重，竹叶细小零落，远看隐然是儒士布衣。土石之间的竹子长势喜人，达五六丈之高，真个精神抖擞。

风雪雨电，有些树每每抵不住，或折枝或断根，竹却决然立着，故先贤常以其拟人。元人画竹之风盛行，到底心绪难平，借此寄情言志，泄胸中闷气，追慕汉风。

李衎之后，画竹者当数郑板桥。郑板桥以书画名，也工诗，仕途失意，难免伤时感事，心情低沉。幸好以艺养心，以艺遣性，以艺通神，笔下韵文音节始终谐美自喜，沉郁的心情于是坦荡正大通透，所谓"千磨万击还坚劲，任尔东西南北风"。郑板桥书画诗文筋骨，不移不屈，不失本色，深知竹子性格，才写得出这样深切周至的颂词。

郑板桥一生以竹为伴，他家两间房屋的南面种有竹，新篁初放，绿荫照人。夏天，置小榻其中看书看竹，清凉自适。秋冬之际，破竹为窗棂，用匀薄的白纸糊上，风和日暖，冻蝇触纸窗，咚咚作小鼓声，片片竹影映在窗纸上，宛如天然竹画。故笔下画竹没有师承，多得于纸窗、粉壁、日光、月影中，为竹写神，以竹写生。瘦劲孤高，是竹的精神；豪迈凌云，是竹的生性。郑板桥一纸墨色，写尽了竹韵。文字也如书画，可以师承先贤，也不必师承。一生对照四季，找出春色，找出夏热，找出秋意，找出冬景，逐一消磨，可知艺无涯也。

去年山乡小住，农家小院一丛竹，上绕藤蔓，结了三五只苦瓜，恨不得有郑板桥为之写生耳。后来到底请友人画了幅水墨，一竹、两柿，题"事事如意"四字。又自作题跋：

斜风生冷露，轩楹浮松痕。

心念一竿竹，此物最知情。

二〇一八年八月三日，合肥

桃蝶雎鸠及其他

入夜窗边闲读，书页夹了几张笺纸，图案线条色彩淡若细草流云，寥寥几笔山水也悠远。有两张花笺，是牡丹的暗影碧桃的暗影，胭脂斑斑，枝叶萧疏。美人迟暮，到底存了几分清丽，入目清幽。

笺纸始于唐朝。薛涛心性喜红，侨寓成都百花潭时，用宅旁浣花溪水造纸，乃取胭脂或用花瓣染色，人称"浣花笺"。因笺纸桃红，又称"桃花笺"，精致玲珑，题诗赠人，一时无双。薛涛沦落风尘，不忘风雅，到底长安气度使然。

前人说收古今绝艺，置于山窗，是为：少陵诗、摩诘画、左传文、马迁笔、薛涛笺、右军帖、南华经、相如赋、屈子离骚。见过明清桃花笺，说是仿薛涛，并不见佳。后人迷的是丽人如花的芬芳，所谓"薛涛笺上楚妃吟"。

红笺纸色不迷，只迷枝上桃花。

三四月间，杨柳柔媚，桃枝不经意冒出嫩蕾，随春意起兴发为花苞，缓缓开过。风吹来，拂动一树星芒。无论晴空阴雨，很见趣味，颇有意思，俨若锦瑟年华。

桃是春信使，有暖风的醉意。春色扑面陶然盈怀，醉意渐生。不敢流连酒杯，偌或有桃花春酿，甘愿一醉千秋。

同好者如云，看花人纷纷。有人嬉闹桃林，且歌且行；有人呼喝往来，攀树折枝；有人与花同坐，饮食杂陈，吃喝取乐。

张岱说杭州人游西湖，巳时出酉时归，避月如仇，是夕好名。今人亦如此，难得有看月赏花弄草的心情。想起小时候，天光乍亮，空气清凉，独坐在庭院桃树下，持书而读，其情也真，其境也实。

走在果园里，我说似乎很少有人画桃花，友人说任伯年画过。后来见了任伯年的桃花，任性、羞涩、简静、热闹，有些像他新过门的媳妇，有些像他姐姐，有些像他妹妹，有些像他女儿。

桃花是俗物，没有梅兰竹菊风雅，不易入画，难在画出文气，画出桃叶的新嫩，又大开大放一片烂漫。我喜欢桃花，觉得有庭院日常美，吉祥喜庆。兰花是雅士，梅花似清客，梨花仿佛白头老翁，杏花如少妇人，桃花像小女子。

《桃花扇》中的桃花最凄艳，苍茫忧伤的艳事，歌声泪影，引得一代代人牵肠挂肚。据说桃花扇有实物，是折叠扇，"香姬面血溅扇，杨龙友以画笔点之"，民国年间在老北平还出现过，依血痕点画，扇子两面写清初文士题咏，紫檀扇盒内装裱的白绫也写有诗文。后来再无消息，有人猜想流入日本了。侯方域

《四忆堂诗集》中有《金陵题画扇》诗："秦淮桥下水，旧时六朝月。烟雨惜繁华，吹箫夜不歇。"不知是否题在那把扇子上。

秦淮歌妓异于一般青楼庸俗粉黛，陈圆圆、柳如是、董小宛、李香君，出身乐籍，以诗文书画歌舞娱人，不涉狎弄，风流雅士尤为动心倾情，一见为幸。明末女妓写进书里，是绝色惊艳的纸本，传说李香君确然如桃花明艳。

桃花美极，叶却平常，夏天易招虫，斑斑驳驳尽是噬痕，宛似翻残的旧书。前人笔记说，王献之有宠妾二人，桃叶为姐，桃根为妹，皆为佳丽。王献之作有《桃叶歌》三首，亲昵佻巧，有男女之间相慕真情，说桃叶无风自婀娜。后有人称爱妾或所恋之女子为桃叶。

药书说桃叶味苦、性平。世间好女子亦味苦、性平，如茶一般高洁尊贵。茶的底色是苦的，原本写作"荼"。人的底色若无苦味，也会少些沉渐刚克。我志气在文，逸气在茶，人生不可一味负重厚朴，茶里意蕴深长，酒杯载不动那些偶寄闲情。

夸父追日，临死抛出手杖幻化成桃树，是为仙木，亦名降龙木、鬼怖木，说是辟邪驱魔，能降百鬼。古人辞旧迎新，用桃板制桃符，写神荼、郁垒两个神灵的名字，悬挂嵌缀门首，祈福灭祸。话本传奇里仙家多栽桃树，《西游记》中石猴曾被玉帝派去看守蟠桃园。先秦人家置桃木弓箭震慑鬼邪，至今还有人插桃木于门上，说孩童不惊，鬼邪不敢入门。乡俗谓桃木桃花桃叶煮水沐浴，可除晦气邪气。

世外之地皆称桃花源，那是人心的念想。

春天总惦记花事。舍不得错过花期，杏花、梨花、茶花、兰花、樱花、琼花、桃花，花花世界。桃花盛开时，乡野春色最好，元气淋漓喜气淋漓，元气喜气是地气、水气、山气，更是勃勃生气。人活一口气，气盛时意足神旺，气败了萎靡颓然。春日偶有颓然则去看桃花，不一定非得桃花，映山红、牡丹、芙蓉、丁香、海棠、月季都好。只是桃花有静寂的热闹，最合心绪。尤喜桃花的活泼，蕴含山河岁月风雪雨露的性灵，少年时即对它有爱意。

大片桃花向阳而生，花气沉沉涌动，腾腾穿过田野进入眼帘。花瓣是红的，颜色不一，深浅浓淡，丝丝暖昧里透出融融暖意，汇聚阳春天气的清淡和情致。如果是一株桃花，缕缕喜气跳动着，则弥漫有另一番风韵。

桃花的喜气，大抵在红彤彤的颜色上，然白桃也见喜气，说是白，花瓣微微泛着红晕，白里泛红，是少女气息，淡淡的羊脂玉般华丽，有人称之为甜白。桃花开了，杜鹃也开了，都有艳艳颜色。与桃花红不同，杜鹃红得落寞红得寂寥，有种落落寡合。

春事烂漫，一朵朵花又简静又欢喜，欢喜的简静，简静的欢喜，如同瓦檐下的春风。因为简静，桃花之美不在繁，而以孤独为上，三两株最佳。纸上桃花，多取一枝，寥寥数笔，又凝练又清净，静静相对，如晤春风。

桃花宜在荒野。世间一切花草，野外看来多些意趣，移栽庭院隔了自然的平旷。下乡闲逛，石坝、土埂、井旁、篱边、门前、田间、地角、村口，常有一株或者几棵桃树迎风而立，小桃无主自开花的悠游，境味尤佳。桃林惊心动魄，喧闹了一些。

有时会想念故园的桃树，春日招来过往路人停下观看。旧事纷飞，记忆里还有它一树芬芳一树锦绣。

桃花是俗艳的，显露直接，不管不顾，贫寒岁月也让人心生喜庆。断壁残垣有三五枝桃花探出墙外或倚枕墙头，顿时江山锦绣。最好是粗壮开满花的野桃树，和着风声，几只蝴蝶蹁跹，隔出遗世自在的时空，美不可言，妙不可言。

桃花在枝头方好，比不得兰花，折下即失了生机，颇为扫兴。有人将兰花采下来在集场叫卖，许多女子拣买三两枝提放菜篮，回去插进瓷瓶，用清水供养着，泠泠只觉得好看好闻，一屋子幽香。

天空蔚蓝，桃林默默无言，桃花灼灼其华。人在梦里，犬吠声传来，醒了。一只喜鹊在桃树上跳跃呼鸣，抬头见喜，吉。这喜是喜鹊也是桃花。桃花，吉；喜鹊，吉；两个吉是"喆"。桃花有喜气，喜鹊有喜气，两个喜是"囍"。喆与囍，都有美的寓意。很奇怪，故乡人家春日少做婚庆。大概还是耕种播撒的缘故，婚庆之类总放在农闲。

婚庆是闲情是欢喜，人间大闲情，人间大欢喜。想起管道昇的词：你侬我侬，忒煞情多。情多处，热如火。把一块泥，捻一个你，塑一个我。将咱两个一齐打破，用水调和，再捻一个你，再塑一个我。我泥中有你，你泥中有我。我与你，生同一个衾，死同一个椁。

寒暑无常，世间多情，父子母女兄弟姊妹师生亲友的情爱，都有金银珠玉色泽。男女情爱蕴藉温润，使人眼热，这是阴阳之爱、乾坤之爱，有浩浩荡荡有睚眦秋毫，有雨雪雷电有风霜雾露又有晴空万里，生生不息，天下流传。

元好问赴试并州，路途见人猎获一雁，另一雁脱网不去，悲鸣投地而死。元好问感慨哀恸，买两雁葬下，垒石为识，号曰"雁丘"，并填写有一首《雁丘词》，上阕尤为寄情，寄情于伤，寄情在悟。情为何物的千古之问，多少人为之凝眸伤怀，为之怅然无奈：问世间，情为何物，直教生死相许？天南地北双飞客，老翅几回寒暑。欢乐趣，离别苦，就中更有痴儿女。君应有语，渺万里层云，千山暮雪，只影向谁去？

黄昏时路过楼下的碧桃，一阵风过，花瓣簌簌吹散一地，落得满襟满怀。桃花之美也正在这里，一年到头不谢不败，灿若云霞，只会令人乏味。夕阳下看落花，无缘故有些伤感，落花流水春去也的怅然。童年时，落花时节，常常摇动桃树，花瓣如雨，人定定站在飞花中，只有满心欢喜。落红寂寞地在地上，被风吹，被太阳晒得苍白，苍白得像少时心事。

春天快要过去。

我的童年走得遥远了。

有年去黄山下一花谷。谷口小径如山阴道，行进片刻，但见蝴蝶越来越多，花花绿绿，或黑或白或黄或紫，穿行枝叶，俯身花上飞来飞去，蝶花莫辨，一时缭乱。蝴蝶羽翅如花，极尽绚丽，可谓飞翔之花，恍然不知是如花之蝶，还是似蝶之花。蝴蝶并不怯生，纷纷在路人头顶、肩上、手臂停伫落足。渐行渐深，俨若踏入徐霞客文章之境："花如蛱蝶，须翅栩然，与生蝶无异。又有真蝶千万，连须钩足，自树颠倒悬而下，及于泉面，缤纷络绎，五色焕然。"

蝴蝶是虫豸的流水今世，雎鸠是蝴蝶的明月前身。

雎鸠究竟何物，未有定论。陆机认为雎鸠是鹭，深眼，目上骨露。郭璞说雎鸠属雕类，江东人呼之为鹗，常在江渚山边出没，以鱼为食。朱熹说雎鸠是水鸟，状类凫鸥，江淮间有之，生而定偶而不相乱，雌雄并游而不相狎。还有人说雎鸠是凤头鸊鷉，又有人说雎鸠可能是白腹秧鸡。白腹秧鸡腹下一白，常潜行于沼泽或近水的芦苇间，不与其他鸟类为伴，叫声无韵单调："姑恶、姑恶、姑恶"，有些地方称它"姑恶鸟"，说是某户人家儿媳遭婆家小姑子虐死幻化而成。

关关雎鸠，在河之洲，无疑是水鸟，大抵有和顺温良的习性，才引出先民"窈窕淑女，君子好逑"的诗谣，归于鹭雕之类猛禽，或者谬也。大多人认为雎鸠是鱼鹰。鱼鹰我见过不少，主要有两类，一种是鸬鹚，另一种是鹗。鱼鹰脖子卡住了，衔在嘴里的鱼不得入喉。

鱼鹰通体灰黑，站在船舷上，蔫耷耷有厌世状。像八大山人泼墨写意的水鸟，周身玄服，眼珠又大又黑，形态落寞。也有例外，有回见几只鸬鹚气势凌厉，在水面猛扑擒鱼，毅勇难以名状。

读书人念念不忘两只先秦的雎鸠，那是文学之鸟，还是心之鸟情之雀，不必过于较真。孔子编纂《诗经》定《关雎》为开篇之作，一来是乐而不淫、哀而不伤，二则也希望后人多识鸟兽草木之名。还有敦夫妇安教化之意。

三千年前的某个夜晚，古河之洲飞来两只雎鸠，雌雄相和，彼此闲叫应答对谈。静水深流，星月下夜雾浸湿芦苇，水声潺潺静流，鸟语关关，在先秦简淡的夜色中飘荡。夜归人拾起石头掷向河潭，一声水响，惊碎了月影，两只雎鸠戛然离开河岸，径向原野飞去。

想象中雎鸠宛如天鹅，体态轻盈，衔起先民的歌咏，自春秋战国飘然而起，俯瞰秦汉的星空，飞过晋唐的河流，朝向宋元的田畴，掠过明清的宫殿，摇身一变，遁入胡适笔下，双双化作飞上天的两只黄蝴蝶："不知为什么，一个忽飞还 / 剩下那一个，孤单怪可怜 / 也无心上天，天上太孤单。"

一九一六年秋，异国天气清凉，胡适孤独地坐在寓所窗上有所见，写下白话诗《蝴蝶》，一种不同于汉赋不同于唐诗不同于宋词不同于元曲不同于明清小说的文体开始出现。那是雎鸠的蝶变,从古河之洲飞入民国案头。

虫豸蝶变,大人虎变,小人革面,君子豹变。

大人坐拥权位,变化如虎,虎威抖擞。古书称虎威是老虎的骨头,如乙字,长三寸许,在胁两旁皮下,尾端亦有之。取而佩之,临官而能威众,无官者,也能借此避一切邪物。真是咄咄奇事。旧时常常神话老虎,唐人说虎初死,记其头倒卧处,月黑之夜掘下二尺,当得物如琥珀,是虎目光沦入地所为也。李时珍也误信为真,人云亦云琥珀是老虎的魂魄,虎死则精魄入地化为石。

小人变化甚多,看人脸色,一日几变。唯君子之变,漫长而艰辛,可比附于豹。刚出生的幼豹,毛茸茸未有好仪态,长大后身材颀长,毛皮疏朗光滑,斑纹炫目。豹子知道皮毛之美得来不易,爱护有加,躲雨防晒,轻易不肯出来。

君子豹变,文蔚也。文同纹,恰是豹变斑斓的色泽。

雎鸠有幽美,桃蝶有柔美,豹变有壮美。豹矫健灵活,善于攀缘,常常伏在枝叶茂密的树上或草丛,有猎物时,待机迅疾而动。

雎鸠、蝶、豹有云端之美。云端下,是芸芸众生,是羊群是牛群是马群。

牛安静时好看,静静地吃草饮水归栏安卧,眉眼柔顺,意态闲定。马非得跑起来，越快越好，奔马之美只有奔马有。群马飞奔，嘈杂杂像山洪一般呼啸着汹涌而过，雄浑的马蹄声，急嘈嘈如战鼓，悲怆苍劲的嘶鸣叫喊在马群里碰撞。红的马白的马黑的马，前呼后应，披毛撒蹄，壮观之外，还有金戈铁马的阵势。

见过一匹红马，撒蹄跑到河边，嗅嗅水面，鼻息吹开波纹，昂首张望一眼，似有得色，然后低头一气长饮，仿佛要吞下江河湖泊。太阳渐渐隐了，秋日暮光曚昽，河里倒映着马倒映着山与树，晚风清凉吹过，鬃毛光亮。马喝足了水，一声长啸，往草地上驰去。马驰率风，风跟随马，马带着风，鬃毛立起来，马尾也立了起来，精锐不可方物。

过去有邻人腿脚不便，养一马代步，行在路上，极惹眼。那马通身纯白，因为白，英雄气之外也有脂粉气。

我老家少见马，鲁北集上有马市，说是马市，实则牛羊猪狗皆有。去过马市几回，为马而来。牛羊之类与马站在一起，秽气顿生。市上好马不多，木木然立着，有萧索气。大概是待估之物，折了豪迈的缘故吧。

说书人演绎秦琼卖马。黄骠马通人性，不肯出门，两只前腿蹬定门槛，后腿倒坐将下去。店里的王小二拿起门闩，硬是将马打了起来。旧时读《隋唐演义》，尤爱秦琼穷途落魄几章。作书人褚人获下笔草草，此处着力以工笔勾画，读来心有戚戚。我出身贫寒，当年四处流浪，少不得以秦琼自观，觉得小说里瓦岗寨与单雄信、程咬金诸位可亲可近。

程咬金迹近李逵，却不拿斧头朝人多处砍。单雄信不输关云长，使金钉枣阳槊，首尾丈八长，枪头七十斤，称为寒骨白。"寒骨白"三字极好，比鸡骨白峭拔，略显苍凉了一些，果然单雄信败亡斩首。有后人立庙祭祀他，尊为神灵。英雄肉身虽败，精魂不倒。

在黄河边骑过马。一匹枣红色的马，高且长，翻身而上，不敢扬鞭驰行。原来笔下文章不好得，马上城池更不好得，不如"骑驴过小桥，独叹梅花瘦"清淡。

骑行得用力夹住两侧，久而久之，大腿内无肉。刘备住荆州数年，见腿内肉生，慨然流涕。刘表见怪，刘备回道："吾常身不离鞍，髀肉皆消。今不复骑，髀里肉生。日月若驰，老将至矣，而功业不建，是以悲耳。"英雄老去，志气不减，固然豪迈，也着实悲凉。

唐太宗有六骏：拳毛騧、什伐赤、白蹄乌、特勒骠、青骓、飒露紫，其名甚奇。唐玄宗也有六匹好马：红玉辇、紫玉辇、平山辇、凌云辇、飞香辇、百花辇。玄宗尤为爱马，最喜欢两匹马：玉花骢与照夜白。相传，那马在夜里异常白亮，故得名"照夜白"。韩幹传世名画《照夜白图》画的即是那马，昂首嘶鸣，四蹄腾骧，似欲挣脱缰索。果然神骏非常。

开元至天宝年间，世尚轻肥矫饰，人如此，马亦如此。时人常将良驹之马鬃剪成花瓣形，三瓣者为三花马，五瓣的叫五花马。

项羽马名骓，关羽坐骑赤兔马，皆为盖世良驹。刘备有马唤的卢，过檀溪时，后有追兵，正不得脱，那马忽然从水中踊身而起，一越三丈，飞上对岸。黑张飞骑玉追马，不像他暴躁的脾性。曹操所骑之马绝影，速度之快如绝影而去。李自成将马命名乌龙驹，传说它振鬣长嘶，别家之马都不敢叫了。

神魔小说里仙家似乎没有骑马的。张果老骑驴，姜子牙骑四不像，文殊菩萨与太乙真人骑狮子，西王母骑虎，普贤菩萨的座驾是六牙白象，地藏菩萨骑谛听，观音骑金毛吼。元始天尊的坐骑九龙沉香辇，更为奇异，说是乾坤鼎炼制了十二万九千六百年的宝物，以鸿蒙沉香木作为车基。辇车有九条五爪金龙，出行时，九龙齐飞带动辇车。《易经》上说乾为马，马是天的象征又代表君王，历代马上争天下，铁蹄踏破山河无数，荼毒生灵，少些闲情，损了仙家之格。

留宿朋友家，睡得早，醒得早。

起床后无事，听听虫鸣。虫鸣惊冷露，细听却无声。打开窗户，淡淡晨光与薄雾一齐泄进屋内。天色未明，楼下的树与高高低低的民居在白露中静卧。鸡鸣鸟叫从远处传来，绕过两耳，肺腑一清，睡意顿无。坐在木凳上，看着屋后的青山，一时俱老。一代代人会渐渐老去，青山却依旧，无惧几度夕阳，一岁一春，年年都是春风得意马蹄疾。要那么多春风做什么？我倒是喜欢寒霜小雪的情意。得意马蹄疾又能怎样？无意无心放慢驴脚走走停停是更佳妙的风味。

《开元天宝遗事》记载时人风俗，京都侠少萃集于长安平康坊，每年新进士，以红笺名纸游谒其中。时人谓此坊为风流薮泽。孟郊登科后才说："昔日龌龊不足夸，今朝放荡思无涯。春风得意马蹄疾，一日看尽长安花。"

有人喜欢长安花，我更偏爱乡下草。走马观花不如骑驴看草清晴可喜，马有意兴，驴多阑珊。打马长安，翩翩公子神采飞扬，一脸矜持得意。驴行天下，风尘男人萧索寡欢，满面烟火。假日回乡，玻璃门映出憔悴脸容，一副舟车劳顿的不堪。岁月打马飞驰，让人怀念起驴行年代。

马属阳，驴大概属阴。马是纵横沙场的将军，马革裹尸把家还，何其悲壮。驴是奋笔疾书的墨客，骑驴过小桥，独叹梅花瘦，纤弱如斯。陆放翁写"细雨骑驴入剑门"，已注定一生书生本色，所谓"骑驴过华阴，漫游寻诗句"。要是改成"骑马过华阴，漫游寻诗句"，行文多了突兀刺眼，少了漫游的情味。

山川河流，是马蹄挥洒的长卷；诗词歌赋，则是驴背沉吟的闲情。古人吟诗作赋，通常是骑在驴上的。唐人郑綮说他的诗思在灞桥风雪中驴子背上。风雪灞桥，毛驴踢踏，在我看来，几乎就是半部中国文学史了，另外半部应该是烟雾缭绕、小酒微醺，这却是闲话了。

当年贾岛骑在驴上琢磨诗句，到底是"僧敲月下门"还是

"僧推月下门"？神游九天，不知不觉，驴脚闯乱了韩愈的仪仗队。韩愈不快，冷脸问："你乱闯什么？"贾岛不慌不忙将诗句念出来。毕竟是文人，韩愈听后，一脸欣喜："我看还是用'敲'吧。万一门闩着，怎么推开呢？再说晚上去别人家，还是敲门有礼貌呀。""敲"字使夜静更深中多了几道声响，静中有动，诗就活了。一番高论，贾岛连连叹服，道一声高明，说一句感谢。两人遂成知己，让"推敲"产生出殷殷一片温情。

马和驴，身形优雅，故常入画，一己趣味偏爱画中驴。古人笔下的毛驴，无鄙无俗无鸣无声，寥寥几笔，画出了晴耕雨读的情意。黄胄毛驴也好，有朋友以梨、大枣、红糖换得两匹。

想起汉书里的事。有人献来千里马，文帝下诏不受，以为非天子所宜用，说每次出门，鸾旗为导，后有属车护卫，平日行程不过五十里，率军出行，每日只走三十里。我乘坐千里马，单往何处呢？珠玉宝贝、珍禽奇兽，不切于人日常所用者，对其过于动心，实在不必。欲念之大，无边无际。汉文帝以俭德著名，发《却献千里马诏》告知世人，阻了谄媚奉承之路。

武王伐商以后，西戎送来一头獒犬。那物晓解人意，高四尺有余，威猛而善斗。召公担心武王会因此荒废政事，于是写了一篇劝谏文章《旅獒》，告诫武王不要玩人丧德、玩物丧志，"不作无益害有益，功乃成；不贵异物贱用物，民乃足"。凡人也应如此，不必玩心太重，恋物成癖。

驴有拙美，犬马位列六畜，皆有俊美，也通人性，盖因人之所饲。

在长江边生活过几年。雨后天晴，去长堤散步，偶尔会遇见江豚在日光里闪烁隐现，飞跃、拍浪、冲撞，或者到水草丰盈的浅滩戏水觅食。江豚貌美，亦多灵性，得了天地造化。古人说它吹浪可生风，故江豚出舞，舟人谓之拜风。江豚是小型淡水鲸。我见过大鲸，穿行海中，旁若无人旁若无物，在水面时隐时现，庞大的身躯如大象缓步，又像落日走下天空。

鲸能歌唱，其声如汽笛长鸣，响而不吵，听来陡然觉得前程远大。鲸生得丰硕，死亦壮烈。鲸死为落，沉入海底，向无限滑去，进入下一个轮回。沧海水何澹澹，山岛竦峙，洪波涌起，气象是先秦人的文章。

卡夫卡有则著名的日记："德国对俄国宣战。——下午去游泳学校。"可惜我不会游泳，每每临水羡鱼，索性退而结网，结文字之网。算命先生说我小时候犯深水关，要严防水灾，勿近溪河、湖泊、池塘、水井，还要远离渡舟坑洞，家里人连大水缸也不让靠近，生怕我掉进去了。后来听说深水关有破解法：在水井边插上柳树枝三条，点红蜡烛一对，烧三炷香并准备金银纸钱若干，让小儿手执三枚钱钞，父母抱着绕水井三圈，弯路回家即可。或者给鲤鱼尾巴绑上写有生辰八字的红布，放到河里。

我乡的习惯，小儿出生后，父母总会请人算命。深水关是所谓"三十六煞"之一。民俗如此，煞有介事，彼时人人深信不疑，到底惜子之心使然。如今这些陈年风气渐渐绝迹，村民皆不以为意了。

"三十六煞"自是陋习，其中不乏民间的敬与生活态度，有人情物理也有美善常识。譬如雷公关，说响雷时勿近竹木或铁器边，防高空跌倒，勿将小孩抱高或高处弄跳之类。还有汤火关，注意明火、滚汤、热油，勿近厨房为吉。而金锁关却说金银铁片不可亲近，更不能放入嘴中。每一关均有解法，小时候听老人谈起过。

乡野混沌，人神鬼魔共存，孔子不谈怪力乱神，对其敬而远之。但秘事异事也是人心的镜像，有另一种民间秩序，终途还是行好积德还是明心见性。

二〇二〇年三月二十八日，合肥

灼灼灿烂

　　清明前下了场雪。山里花草正好，红一片白一片黄一片紫一片绿一片。枝头积雪花影灿烂，何止明月前身，春花带雪看，又奇崛又中正。次日阳光大好，天气澄和，风物闲美。万物清明里是大地涌动的气息。茶花兰花桃花梨花次第开放，明晃晃闪烁。草木疯长，其状鲜美灼灼。万物有灵，秋叶与霜雪之态，亦灿灿夺目。物华之美，大抵如斯。

　　旧传奇中的故事。一老狐见人行囊有苏黄李杜孔孟老庄文集，称灿灿如光。人以自家诗文示前，狐讷讷良久道："漆漆黑灰气。"皮日休诗里说得好，唯书有色，唯文有华。好文章也灿烂，才华灿烂，学养灿烂，识见灿烂，光耀眼眸，穿过时空古旧的窗棂，立虹在野。下笔底色有异，不论落墨如何，得灿烂者得生机也，生机是文章第一要义。

二〇二〇年三月三十日，岳西

锦鸡来

　　故家连绵皆山，山随族人名姓，密林里野草与树木<u>丛生</u>，有无限情味。不必说春日桃李杏兰，满坡映山红如火焰升腾，就有壮观绚丽之美。映山红乡俗称烂鼻子花，据说有毒，吃了烂鼻子。偶尔胆子大些的孩童偷偷抿下几片花瓣，提心吊胆，过几天，面目完好如初，才知道映山红烂不了鼻子。大概是嫌隙太深，小时候一直不敢吃那花，凑近去闻也心生怯意。暮春时山里有各类菌，鸡枞菌、枞树菇、胭脂菌，还有一种菌若玉盘、如豹纹。将菌类或炒食或烧汤，鲜美没顶，仿佛能吞灭人身，童年最大的饕餮之乐，莫过如此。

　　夏天的覆盆子我也喜欢，又大又甜，长在一人深的芒花中。立秋后，山里毛楂、柿子熟了，板栗裂开口，露出深红的栗壳。只脚踩过，栗子破篷而出，生栗子香脆清甜。冬日衰草夕阳，万木萧萧，在茶园里摘茶籽投掷玩耍，有很大的乐趣。园主见了也不恼，只是叫我们不要踏坏了茶叶。

　　啄木鸟在后山笃笃笃啄木，灰色的野兔蜷缩于松针上，盖着梧桐叶，似睡又醒。肥胖的黄鼠狼从猫儿刺下钻进钻出，松鼠自乌桕枝头轻捷滑落，一个闪失，闷声跌至地上，逃也似的跑入草丛，似乎极惭愧一般，惊得觅食的山雀猛地跃出，展翅掠至山间。老鹰飞得比山还高，只见一黑点遥遥在头顶移动。还有山羊、野猪、獾与獐子麂子出没，最稀罕的是锦鸡。锦鸡避世超逸，恬静无欲，不像麻雀、画眉、斑鸠之类常与俗世人事周旋。

　　见过一只红腹锦鸡，夏日阳光下，毛羽璀璨明艳。它每天下午准点飞来，我亦按时去。它也不避人，彼此相隔丈余。末了，见它从这边松林纵向对面的山冈，夕阳辉映，像团赤红的火焰盘旋山间，须臾飘然隐没。半月后，锦鸡消失不见，一连几天不来，我很怅然。独居乡野，不期盼谁寄锦书来，只想着云中锦鸡来。后来，再也没有在山里遇见锦鸡。

　　锦鸡常常两只同行，一雄一雌。雄鸡有白腹与红腹两种。白腹锦鸡，腹下一白，体态华美，头背胸翼翠绿色，太阳下有荧荧熠熠的光彩。鸡冠殷红如血，颈毛黑白杂陈，最惹眼的是尾翎，斑纹泛银蓝色。红腹锦鸡胸腹翼红彤彤的，羽冠金黄，如丝如绺。颈部是金棕色的，散开像扇子。尾翎褐黄相间，累累有纹，背部如披翡翠黄金铠甲，绚丽缤纷。相较而言，白腹锦鸡淡雅清秀、轻盈袅娜一些，像是京剧里的纱帽生。红腹锦鸡则一味华贵威武、风度翩翩，近似雉尾生。京剧武生帽冠上花翎，用的就是锦鸡尾雉。雌性锦鸡娇小清秀，大多朴素无华，没有羽冠，尾翎也短一些，通体棕褐，黑纹斑驳。

雄性锦鸡有肉冠，冠极大，一走一动，神采俊美不可方物。偶生罅隙，雄锦鸡便啄击对方肉冠，弱者鲜血淋漓，垂翅而逃。好在锦鸡大多如得道家精神，不独老死不相往来，连鸡犬之声也不相闻，彼此之间和谐居多。

锦鸡有王侯气，向来从容不迫。人来不惊不惧，顾盼自得，只是待你近得身前，见有捕猎之意，方才翩然飞走。飞时毛羽蓬松若天女起舞，肩羽开屏抖散，双翅微斜，尾羽在空中卷起几个弧圈，抖擞得五彩华丽。有一年，一锦鸡飞入家鸡群，几只公鸡自惭形秽，顿时委顿，几日不见精神。

古人认为锦鸡和天上"天鸡星"对应，说天鸡星动，朝廷必当大赦天下。每每大赦时，人将锦鸡绑在高竿上，用黄巾装饰头冠，颈项垂下七尺绛幡，选吉日良辰游行街衢，召集罪犯，击鼓宣读赦令。李白流放夜郎，惆怅何日金鸡放赦回？

宋徽宗画过锦鸡，双勾重彩工笔，那只绚丽的宋朝锦鸡落在芙蓉枝上，转头回顾一对花间流连的彩蝶。一旁有瘦金体赞诗，说"已知全五德，安逸胜凫鹥"云云。五德是说文武勇仁信："头戴冠者，文也；足搏距者，武也；敌在前敢斗者，勇也；见食相呼者，仁也；守夜不失时者，信也。"诗言志，赵佶大概是以此自诩的，我总觉得"安逸胜凫鹥"一句非帝王语。耽于安逸，温柔富贵岂能长久，凫鹥一来，锦鸡梦便散得一干二净。捕猎人告诉我，锦鸡大危时，纵身后坐将尾羽折断，坚毅倔强如此，实在有烈士之性。徽宗后来被金人掳去九年，封为昏德公，折磨至死，堂堂皇帝连锦鸡也不如。

大概是色艺无双，锦鸡性格傲然，笼之极难驯化，早先从未见乡人豢养。近年有农家饲养了锦鸡，却一脸丧气，不复山里见到的矫健。旧时官服绣有锦鸡。明朝官袍胸背皆缀方形补子，文臣为飞禽，武官皆走兽，彰示文明威武。明清二品文官补服以五彩金丝织就锦鸡，又富贵又美艳。

沈从文八十岁那年回到凤凰，家乡人闻知音讯，不知怎样招待才好，捉了只锦鸡，他很喜欢，抱了拍照。后来锦鸡做了盘中餐，肉并不好吃，老先生对乡人的殷勤又感激又叹息。凡人的潇湘浩荡，常在供养口腹，尺寸之肤安妥就是富贵锦绣。只是锦鸡如莲，亲也好，近也好，赏也好，逗也好，食之不好。

二〇二一年二月二十五日，合肥

羊之书

吃过两次全羊宴。

羊是大耳羊。偶见几只大耳羊，头呈三角，鼻梁微拱，有角或无角，头颈相连处呈锥形，颈长，体形高大，胸宽而深，背腰平直，臀部短而斜，四肢粗壮，耳极长，下垂状，大若牛耳。

大耳羊炖汤极好，乳白色，灯下一看，像阳光一般，入嘴灿烂又中正平和。这是羊肉的大境界。羊肉太膻，失了平和，过于平和，又少了灿烂。

古代医家说羊肉甘热，能补血之虚，能补肌肉之气。故曰："补可去弱。羊肉之属也。"不知道羊肉能否给文章进补，多吃几次羊肉，会不会下笔滋润鲜美丰沛一些。

过去看字，喜欢线条干枯浅淡的书写，如今喜欢滋润鲜美丰沛的墨迹，其中多些厚实，多些圆润，多些福气。福气护佑肉身，多一些不坏。

我希望文章也可以写得滋润鲜美丰沛。

乡下过春节，在牛栏猪棚照例贴有"五谷丰登""六畜兴旺"字样，红纸、黑字、竖排。五谷是泛指，说法不一，一切粮食皆可谓之五谷。六畜者，马牛羊猪狗鸡。马驾车，牛耕田，羊产奶，鸡生蛋，犬看户，猪产肉。六畜兴旺，五谷丰登，才是岁月静好。

岳西人养马的少，放羊的也不多，牛鸡狗猪，几乎家家户户饲养。

鱼羊合而为鲜，鱼鲜，羊鲜，羊为畜肉中最鲜者。猪肉浊腻，牛肉粗重。羊憨厚善良，乃六畜中健朗君子，脏话里有蠢猪笨牛猪猡蛮牛之类，带不上羊。"羊"同"祥"，秦汉金石以"羊"为"祥"，"吉祥"写作"吉羊"。上古诸多器物，常见"吉羊"一词。吉羊者，好羊、善羊也，即羊长得又肥又壮。

羊成为礼祭青铜器着力表现的吉物，四羊方尊上即有四只羊与四条龙同在。见过不少汉雕石羊，其线型充满汉风，有一种威严，气度端凝正大。

过去，岳西人家的羊也差不多只在祭祀上使用，所谓猪羊上祭。祭礼毕，猪肉作为待客用。记忆里，羊经常埋了，嫌它膻，真是暴殄天物。偶尔有人讨得整羊回去，放辣椒粉红烧，除了辣之外，别无他味，也是暴殄天物。

岳西的羊略瘦略膻，一方水土一方风物。内蒙古的羊肉自不必说，河南陕西的羊肉膏腴清香，皖北的羊肉以盆盛之，俨然重器。有一年去江苏太仓，当地羊肉羊肝羊眼羊球羊腿，一样样吃来，不亦快哉，不输内蒙古、新疆。藏书羊肉也好，厚味不足但清香有余。友人极力称赞宁夏手把羊肉，说是人间至味，我没吃过。

汉画像砖上不少杀猪宰羊的宴饮场面，看得人神畅。羊肉鲜嫩无比，吃得羊肉是福气。岳西人过去不吃羊，近年大多数人都爱吃了，口味不偏食是进步。

中国古代以牛羊为贵，直到明朝，羊肉身价才跌了下来。万历年间，羊廉于猪。《金瓶梅》上常二借钱，踌躇半日，西门庆给他十二两银子，说是东京太师府赏封剩下的。拿钱回家，常二嫂骂他出去一日，把老婆饿在家里。常二连忙上街买了米和一大块羊肉，常二嫂迎在门口道："这块羊肉，又买他做甚？"常二笑道："刚才说了许多辛苦，不争这一些羊肉，就牛也该宰几个请你。"寻常人家的柴米油盐，不染半点雪月风花。

小时候邻居家有两头羊。放羊简单，用一长绳系住，拴在稻田里或者山上。羊食量小，吃得几把草禾即饱。一帮孩子偶尔拿些新嫩的水草喂它，羊性格胆怯，人离得远了才敢进食。野山羊不是这样，它们胆子大。故家山林野山羊多，有黑色的白色的红色的棕色的，放牛时经常遇见它们觅食，人走得极近时才一溜跑开。走得几步，拿眼直勾勾丢过来，挑衅似的。

牧羊的地方远远就能闻到膻腥气，风从田野吹来，咩咩的羊叫让人觉得羊就在周边。

魏晋时期，女人听得蛐蛐的叫声，知道清秋将至，是时候纺线织布制作寒衣了，故称蟋蟀、蛐蛐为促织。

蟋蟀能鸣善斗，自古为人所喜，闲暇之余让它们聚到一起争高下。读过蒲松龄的《促织》，跌宕起伏，一波波是传奇也是世态。京津两地见过两回斗蟋蟀，组局者颇有古风，手书下帖邀约同好。

蟋蟀相争，着实惊险。斗败一方，贴盆壁掉头逃走。得胜者偶尔至死方休，穷追猛赶，上前一顿撕咬，断其足肢，直到对手仰面倒地无有生意，方才罢休。还见过一回斗鸡，双方毛羽耸立，翅翼张开，以尖喙互啄，利爪相向，各自不让。几局下来，败者肉冠鲜血淋漓，双目无神，胜者虽傲然昂首，也羽毛凌乱，不复上场时候光鲜。

斗鸡如用兵，有多番技法，搳、溜、转、跳、推、拉、打、抄、搓、掂、托、揉、绞、扰，不一而足。

物种的品行之一或者即为斗性，与天斗，与地斗，与外物斗，更与同类斗。蟋蟀寸余而已，鸡身不过尺长，居然有如此蛮力。牛羊体魄健大，彼此纠缠越发不可开交。

小时候常常看见斗牛，多是水牛，乡下人称为"打角"。四只牛角绞在一起，互不退让，正面相抵，左右摆动着发力。众孩童唯恐事情不大，在一旁拍手称快，大人不忍心牛吃痛，更怕它伤了身子，总是拉住缰绳，隔开它们。牛是乡农主劳力，容不得半点闪失。有回两头牛打角，一方落败，牛角生生折断了一截。看牛的孩子回去后，落得好一顿棍棒捶打。

斗蟋蟀、斗鸡、斗牛，都是旧事，许久未曾见过了。在皖北偶遇一回斗羊。梨花下的空地上，农人牵来几只羊，极肥硕高大。双方相距十几米，再放脱缰绳。一只羊微微后蹲，一个箭步猛地低头纵身过去，周身毛发隐隐竖起；另外一只羊迎面发力直上，以首相撞，声响砰然。几个来回，羊角撞击的声响震得脚底嗡嗡晃动，让人肝胆心肺耳眼俱摇。旁边刚刚斗罢几只羊，头脸伤痕累累，涂抹有龙胆紫，让人越发觉得惨然。那羊跃跃照旧，不失兴致。我见了只是心情抑塞，不忍久留，匆匆就走了。

每每斗羊，总是提前相约，远近村民记下日程，名为"听风"，再口口相传，所谓"风传"，风吹十里。到了斗羊那天，看客人山人海。争斗得趣，得争强斗狠之趣，此为恶趣乎。

二〇二一年四月五日，岳西

芍 药

不知道是不是平原的缘故，风有些大，无遮拦的，悠悠荡荡刮过。时令是春夏之交，风里有春意，吹过头脸，觉得熨帖，不像以往逢面的皖北的风。想起陶诗平畴远风、良苗怀新的意思，果然如此，满眼良苗开着新出的芍药。一时心旷神怡。

走向花丛深处，心里漫漶浓淡干湿的墨色，淋漓在古旧宣纸上，是许多写芍药的诗词歌赋。毕九歌《春农绝句》最应景："芍药花残布谷啼，鸡闲犬卧闭疏篱。老农荷锸归来晚，共说南山雨一犁。"毕九歌字调虞，明朝人，和王渔洋先生同乡，官宦之后，虽能诗，却甘当隐士，清初时人就只见过他一首七绝。不独藏身，更藏了名利藏了学识才华。

宋人田昼词里说："夜来春雨深一犁，破晓径去耕南陂。"与毕九歌如出一辙，寄托悠然望南山的意思。南陂南山都是隐逸的情怀。

故乡芍药不多见，春夏时候，布谷鸟的声音昼夜不停，洪亮中有些凄凉。我的心性，哪怕做隐士，也愿意多些喜气，尤慕这样的意味：

芍药花好喜鹊啼，鸡闲犬卧闭疏篱。

老农荷锸归来晚，共说南山雨一犁。

一犁雨是说雨下得恰到好处，不涸不盈。常见耕犁，犁头像条蛇一样吃进水田，拱开一条条泥路。后来才知道，这也是人生必经之路。夜里下了场雨，古城一下子回到了过去。花戏楼的台上，一身行头的古人并未走远，高亢入云的唱词与锣鼓铿锵的余音还在。

雨后的芍药，越发水灵，颜色最好，一枝枝开起，满眼透亮，有出水芙蓉的艳丽。也未必是艳丽，或许是许久未来见花的缘故，清凌凌的新鲜感让芍药多了艳丽。

古人称牡丹和芍药为花中二绝，尊牡丹为王，拜芍药为相。少年时候对牡丹的好感稍微少一些，大概是王气的缘故，总觉得其花冠过于阔大，傻傻的，有呆霸王气。当然也有例外，有年在洛阳看见几株白牡丹静静开在农家后院，茕茕独立，素白自守，像闭门清修的白娘子，一时得意忘形，忘了花形，大有好感。

芍药花比牡丹疏野，多了不同的风致。到底是什么风致，我也不知道，姑且谓之芍药风致吧。友人忍不住在花圃取了一捧芍药，用净水瓶养着，放茶几上，真个亭亭玉立，一室生香。

只是瓶子简陋了一些，倘或是瓷瓶，白色蓝色红色青色都好，大肚细颈，插三两朵长枝芍药，就有无限意思了。

小时候在乡下，见人家猪圈空地边，生有一簇芍药，每逢暮春开起来，使简朴的乡村增色不少。后来那人将芍药移至屋檐下，多了局促，不如野地好看。

在邻人家借过白居易的集子，正是芍药花败的时候，读到寄正一上人的诗笺：

> 今日阶前红芍药，几花欲老几花新。
> 开时不解比色相，落后始知如幻身。
> 空门此去几多地？欲把残花问上人。

午后看完，久久惆怅，说不出来的心绪。

芍药像是比牡丹多了点清莹。是清盈吗？说轻薄也可以，但芍药的轻薄来得端庄，是诗里瑞云间轻薄的舞腰，也是画中轻薄不胜罗绮的吴娥。

友人说芍药摇晚风极美。晚风中芍药摇动，颇让人低回，但芍药在晨风中更美，经了夜露，越发抖擞精神。花之美，美在精神，美在待放怒放。花败如山倒，不忍细看呵。

二〇二一年五月十二日，合肥

梨花白

梨好吃，人却只是吃，并不去看。每年梨花开时，远近不知道多少人去看花，簇拥纷纷，多如繁枝，像是赴一场盛宴。树下有酒有茶，有饭有食，有说有笑。

小时候不喜欢梨花一味白，没有桃花、杜鹃、蔷薇、美人蕉红得可人红得喜气。

梨花开得早，每每春行，其他的花尚未开，在野外走了一天，远处蓦然发现一树梨花。有些花盛开了，五片花瓣怒放，中间一簇细如发丝的花蕊。有些花含着苞，稍微含蓄一些，饱满得快要胀开。有些花还是圆溜溜的花骨朵，小小的、圆圆的，如同一颗颗珍珠。日暮天低，晚风轻抚花枝，人俯身看花，不禁看得痴了。

梨花只是白，花瓣并不大。玉兰花也白，花骨朵却很大，大概玉兰树多生得高大的缘故，故其花之白有些憨态，白得无邪，白得无辜，白得无力，一点风雨也禁不住，三两颗雨点就让它七零八落，残了一地，像摔碎一桌瓷器，令人忍不住惆怅忍不住惋惜忍不住心疼。相形之下，梨花耐得住风雨，甚至风雨中看来更有韵味，隐隐有美玉的色泽光华。

有年在砀山，恰逢雨天。一树树梨花白，远远看来，陡增一阵寒意。庭院里那棵干瘦的梨树，挂着晶莹的雨滴，如此俏丽如此静雅，格外楚楚动人。非怪白居易《长恨歌》写离别，说"玉容寂寞泪阑干，梨花一枝春带雨"。雨中梨花有种茫然，虽然也白得无邪，但其中有思，多了诗意。

"诗三百"，一言以蔽之。曰：思无邪。梨花总让我想起诗，晏殊的诗：

> 油壁香车不再逢，峡云无迹任西东。
> 梨花院落溶溶月，柳絮池塘淡淡风。
> 几日寂寥伤酒后，一番萧瑟禁烟中。
> 鱼书欲寄何由达，水远山长处处同。

从分离写起，回忆过去，无限思念和惆怅。"梨花院落溶溶月，柳絮池塘淡淡风"一句，极幽雅，令人荡漾在温柔风里。可惜美人的油壁香车不能再见，往事如云四散，寒食禁烟时节，更添无尽萧索。水远山长，音书难寄，令人寂寥情伤。

寒食落雨，梨花泛白，人容易伤感。文士如此，武夫也如此。南宋人张炎浪迹江湖，想到修禊卖饧的故家风俗，只能在梦中相见。折下柳枝，以为能解思乡之愁，燕子徘徊，落落梨花雨一枝，越发触动愁肠。

书家给人题字，好题梅花心事，或题梅心事，寓意清雅脱俗。梅花有心事吗？梅花的心事只在村落田野小院，是隐士的心事、清淡的心事、冷逸的心事。我总觉得梨花才是装了一肚子心事。

都说梨花似雪，其实槐花才像雪，厚墩墩开在树上，白得耀眼。槐花有种素面朝天的白，白得宁静，白得妩媚，白得浅薄，有些俗气。白得宁静白得妩媚都不稀奇，稀奇的是白得热闹。梨花也白得热闹，但梨花热闹难掩寂寞，更有独特的格调。

有人说梨花的花瓣是月亮做的。月逊梨花三分白，梨花输月一幽情。

盛开的梨花像身披缟素，这么说不吉祥。或许梨花白有悼亡之意，更有追忆逝水年华的老成。梨树枝杈极多，模样并不俊俏，初挂果的树又老又丑，好像一出生就有满肚子传奇。

词里说满枕梨花香，满地梨花香，又说海棠红瘦，梨花香淡，似嫌春晚。梨花并不香，真正香的是兰花是桂花。少年时候在山里游荡，沟壑石凹一茎春兰香飘几丈，引得人觅香而去。老家庭前有棵丹桂，秋天花开了，香满小院，过路客忍不住深吸几口气。偶尔起风天，桂花香晃晃悠悠过了山冈过了小河，远远就能闻到一丝半缕的幽香。

梨花落了，过几天，树上挂满了新生的梨，嫩嫩的，小小的，青青的，一颗一颗，一天天长成一个个大梨子。

梨可以生吃、酿酒，还能熬成梨膏。冬天里伤风咳嗽，常常喝一点砀山梨膏。梨膏酱红色，呈凝乳状，一口口饮下，暖暖的，很温润。倘或下一点雪，总会想起梨花。雪静静下着，窗外一片白，那是冬天的梨园啊。

二〇二一年六月二十二日，合肥

地　气

神话传说，混沌未分，巨人盘古以利斧开天辟地，轻而清的东西缓缓上升为天，重而浊的东西慢慢下降为地。地从土从也，"也"字通"蛇"，上古大地草木丛生，蛇虫横行。地是土壤，气是气息气流气脉气场，地气是土壤的气息气流气脉气场。清晨或者傍晚，一片白雾贴着田野，淡淡的，若有若无，乡民说那就是地气。杨炯有诗道："地气俄成雾，天云渐作霞。"

人活一口气，年老体衰，最先老去的是力气。人呼吸的是空气，骨头里有骨气，胸膛中要有心气，心气遇事顺势而变，为喜气戾气顺气怒气恶气火气和气丧气锐气神气怄气忍气客气生气叹气傲气斗气窝气憋气泄气杀气赌气义气懒气正气爽气傻气解气硬气霉气霸气呆气意气大气小气……凡事皆气数，自然有节气，头上是天气，脚底踩地气，所谓顶天立地。

世间草木走兽花鸟虫鱼的繁衍、生发、喜怒、枯荣都在地上。万物有灵，在地上才能生活，死了又埋在地下，归于地气。《考工记》认为，天有时，地有气，材有美，工有巧，此四样缺一不可，才可以为良。材美工巧却不良，是没有天时、地气不济的缘故。橘生淮南才是橘，生于淮北沦为枳。鹬鹆向北不逾济水，南方的貉过汶水就会冻死，都是地气有别。一方水土养一方人育一方物，所以春秋时，郑国的刀、宋国的斧、鲁国的削，吴越的剑，他乡造不得，也是地气使然。

地气是地中之气，是土地山川河流赋予的灵气。古人说地气既疏泄，山居变清旷。又说孟春之月，天气下降，地气上腾，天地和同，草木萌动。地气上为云，天气下为雨。雨润大地，万物华丽。前人有词言："地气腾，天雨降。万物生芽，便是天机象。"地气里有天机，天地之间是相连的。

在乡下，雏鸡受了轻伤，农人将它放在地上，以盆扣地，说接接地气就好，不大一会活蹦乱跳。猎获的飞禽走兽，野性顽强，人将它吊起来，接不到地气，须臾便死。旧时乡下有患足疾者，多打赤脚或穿草鞋走路，疾患常常自愈。邻人家猫狗曾与野兽撕咬，奄奄一息，趴在庭院草地上，第二天摇摇晃晃站了起来，不几日，筋骨痊愈，爬高蹿低，完好如初。

风水轮流转，地气也轮流转。旧传奇中翰林院修撰对朱元璋说，胡主起自沙漠，立国在燕，及是百年，地气已尽，南京才是兴王之地。果然明朝得享近三百年国祚。

天有阴晴雨雪，尽管难测，也可预知，地气却没有太多征兆。人类至今不能精准做地震预测，一场地震可能涂炭生灵无数。古人尚礼，重于祭，祭祀之大永远是祭天祭地。土地神是

"社"，祭礼叫"宜"。殷商时已有大地之祭，祈求农事丰收。京中尤存社稷坛，建于永乐年间，是明清两代皇帝祭祀土地神和五谷神的地方。

古人说皇帝是天子，天子也需要生活在地上，只有神仙才位居天庭。肉身俗骨的世人，生也好，死也好，贫也好，富也好，快意或者恩仇，都离不开地气。人要多接地气，地气是生气，护佑养育了生命，给万物勃勃生机，更赐我辈文章。

春日地气还阳，冰雪消融，清寒的风里传来万物复苏的气息，有暖和意思。人被春意鼓荡，深吸一口气，好像收纳了山河天地的新风，身体清朗了，精神为之一振。雨落下来，缠绵无声，被春水浸润的泥土，濡湿的鱼鳞瓦，入目有种水灵。

春天最早的地气在心里。某一日清晨，行在路上，淡淡的暖暖气流拂过眉梢脸颊，若有若无，突然觉出枯木开始回春。地气暖和了，池塘靠阴处虽有未化开的冰块，岸边，经冬的薄冰早已消融，水面起了波纹，一圈圈漾开。碧绿一潭春水，入手微凉，有些初春意思了。和薄冰一起化开的是山顶的残雪。雪化了，山现出冬日苍茫，气息是厚的，厚得质朴，又多了几分新鲜。

没有风，水面如明镜，不动声色，山的倒影、树的倒影、楼的倒影、人的倒影、天空的倒影埋藏其中。岸边水浅处，野草参差不齐地立着，刚苏醒不久，犹自痴痴回不过神。偶尔风吹过,才愣愣地摆摆身子。

散步的时候,不经意发现春意初萌,树枝刚刚冒出芽头,还有草尖初现的几点翠绿,无不彰示地气勃勃脉动。不过几日光景,夹道垂柳抽出一截嫩绿,各类树木枝头毛茸茸起了一抹翠色,油亮中泛着绿意,让人心里一动。低头四顾,草地盈盈新生,满目新鲜的气息,忍不住想长啸出声。

书册纸页里拘禁太久,惊蛰前后,按捺不住外出的心,推开家门,走向遥远的山地,哪怕去城郊,也觉得通了地气,得了原野大地的气脉。春日阳光暖和散淡,不像夏天咄咄逼人。春光和煦、微黄,又有一种近乎淡淡的橘皮的色泽,有小鸡初破壳的懵懂与惘然。乔木细枝上刚刚冒出春芽,光照下,枝条像镀了金,似乎隔日就会重获新生。几只鸟在树梢站着,昂然四顾,好像对春风陌生了,又充满了喜悦与憧憬。

初春的山最好看,含而未发的地气,洗尽冬日苍白,虽则颜色还是薄的,生机已经复苏了。生机如茶香,不能太满,满则没有回旋。新绿境界空无,空无到底虚空,是空明吧,空且明亮。远望之际越发空明,或许是怀想,最好是怀想,怀想春天,怀着春色,怀着春情,少年烂漫最珍贵。宋人作《怀春》诗,我只记得"老夫只觉禅坐好,儿辈争论句法奇"一句。年轻时候下笔文似看山不喜平,如今话如交友只求淡。

地气催动春色,春是花叶相貌,色是大地元神。《青华秘文》说元神是先天来的一点灵光。春天里,万物更新,先天灵光光耀大地，四野一股活泼泼灵气。晋人傅玄赞灵气优美万里芬芳，这灵气正是地气。

春日太阳常常是金黄的，透出恬淡与安详，轻轻铺洒大地，鼻底弥漫混合有青草味道的泥土气息。高山林间河道，巨石磊磊，苍苔峥嵘无言。

最喜欢春天徽州的地气，散落油菜花地。阳光下，白墙黑瓦的老房子好像重获了新生。油菜花开得肆意妄为，耳畔不时有蜜蜂嗡嗡飞过的声音，像是地气萌然而动。一浪一浪油菜花像潮水一样涌入眼眸，地气流乳般挂在四野山川草木上，心旌摇动，通体舒泰。

《说文解字》认为春有春阳普照、万物滋荣之意。春色大抵是轻灵的，也有例外，徽州的春色就有线装古书况味。仲春去歙县棠樾，七座精雕细琢的贞节牌坊高耸入云，一座连一座，立在老祠堂外面。每座牌坊，巍峨玲珑，古色古香。七重古老的牌坊，压住几十年的青春，不同的故事，相同的泪痕。牌坊与祠堂闪耀旧日荣华，堆积着旧日的烟尘，阴气凝聚，地气也仿佛沉重了很多。晴朗的天空下，牌坊投下重重倒影，禁锢了多少人的性灵，地气消沉，心头抑郁难耐。

画中也有好地气，王希孟的《千里江山图》自不必说，展子虔《游春图》也好，画春游情景，以青绿着色，用笔细劲有力，着色浓丽鲜明。时代久远，浓丽早已消褪无痕，老成一卷苍茫。

春日苍茫比浓丽鲜明格调高，画中远山以花青作苔点，人马若豆，刻画却一丝不苟。人物描法工细，以色晕染面部，可见神采意态。几匹马各尽其妙，站立走卧腾跃奔飞之姿不同。咫尺山水有千里之势，这是地气蒸腾的缘故。有人说画中人物头上戴的幞头、建筑部件并非隋朝形制，怀疑存世本《游春图》并非真迹，或为北宋摹本。隋朝也好，北宋也好，真迹也好，摹本也好，无关紧要，紧要的是看得见曾经的脉脉生机与地气。

《游春图》的好，好在地气勃勃、生意勃勃。画中树叶吐绿，桃杏争春。一水自左上而流，渐至中间，水面宽阔，微起皱波，小舟轻泛，天际水天一色。两岸三两游人流连，或步行伫立，或打马悠游，小桥连岸，坡后有农舍，山谷中树林密布，白云缭绕，寺庙隐现。《游春图》的好，好在笔下的怀春之情与惜春之心。画师笔触小心翼翼，其中有惜，珍惜的惜，也是爱惜的惜，怜惜的惜。画上春日过了一千年，春花开了又谢，谢了又开，不知几回，树木枯荣换代，也不知多少回。图中游人不老，春日不老，春色不老。清澈的山林水泽，与贵妇人的风雅春游一齐载入史册，苍茫的春色千年不绝。

先秦郑人喜欢春游。春日晴好，男男女女到城外溱水、洧水之滨踏青游玩，采撷地气，有人身佩兰草，有人手捧芍药。春秋战争之多者无如郑国，战乱频繁，无尽苦难，阳光和山风是清凉引，引出无边的地气、无边的春情、无边的喜悦。

去绍兴城外兰亭，坐在潺潺碧波的曲水边，一条竹影斑驳流动，载杯荡盏，徐徐而下，停则取饮杯中酒，乘兴赋诗。诗不足道，诗意甚好，地气甚好，呼吸里有癸丑暮春之初的明媚，与永和九年那场修禊事一致，与溱洧之滨相似。迷离中，众人化身为先秦浴乎沂、风乎舞雩的冠者。

春日游乐，地气环绕。逢春不游乐，但恐是痴人，白居易说的。人间春色十分，曾点、孔子得了一分，郑人得了一分，王羲之得了一分，展子虔得了一分，王希孟得了一分，白居易得了一分，孟郊春风得意马蹄疾，半分不到……余者归众人。

立夏后，开始热了。天气热，地气也热。进入伏天，赤脚走在地上，沙子有灼伤脚板之热。热里醒来，热里入睡。在山村小屋纳凉，喝清茶，谈闲话，是颇愉快的事。清茶如雪，绿色的雪，绿茶的雪意湮灭了夏日的酷热。红茶是一团温暖的炉火，三杯下肚，两腋生风，一阵通透。

日头像火，室外是火场，室内如炭炉，使人十分气闷。这时候，常引起一种空想。天气炎热，心思散漫，就想着天黑。太阳虽下山了，地气还是热烈。性急怕热的人，从井底打桶清水，泼在地上，细雾升腾，地面轻轻吱响，暑热有一些消散了。

早晨，晴朗的天空不见云最好，蓝蓝的天让人翩翩欲飞。有时候天空有云，大块的云像白象。有时候天空有风有雨，斜风细雨不须归。倘或是大风大雨呢？归无所归，索性不归，也未尝不可。

夜里倘或有雨，最喜欢躺在床上听雨声。没有瓦，没有荷，更无残荷，只有雨拍打窗户的声音，还有雷声与闪电，让人觉出乾坤浩荡的正气。看着窗外，灯在雨中，树在雨中，楼在雨中，河在雨中，山在雨中。夏天的雨，来去急遽，来势汹汹，去时匆匆，不多时又若无其事日光倾城，不同于春日和风细雨。

雨夜，穿雨鞋或者打赤脚在地气弥漫的院子里闲步，很自在，身体一步步鲜活丰腴。雨水激荡起地气，鼻息中有地脉深处的气味。走得久了，像是获得了天地的气息，回房喝杯茶，写篇文章，当作梦游，也是很好的消闲。

夏天雨住时候最美，天空豁然，雨落水涨，地气也长。空气有些黏滞，浓郁的地气迎面而来。河里涨水了，有些混浊，地气充沛，大水走泥，有些石头被水冲得翻滚了一圈又一圈，又沉沉搁在那里悄无声息，等着下一次翻动。

春天的山看颜色，从新绿到浓绿。夏天的山看气势，地气旺盛饱满，林间的树木草叶粗壮了，葳蕤充沛，青苔湿漉漉的，触目皆是饱满的绿意，山岚青翠得蠢蠢憨憨的样子，不管不顾，近乎苍郁。

听女儿念节气歌，心想人生也有二十四节气，九岁的她现在是立春前后，近四十岁的我却是夏至与小暑大暑之间。一年好景一圈圈走。一年复一年，岁岁年年人不同。春夏秋冬，生灭荣枯，日子走得久了，成了一季，一季又一季拼贴成一年。

希腊人说季节影响道德，我并无研究。由环境而生情绪而生性格，大概颇有道理。一年里只有严寒或者只有酷暑，或者几月一日或者几月一夜，想想即有惧意。节令迭代，气候变化，地气不同，我喜欢这样的四季一年。

夏天早晚真舒服。空气很爽，有一种干净的凉，浑身轻快，自然欢愉。山里闲居，清晨醒来，虽不像冬日早上有疲懒感，总愿意在床上赖一会儿，听听风声，听听鸟鸣。傍晚，结束了劳作，炎热后的清凉最让人贪恋，田野静气弥漫，舍不得早早归家。

喜欢日出前外出，一个人去山里走走。小路边都是露水，晶莹剔透洒在花瓣上，或者挂在草尖，凝在石凹里。树叶经过一晚夜露的浸润，触手一湿。走得久了，裤管潮潮的，露水贴着脚踝，有夏夜的气息。鸟鸣格外清脆，钻进耳朵，穿过树叶，悠扬飘过山冈，滑向树梢。走得累了，找一片阴凉地躺着，或者睡一小会儿，浑身爽利。饱满的地气又湿润又蒸腾，贯通体内，与暑气交汇。静静看山里的飞鸟，看草叶上的爬虫，看风摇动树叶，看阳光在山林里密密匝匝变幻不定。

最喜欢夏天水边的地气：溪旁，河岸，湿地，湖畔。山里偶尔有燥意，天太热，草丛似乎埋藏着火球，热气咆哮而来。水边从来温和，正午暑气最热时，待在芦苇下、树荫处也觉得沁凉。山里走得累了，每每遇见一线水，顷刻忘忧。

山有一股执拗，水常常温柔婉约。山存厚德，水见灵性，水边的地气也轻灵。堤岸水草丛生，柳丝垂下肆意伸长，耕牛的倒影映照河里，浅水处鱼虾怡然自乐，一派古雅。水面三五只水黾跃然舞蹈，疾速如闪电。一只小麻鱼银光闪闪，无所依傍。伸手去捉，指尖甫触水面，它顿时腾挪一尺开外，瞪圆了眼睛，不知所措地悬在水里，仿佛定在半空，淡淡的身影投入水底，像一笔淡墨若有若无。

人自古亲近水，每年夏天，总惦记去水边看看。虽然不能击棹中流，纵览万顷，于水湄安寝，枕涛声于梦中，得些自然心性，也觉得安妥。

盛夏去湿地，四处看看。芦苇遍泽，野鸭扑腾觅食，蝉在大片蔓延的绿意里声嘶力竭长叫不止。日出日落时景致尤好，水染成橘黄色，风轻轻吹着，吹淡了暑气，人也进入一个纯净而妥帖的氛围里，得了饱满的地气滋养，精神健旺。

有年和友人结伴去新安江，看书，行走，江水日夜奔流不绝，卷来无穷无尽的地气，也给人无穷无尽的灵气，心头潮湿而温润。各类草木遍野，鸟雀飞飞停停，阳光下，新安江像从梦幻中流出。河岸草木朦胧，耳畔一时宁静。地气安宁，有说不出来的妙境，五脏六腑像熨斗熨过，无一处不服帖，肉身与灵魂一下子稳当了。

喜欢靠水而居，闲暇了临窗看水。没有风，水面莫名颤浮起粼粼细纹，俨若有仙女踏波光走来，款款细步水雾烟霭中，身段曼妙，体迅飞凫，飘忽若神，凌波微步，罗袜生尘，有曹植笔下洛神之风。窗边竹箕里，煮熟的菱角肉质紧密，新嫩的莲蓬粉而不腻。剥壳食得三五枚，诗意和地气一齐袭来，是乡野气息是田园风味。

立秋后，开始凉了，燥意里几缕清风羞怯躲闪。一场雨下过，凉意放开胆子，在田野一荡如风。风走人也走，秋雨中出门最好。雨水打散了残存的热，伞下清凉。

夏天过去了，秋天来了。

秋意是从天气开始的。秋一天天深了，混浊的云燥热的气一日一日消解，天空渐渐湛蓝，变得透明清澈深邃。人在那样的情味下行走，耳目聪明，眼前的山水突然安详寂然了，像一头撞进了古画。东边的山越来越蓝，西天常常披上各色霞帔。人往前走去，被一泓秋光包裹着，身体似乎洗练出宁静的冷光。

秋天有光，山峦墨绿之光，河水潋滟之光，天空深邃之光。年年最爱秋光好，古人更早发现了秋光，在诗词里一次次书写：高梧叶下秋光晚，小院秋光浓欲滴，露洗秋光透，极目秋光夕照开，气射秋光冷，小圃秋光泼眼来，银烛秋光冷画屏，当檐飒飒生秋光，禁里秋光似水清，秋光独鸟过……秋光下，天很高，又蓝又亮，好像幽谷佳人面目含笑。一个人出去走走，融入无边秋味，步履如无舵之舟，越漂越远，身影变成宽阔明亮秋水里的一抹旧痕，越走越远，走到地老天荒的地气深处。

秋天的地气以古城为上，山野次之。《月令》上说："八月节……阴气渐重，露凝而白也。"古城是有阴气的，在大殿中，在古树下，在老旧的街巷里。古城的阴气与天地的阴气聚合，却生出明朗的阳气。

街巷里游荡，触摸活泼泼的市井生活，也能感觉秋日的地气。地气从铺地方砖里涌上来，地气从红墙黄瓦中挤出来，地气从钟鼓楼里游过来，地气从老城墙下冒上来。走过了春夏的灯笼有些陈旧了，衬着粉饼般色调的外墙，墙角石灰有些脱落斑驳，裸露出藏青色大砖。几个老先生在老房子里转悠，举手投足颇有些俗俗的清雅。人往阁楼上走，想着与世无争真是好，真做到了，又难免消沉。

说好要去看看古民居，到底太疲倦，况味近黄昏。走在古镇街上，太阳暖融融悬在西天，有一层淡淡的古意，街旁流水渐渐没了火气，变成淡黄色。眼中一片黄，稻谷之黄，树叶之黄，土地之黄。水里游鱼晃动，偶或掠过飞鸟的影子，大雁南徙。小时候常常躺在草地上看那些鸟儿，地气如秋水，洗尽人心的浊气。

秋天的地气在各色瓜果蔬菜里。石榴挂色，紫色的葡萄一串串饱满熟透了，青黄色的梨，青枣越来越大，开始泛红了，渐次发黄变软的柿子，还有白海棠、木瓜、香橼，累累如浓荫匝地。后山栗子树长势真好，枝繁叶茂，撑开了肥大的斗篷，露出深红的皮壳，惹得顽童眼馋。稻米灌浆，稻花香里的地气最让人流连，丰年在望，令人神畅。

秋菊冷香扑鼻，在田坝上在山岚间在篱笆下在土墙旁，一簇簇，一丛丛。清晨的山笼罩在一层淡淡地气中，太阳升起来，地气晒散了，变成一抹若有若无的白纱围在山腰，山清癯枯瘦如布衣藤杖的老叟。芒花漫山遍野开过，一天天萎去，慢慢发白。秋分之后，草也渐渐泛黄了，从浅到深。池塘边的芦苇和水草，呈现出苍黄的颜色，太阳斜射，远远望去，像是倒插的淬了火的宝剑，萧萧挺立。夕照落山，暮色苍凉，秋草摇曳成刀枪剑戟，草木皆兵，地气肃杀。

秋意越来越浓，地气有了深秋的郑重。槐树、梧桐、水杉、玉兰、枫树不知不觉飘落黄叶，枝头日渐舒朗。树叶落下，没有声音没有气味，人走上去，触动了细微柔软的地气。

诗上说，南中地气暖，初冬未重衣，这是地气不同。好像燕赵北国地气更厚重，泱泱华夏的地气灵性就在那里起始。白桦林与枫树林里，有慷慨悲歌的地气。登高怀古，能见壮心，不是烈士暮年的壮心，而是钟鼓夜鸣的军士壮心。登上高处，望着连绵的山脉在秋光下巍然，远处长城起伏，像一卷卷竹帛史书。

山居时，常常读一点史志，书中古老如青铜器一般颜色的旧人在北方地气里一个个复活。在南方似乎更适合翻一翻话本小说，入夜的拍案惊奇一波三折。窗外秋风轻轻吹起，人浸在水一般的思绪里。

有一年沿河游荡，地气美且佳兮，从人家屋旁摘下芭蕉叶，在飞花的香蒲中闲卧。两岸水草茵茵，翠鸟和白鹭在其间出没。

天高而云稀，太阳挂在半空，风吹树枝斜斜地荡漾秋叶。泠泠水响包裹住人，朦胧间依稀传来湿漉漉的呢喃和哗啦啦的耳语。醒来时，渐近黄昏。晚霞粲然，落日又大又圆，一只只归鸟飞出回巢的悠然。河面波光闪跳，流水潆洄如月色冷清。

夜里借宿在一户农宅，以门板竹床搭一通铺，躺在上面闲话。夜深了，窗口夜色清润，忍不住开门走出庭院，仰望银河，静听虫声，大山深处的地气和秋夜渐渐融化了肉身。觉出万物勃发生长，又觉出万物成熟的恬静。野地成了虫子的世界，鸣声清远凄迷，忧戚而孤寂。

树影人影还有房屋的倒影，孤寒地恍惚在白花花的月色下。地气无边，田野像在澄澈的水里。远处人家如烟如雾，窗口泻出的灯光，若有若无在月色中泛起。兴所至，心所往，真想驾一叶飞舟扶摇直上，邀明月秋风饮酒怀古叙旧。

几个人走向田间，与地气夜色一起游荡在长林丰草之间，漫步山径，轻抚松竹。风在耳畔吹过，树枝呼啸，风又从山头荡过，料峭寒意是秋夜的凛冽。明月高垂，光影透过树枝洒在地上，树影淡淡斑驳，一块块随风移动。秋风与虫鸣自如来去，松影参差，虫鸣渐渐声微了，秋气愈来愈浓在四周弥漫。流水似乎比白天轻柔许多，声响却大了，远远能听到咕咕的流动声。那声音常常使得夜行人忍不住放慢脚步。

那一夜薤露凝重，我梦见星光灿烂。那一夜地气萧索，地气萧索吗？萧瑟中分明有矜重有肃穆，有不动声色的沉潜，安定稳重，承载万物。

秋天走了，冬天来了。山脉过了一秋，褪去繁华，景致不同，骨相出来了，沟涧地气干瘦，秋水干瘦。

冬天的山看意味，常常入了禅境。北方的山更古朴，峰峦健举，沟涧的水干瘦到只剩一脉白线，让人有怀想之情。大概是心境吧，冬日深山流水，淡然之外，总有点凄凉、凄清、凄楚。回味时，更觉得流水凄迷，凄迷中恬然秀丽。

万木老去，夏天阴影葱茏、遮翳幽暗的树林尽脱绿意。一些草木，枝头一叶不挂，彻底解脱，凋零碾泥归入大地，化作地气。冬日的枯树，枯而不萎，叶子落尽了，山林还吊着一股青郁一股新鲜。如果下雨，感觉更明显，雨洗过的马尾松、山茶、杉树、香樟，有夏天的明净清朗，又多了厚重的苍绿。

地气收缩，居家太久，人少了生机，也近乎冬景。偶尔喝一盏酒，饮几杯茶，以通地气。清寒的冬日，翻翻古书，喝喝绿茶，不独是消闲，更得地气。茶有春日柔和的灵气与旺盛的地气，六安茶、西湖茶、云雾茶、高山茶，一片片叶子，一颗颗芽头，沉在水底，杯口热气袅起。青翠碧绿的茶在玻璃杯吸水、饱满、绽放、旋转、沉降。热气袅起，一股清香微微袭来。是茶香，也是兰香。兰花好像又一次开过，悄然在室内吐枝，鲜嫩玉色的长节上，浅黄色花蕾吐半截舌头，散发出香气四处飘浮。

地气是茶，地气也是酒。酒能醉人，茶也醉人，酒与茶里的地气如春色，陶然是春色，熏然是春色，宛然是春色，飘然是春色，酣然是春色，冲淡了天寒地冻的孤冷萧然。祖父为人严谨，对襟褂子扣得紧紧的，酒后才将一身秋风换作满堂春色。非怪古代许多美酒以"春"命名，富水春、若下春、土窑春、石冻春、竹叶春、梨花春、罗浮春、瓮头春、曲米春、蓬莱春等。

野外多地气，冬日人在田埂，在地角，在荒野的小路上，在山涧，在河渠，总能感知地脉的元气，有地气灌入的异样。走着走着，似乎获得了一种力量，精神为之爽利。

漫无目的行走大地，每一棵树、每一丛草、每一湾河、每一脉山都有独特的气息，给肉身灵魂以补养。倘或阳光很好，总忍不住在山坡草深处躺一会儿，静静感受大地的呼吸，清凉的气息穿过棉衣，慢慢浸到肌肤上，像古玉入怀贴身戴着。

冬天地气隐而不发，有君子性，君子也引而不发。入世太久，懂得世间做君子最难，历代儒士文人虽以此道自勉，到底君子寂落如晨星。冬日野外，能触摸到君子性，触摸到岁月触摸到沧桑，才知道古银杏树叶掉尽的高峻，才知道一坡荒草一地枯枝的气势，才知道流水退下去的河道峥嵘，才知道君子慎独，要守得住寒风凛冽，才知道枯荣有序早有定数。

立冬了，小雪大雪，一步步将岁月涂抹得浓墨重彩。霜花每日开出奇姿，山野越发安稳，偶起的尖锐也抹平了，叹息也不必。

上冻之后，冬日野外，有些地方有冰碴，踩上去咯吱有声，有些地方土还是松软的，像走进博大而丰实的时间深处。人怅然若失，不舍逝去的岁月。树林不声不响，无动于衷，它知道一季有一季风味。古人早已在枯木、死灰中认识到另一种壮阔的生命。

田野不多的绿意被大片焦黄覆盖住，树枝凌乱，草木伏地，万物静穆在物象混然的苍茫里。近身上前，像进入无边安谧之境。在荒草上行走，每一脚俨然踏入苍老的山河，心情有些阴郁有些消散，却不会一味低沉。前路弯弯处有一双晶亮的眸子在竹林深处等我，像天际永不落幕的昱昱星辰。

风吹动芦花四处散落，蒹葭苍苍、白露为霜的歌吟并未走远。路边柿子树挂满果实，树顶几颗被鸟雀啄食殆尽，长在枝头深处的兀自饱满浑然，有阳光色的欢喜。太阳快下山了，阴暗处升起淡淡的烟雾。沿着沟壑溪涧行走，树丛荒草的暗影里藏着力，像一切生命的开启，让人舍不得太早离去。车马喧哗的声音遥遥传来，暮色越来越浓，岁月的力量、温和的力量、慈悲的力量、包容的力量、苍老的力量、地气的力量包裹着我，在身体里交汇融通，自在饱满。

沙子路上，几只大黑蚂蚁在搬运。崔豹《古今注》上称那样的蚂蚁为玄驹，说是河内人见人马数千万，皆如黍米，游动往来，从早上到天黑，家人放火焚烧，人变为蚁蛘，马则是大蚁。时间的大河里，人不过蚊蚋，骏马也不过蚂蚁。面对山河地气的浩荡，人身渺小，只有一年四季花开花落亘古长存。

午后，母亲给蔬菜施肥，我忍不住脱掉鞋袜，一起劳作。赤脚走入松软潮湿的菜畦，微凉的地气从脚趾足底蹿入，浸润人身，说不出的安妥。田野沉静，无一丝浮躁，停步凝神，似乎能触摸地气缓缓氤氲流转的感觉。天色向晚，暮气中菜叶格外苍翠。带回一袋菜蔬，有萝卜、大头青、芫荽、蒜。

晚饭时候切开圆圆的水萝卜，刀锋过去，脆然裂开，是大地的气息。萝卜极开胃，吃了两碗米饭，饱腹而歌，原来饮食五谷最有地气。

夜里入睡前，听见山野的风缓慢悠长吹过，轻轻拍打窗户，大地仿佛有种朦胧的回音，传到耳畔，是地气萌动之声。忍不住开门外出，小巷寂寥无人，月华满天，清霜拂地如银河倒泻。三五声冬虫的鸣叫，拂空而来，徘徊在清凉的霜下，如金石如铁线。乾坤浩大，地气开始松动了，遥遥而来，遁入无色无形的夜色，耳目一新，身体隐隐觉出春的消息。

二〇二一年七月七日，合肥

对 月

夜空晴朗，一轮深黄的满月挂在东楼，仿佛香香软软的糯米团。常见好月，各有圆缺阴晴，中秋月到底不同，明晃晃温润。忍不住出了庭院，人走月也走，穿云而过。

风吹来，枝影闪动，暗夜如泓，光照淡淡的像一池秋水，不染纤尘，得息万虑。夜鸟咕叽，秋虫长鸣，树叶悄无声息游弋在清逸幽凉中。清冷的光，轻灵的光，若透人身。光影下，时空不在了，被一股寂灭环绕，是大悲苦，是大哀愁，是大孤独；是有我境，是无我境，是有无境，乃至无无境。

月色昭昭，世间换了多少容颜。时间如刀，今宵多珍重，今世多珍重。南朝手帖：握手恋恋，离别珍重。莺莺给张生信真深情：千里神合，千万珍重！杨万里送友人：珍重两字不忍说。白居易还说，珍重八十字，字字化为金。范成大说珍重西风祛暑，轻衫早怯新凉。夜深露重，果然有些凉意。

二〇二一年，中秋夜，合肥

辑

三

寻味篇

酸

北方人嗜酸，酸汤面、酸菜鱼是他们的美味。前几天在郑州，请朋友吃饭，主食点了一钵酸汤面叶，滋味甚好，宾主相欢。北方人口味偏酸咸，南方人喜欢甜辣。南糖北醋这个说法不知道能不能立住脚，山西老陈醋倒一直是四大名醋之首，稳居宝座。

南方也产醋，镇江香醋、福建永春老醋、阆中保宁醋。南方的醋，酸中带香，口感微微有些甜。甜是南方滋味底色，小桥流水人家，青花瓷小盏载不动苦辣酸咸。

北方人吃面，能搁半碗醋，一太原朋友用醋泡蛋炒饭。饭吃完，碗底剩一勺醋。我不喜欢醋，受不住那股酸。有回吃西红柿捞面，咬牙在碗里倒了几勺醋，呼啦啦吃完，索性喝干了汤，自此开始吃醋。男人不吃醋则已，吃起来，比女人醋劲大。

醋之酸，汪洋肆意，顺喉咙直下肠胃。柑子也酸，热情似火，从口腔散发，直冲脑门，绕头三匝，再酸遍全身。

旧家庭院曾栽有一株柑子树，小时候嘴馋，没等柑子熟透就摘下来吃，常常酸倒了牙，吃饭咬不动豆腐。

腌菜酸、柑橘酸、醋酸、梅酸、奶酸、枣酸，都是酸，但滋味不同，酸得大相径庭。酸之味，在我口中，酸菜第一。酸菜切碎，放入蒜苗、干辣椒，热油爆炒，又酸又辣，又纯又好。酸菜是用白菜腌制而成，吃的时候捞一点出来，做小菜，也可以用来炒饭。印象中少年时候没少吃酸菜饭。

挖半勺猪油，将上一餐的剩饭和酸菜放一起，加热炒熟，放点辣椒粉，便有很好的滋味。酸菜饭香、鲜、辣，还有农人的朴素与油润，我一次可以吃两大碗。

初进城的时候，偶尔会去吃蛋炒饭，自己也做过几次，大概是记忆太深，总觉得不如酸菜饭有老朋友的体己。中间十几年没吃过酸菜饭，酸菜面吃过很多回，放肉丝放雪笋，也吃过酸菜茨菇汤，都有颇好的口味。前几天伊炒了盘酸菜鸡蛋饭，橄榄油煎蛋，猪油炒酸菜米饭，放一起入锅翻炒，撒点蒜苗花。蒜香蛋香和着酸菜香，十足美妙。

中国人用白菜腌渍酸菜的历史甚久，《齐民要术》有介绍。东北自不必说，河北、河南、山西、陕西、甘肃、宁夏、内蒙古等地，到了冬天，酸菜常见于餐桌。陕西安康民谣："三天不吃酸，走路打蹿蹿。"酸味已是日常饮食重要的组成部分了。

老家岳西，也有人做酸菜。小孩子蚊叮虫咬，大人从酸菜坛蘸一点酸菜汁擦上，祛痛止痒。我以前会做酸菜鱼，这两年和文艺太亲昵，厨艺吃醋了，已经烧不好那道菜。

除了酸菜之酸，梅酸我也喜欢。近来望梅止渴，望金农画在宣纸上的梅子止精神之渴。金农的梅子、吴昌硕的枇杷、齐白石的白菜、张大千的樱桃，是我眼里的水墨四绝。

见过一件《三老尝醋》宋代瓷塑：一口大醋缸，苏东坡、黄庭坚和佛印禅师立于一旁，一僧二儒，袒胸露乳，各以手指尝醋，同样的酸，不一样的表情。

一味有百态，有人酸得皱眉，有人酸得眯眼，有人酸得咧嘴，有人酸得龇牙，有人酸得面无人色，有人酸得一脸动荡，有人酸得倒吸凉气，有人酸得大吐舌头，有人酸得点头，有人酸得哈腰。

酸常常与穷一起，旧时称迂腐穷困的读书人为穷酸。自古人穷被欺，王九思《曲江春》第二折："这里有一位客饮酒，不许穷酸来打搅。"金农梅子画上如此题跋：

江南暑雨一番新，结得青青叶底身。
梅子酸时酸不了，眼前多少皱眉人。

金农是"扬州八怪"之首，号冬心先生，一生坎坷，郁郁不得志，多少心酸，多少辛酸。辛酸是天下至酸。

近来独恋金农，老夫子像一尾野生鲤鱼。

甜

粤菜淡雅清爽，品名花哨，用料如天方夜谭，神妙处大有仙趣，菜之尤物也。苏帮菜刀工精湛，和顺适口，回味醇悠，可谓菜之隽物。

粤菜与苏帮菜偏甜，吃惯了川菜、鲁菜、豫菜、徽菜的舌头未必消受得了。去广东，当地人在肉羹里放糖，吃了几口，不习惯。南方人热爱甜食，岭南大街小巷有不少甜品店，生意兴隆。香港甜品店有排长队的场面。马来西亚街头有很多卖炸香蕉、榴梿、泡芙以及各种口味的刨冰、西米露、糖水的摊点。

汪曾祺说："无锡炒鳝糊放那么多糖！包子的肉馅里也放很多糖，没法吃！"连用两个感叹号，感受至深也。肉馅放糖的包子，我见亦惧，生不起食欲。无锡炒鳝糊倒是很喜欢，喜欢它色香味之外还有声。上桌时沸油还在滋滋响作沸腾状，香气四溢，过一会儿才平息下来。黄鳝因芡汁而粘连在一起近似糊状，食之柔滑软烂。糊的烹调法大都为烩，鳝糊名为炒，实际烹调还是烩。

无锡菜的确偏甜，汪先生大概没尝过无锡排骨与脆鳝，比炒鳝糊更甜。如今无锡菜用糖减量，很多菜没有以前那么甜了，或许也是口感的改变。无锡菜的甜，有一方水土的温情。

喜欢甜食的，以地域论，南方比北方多一些；以性别论，女人比男人多一些；以年纪论，老人与小孩多一些——外祖母六十岁后爱吃糖，逢年过节，母亲准备礼篮总少不了两包红糖。

有人说，喜欢甜食的人性格软弱，嗜辛辣苦咸的人就刚强勇敢？我小时候嗜甜如命，胶切糖、小桃片、云片糕、酥糖、蜜枣、茯苓饼，无所不爱。睡觉前经常含一颗糖在嘴里，乳牙尽坏。换齿后，不敢再贪糖果，另外口味也改变了。

吃过最奇怪的糖是松针糖。冬天，松针上长出绿豆大小的白色晶体，甜甜的，有脆奶糖的口感。老家还有一种甜品叫芽子粑，植物稗子的籽发芽后磨粉发酵蒸制，奇甜，贪多必腻。

甜味能让人放松，寻得一丝悠远清闲。甜品几乎都带一股香气，甜在嘴里，直上心头。甜可以消解沮丧和焦虑，可以冲淡烦躁与不安。有些甜品入嘴令人无法抗拒，眷恋难舍。过去喜欢吃一种叫江米条的甜点，秋冬的夜晚，边读书边吃，经常吃完半斤还意犹未尽。

一个人偶尔需要甜的心境。散淡恬静，拈花微笑，差不多可以算作甜的心境吧。我曾说中国文化有三味——茶味、酒味、药味，现在看来，可以加上烟味与甜味。

才子佳人的小说，花间词派的作品，底色甜腻或甜而不腻。常常设想，如果诸子百家生活的年代，甜食风行，老庄孔孟的竹简木牍加入甜味，或许中国文化底色会有所改变。

苏轼喜欢蜂蜜，豆腐、面筋、牛乳之类，皆渍蜜食之，客人多不能下箸。他又自酿蜜酒，可惜蜜水腐败，喝坏了肚子。

我以前嗜蜜，现在喝了心里作呕，好久不敢吃了，百思不解。人生苦短，实在该多一些甜的。

苦

"瓜豆"两个字我喜欢，有乡野味道，也带一丝谐趣。有人随笔叫《瓜豆集》，书名极好，屡屡心生夺美之意。

我爱瓜，冬瓜、西瓜、南瓜、丝瓜、节瓜、青瓜、白瓜、茄瓜、毛瓜、瓠瓜、蛇瓜、佛手瓜、番木瓜、云南小瓜，都喜欢，唯独不待见苦瓜。

老家没有苦瓜，这些年回乡，经常在菜市场遇到，是外地拉过来的，偶尔，本地菜农也有种的。在朋友家餐桌见过苦瓜炒蛋，我没伸筷子。早些年吃苦太多，如今苦瓜也不想吃。

带"苦"字的菜肴，唯独喜欢苦笋。苦笋可以凉拌、煮汤、素炒，各有美味。

苦笋又名甘笋、凉笋，质地脆嫩滑口，有白玉颜色，清香里一丝微苦而已，淡薄而味足。苦笋炒肉，味更足，笋可去肉之肥腻，肉能解笋的寡涩。苦笋入口，脆然有声，微苦后有甘爽，灿若光芒。

茶味太苦涩，也只喝两口，要求泡别的茶吃。好茶之苦，实在的情形还是爱其鲜香慕其自然。

饮食随笔，常有滋润的甜食：蜜麻花、酥糖、麻片糖、寸金糖、云片糕、椒盐桃片、松仁片、松子糕、蜜仁糕、橘红糕、松仁缠、核桃缠、佛手酥、菊花酥、红绫饼……甜食美而艳，少年时每逢春节，总会吃到很多甜点，如松仁缠、核桃缠，在干果上包糖，算是上品茶食，实在甜上加甜，甜过了头。松仁、核桃之类，空口吃最好，味道单纯。

不喜欢苦味，却喜欢苦字。以前住所附近有个地名叫"苦菜湾"，因为喜欢这个名字，去过不下十回。苦菜湾的风景，底色是苦的，苦得茅草萧萧，苦得苦菜成丛。想起读过的日记片段："春天在晴空下盛放，樱花开得灿烂。一个人留在这里，我只感到茫然，想起秋刀鱼之味。残落的樱花有如布碎，清酒带着黄连的苦味。"

苦与甜关系微妙，苦的余味是甜，很奇怪。譬如苦丁茶，喝过之后有回甘。即便喝中药，嘴里也有苦尽甘来之感。

吃得苦中苦，方为人上人。苦的层次比甜要高，卧薪尝胆比锦衣玉食来得艰难。说一个人睡在蜜罐里，表面是称赞他享福，骨子里何尝不是嘲讽？世间没有"吃得甜中甜，方为人上人"的话。"吃苦耐劳"四个字，听了几十年了。

朋友身体不好，入夏后，胃口下降，不思饮食，低烧，体乏疲倦，医生说那是苦夏。有人苦夏，有人悲秋，有人春困，有人畏冬。

世间万物，利于人的，往往苦在其中，良药苦口可治病。苦一味我从来没有喜欢过，避苦趋甜是人之常情吧，卧薪尝胆之类，我不想干也干不了。胆之苦，是剧苦，苦得舌尖发麻。朋友请我喝不放糖的咖啡，入口清苦，苦得贫乏，苦得悠远，苦得孤帆一片日边来。

桐城人姚弱侯写过一联，蔼然儒家心性："但觉眼前生意满，须知世上苦人多。"

儒家仁爱，墨家兼爱，道家博爱，都让我有亲近感。年来案头置《老子》《墨子》《庄子》《论语》《礼记》，读出太多温情，书里岁月冲淡了人生之苦。

辣

辣椒，我不爱吃，不爱吃的原因，怕辣。

坊间传言：四川人吃辣椒，不怕辣；江西人吃辣椒，辣不怕；湖南人吃辣椒，怕不辣。我口味清淡，只能吃一点柿子椒，辣味较淡又保持了辣椒的清香。故地有种辣椒，生得小，朝天长着，乡人称为"朝天椒"，因为太辣，我从来不敢碰。

食欲欠佳，吃点辣椒能开胃，饭菜不好时，添上辣椒能改味。说过一句话，虽不成文，似乎还有些道理，抄来备忘：茶只要是滚的，再难喝都可以喝；菜只要是辣的，再难吃都可以吃。

热盖百味，辣也盖百味。咸是百味之心，辣则是百味之骨。辣椒的模样也颇有骨感，嶙峋挂在菜园里。

以辣椒为主料，我常做改良的虎皮尖椒与辣椒炒鸡蛋。把辣椒籽掏空,将熟透的猪肉馅放进辣椒壳里,入油锅中煎至转色,外皮略略泛白,虎皮尖椒乃成。这道菜,油润中有清淡。油润的是馅,清淡的是皮,辣中带鲜,实为下饭之良菜。我从姑妈家学来后,做过三五次。

将辣椒切成碎末,和鸡蛋一起搅拌均匀煎成鸡蛋饼,两面煎。说是辣椒炒鸡蛋,实际上成了辣椒鸡蛋饼。吃起来也辣,但辣得短平快,辣中有香。

乡下人还喜欢制一味腌辣椒。取个头小一点的辣椒,放在腌菜坛,十天半月即成。祖父在世,偶尔喝点小酒,晚饭时持椒把盏,怡然自得的神气,颇有文人雅士持螯把酒之风,十分享受。

除了朝天椒和柿子椒,我还知道海椒、米椒、七星椒、灯笼椒、线椒、尖椒、大角椒、干椒、肉椒……我们安徽产牛角椒,是市场上的长销菜。立秋后的辣椒,在夕阳下一个个深红地拉长了影子。因为红,秋收后的菜圃一片生机。

去湖南吃饭,很多菜都有辣椒。湘菜我之所好,湖南更是好地方,山水有辣椒味,辣得深远辽阔,所以才有一代代湖南人的革新。

祖父嗜辣,辣椒面拌辣椒酱,桌子上还放一盘盐辣椒。父亲吃辣,一碗辣酱三天吃完。我见过几天不吃辣,食不下咽、寝不能眠的人。

某年春天在北京,友人请饭,一道芥末凤爪把半桌人呛住了。有人辣得咳出声，有人辣得泪水横流。艺高人胆大的，自诩无辣不欢，吃了一个，辣得半天没说话。我好奇，尝了一个，一股奇辣、毒辣、剧辣从舌尖轰炸整个口腔，一头扑进鼻孔里，跟着弥漫到头颅，波涛汹涌，整个脑袋瞬间蒙掉，眼前顿时模糊。

知道芥末很晚，是吃生鱼片时候的事。生鱼片要和芥末搭配，吃龙虾也要蘸一点芥末。有朋友说："没有芥末不吃龙虾！"我吃龙虾居然不要芥末，被他视为咄咄怪事。他吃龙虾非得芥末，我觉得岂有此理。

辣性除了助消化、开胃之外，还有祛湿功效，大概是川人、湘人喜欢辣椒的地域原因。巴蜀、三湘等地，湿气重，阳光不充沛，容易让人压抑，饭菜里放一点辣，可以化解忧郁。

川菜有七味八滋一说。实则一辣蔽之，自有王气霸气，菜中之纵横家是也。

辣能去腥膻，烤羊肉串、烧牛肉、红烧大肠之类非得放点辣不可。这时候辣被腥膻中和了，辣功成身退，羊肉、牛肉、大肠丰腴滋润，吃一口，风吹草低见牛羊，辣出了大境界。

辣是阳刚之味，湖南人喜欢革命，有人归因于辣椒。云贵湘三地把辣椒称为"辣子"，有亲昵之心。江浙人称辣椒作"辣货"，是远离的意思。故乡称辣椒为"大椒"，恭敬之心赫然。辣之一味，不能被其他味道征服。伟大的人物是辣椒或者芥末，秦皇汉武是辣椒，唐宗宋祖是芥末。

酸味入嘴调皮伶俐，甜食的口感则丰腴滋润，苦有死心塌地、忠心耿耿风味，吃咸货几近独望春风，辣如大汉，意态潇洒。

辣味之动人，在激。酸味之动人，在诱。苦味之动人，在回。甜味之动人，在和。咸味之动人，在敛。辣味的激，激得凶，一进口像刺入舌头，勇猛如岳飞枪挑小梁王。酸味入嘴也像刺入舌头，但刺得慢，仿佛美人舞剑。

近来喜欢做一道辣菜，干煸辣椒，从朋友处偷来的手艺。在安庆时，经常买一点牛角椒，去籽，洗净后，用刀平拍，入油锅，放酱油少许，滋味卓越，极好的下饭菜。可惜合肥的辣椒太辣，此菜荒废太久，偷来的手艺快还给人家了。

咸

楼外有大片荒地，经年空着，有人闲不住，开辟了一些菜地。母亲也闲不住，锄头铁镐忙活半个月，翻土播种，种上白菜、萝卜、菠菜、莴笋、豆角之类，得闲起早贪黑去经营那三分菜园地，乐在其中。

白菜长势好，一时吃不完，母亲说做点咸菜。夜灯下，一刀刀切着白菜，白的菜梗与绿的菜叶化作碎玉散翠堆在那里。找来空的坛坛罐罐，满满装了，用盐腌上。我在一旁读书，切菜唰唰唰又有些木敦敦的声音不绝于耳。一时有些感动，又勾起旧事。小雪腌菜大雪腌肉，印象中，乡下入冬后，主妇的第一要事就是腌咸菜了。这时节腌渍的咸菜味道好，不苦不酸不涩。

趁着晴好天气，将一颗颗大白菜连根拔起，截去菜根，洗净后摊放在竹篮、草地，或者挂在篱笆上，阳光照过，白花花晃眼。略有些蔫时，几个女人家商量好，彼此帮着切菜。刀磨得透亮，大家有说有笑。

乡下腌咸菜是大事，吃不完的豇豆、黄瓜、辣椒、扁豆，放进腌菜缸，闹菜荒了拿出来，胜过寡饭。做腌菜很讲究，盐放多了，菜太咸，放少了，菜泛酸，弄不好还发臭。

有些菜腌之前要晾晒。霜降后的早晨，走在乡下，堂屋前的砖柱间，稻床外的大树上，到处拴有绳子，挂着萝卜、白菜秆之类，霜花如星，是乡村一景。腌萝卜要用棒槌捣压，一层萝卜一层粗盐，装入陶瓷粗瓮里。

往年贫穷人家，咸菜是最能下饭的好菜。记得祖父除了旱烟和烧酒、辣椒之外，也喜欢吃咸菜。

中国咸菜很讲究，各地做法不同。绍兴人喜欢腌苋菜梗，待其抽茎疯长、肌肉充实的时候，去叶取梗，切寸许长，用盐腌藏瓦坛，发酵即成，生熟皆可食。江南一带人用带缨子的小萝卜作咸菜，腌好后缨子还是碧绿的。鲁迅小说中，女人端出乌黑的蒸干菜和松花黄的米饭，热气腾腾冒烟。这样的场景在我家乡也常见，不过米饭上头的蒸干菜是咸菜。梅干菜我吃过，蒸得乌黑的，热热冒着雾花。有年在绍兴乡下闲逛，午饭时，寻得一水边人家，农人从临岸的网兜里捞出鲜活的白丝鱼，以梅干菜做底，略咸，很香，经年难忘。

做梅干菜以霜打过的雪里蕻为佳。鲜菜洗净后堆干、腌制半个月，此时用来炒肉、炒笋、煎豆腐、做汤，都有独特的鲜美。腌在卤水中的雪里蕻黄如金片，绿似翡翠。

咸菜沥去菜卤晒干，在坛子中贮存起来，越陈越香，可用来埋存腊肉。那咸菜色泽墨黑，闻起来有一股扑鼻的腊油香，入口又嫩又糯，用它烧鱼、炖肉或者添水蒸了吃，老幼皆爱。有人用咸菜焖肉，菜香肉糯，咸中带甜，肉少了油腻，咸菜也尽去寒酸，是很好的搭配。

俗话说，布衣暖，菜根香，读书滋味长。布衣诚然保暖，菜根味道也清香，连吃几顿，却不好消受。倘或每日吃菜根，读书滋味大概长不了。不如放下书本，且去劳作，换个温润的一日三餐。咬得菜根则百事可做，有人闻之击节叹赏。那是读书人略有些迂气的心绪，我向来不以为然。人每每不得已才去吃菜根，旧年老家的村人也是不得已才终日以咸菜佐餐，除此之外，实在无下饭之物。如今乡民只将咸菜当佐餐小肴，吃得少了。

小时候，冬天的早晨，只要下点雪，我家总是吃咸菜煨豆腐。一来园子里青菜冻住了，二来咸菜煨豆腐的确美味。豆腐滚跳跳煨在木炭火锅里，细嫩、清香，无可比拟。窗外的雪是白的，米饭是白的，瓷碗是白的，火锅里豆腐是白的，窗纸也是白的，红色的炭火散发着暖意。

近年不大吃咸菜，但也有例外，倘或在餐桌上遇见一份咸豇豆，能多吃半碗饭。咸豇豆有奇香，让人胃口大开。咸豇豆的颜色好看，黄亮亮诱人，像黄花梨椅子扶手的包浆，如果配上红辣椒，装在小碟子里，俨然是餐桌小品。

以前读书到半夜，饥肠辘辘，去厨房找东西吃，碗柜里总只有咸菜。泡饭就咸菜，是那时候的美味。油炸食品与咸菜对身体无益，奈何人恰恰喜欢。

西方似乎没有咸菜。韩国泡菜不能算作咸菜。日本有咸菜，吃过几回，和中国咸菜味道不同。

乡下家常菜普遍偏咸。春耕秋收之际，农务繁重，主妇会在饭菜里多搁一点盐。久而久之，口味重了。乡下人对咸近乎崇拜，认为是力量的化身，民间一直有吃盐长力气的说法。盐也当药物用，感冒、发烧、牙疼、头晕、中暑、过敏，先喝半碗盐水。

如今喜欢咸菜的人不多了。朋友回乡下秋收，老母亲备了点咸菜，带回来后少人问津。

咸货有荤素之分，大受欢迎的是腊肉、腊鸡、咸鱼、腌鹅、咸鸭之类。去年春节从乡下买了半爿猪腌成腊肉，差不多吃到了秋天。炒家常菜蔬，放几片腊肉，味道很香。腊肉不依不傍，青菜一意孤行，吃起来有昏黄的回味与微绿的向往。

鲜

鲜颇具私密性，滋味太美。美从来只可意会，无法言传，大美尤其无言。"鲜"字是鱼和羊的搭配，鱼羊同烹，口味美滋。有一年在南方吃过，可能做不得法，并不见佳。

鱼类自是鲜美，家常的鲫鱼、草鱼、鲢鱼，名贵一点的有石斑、河豚、黄鱼，各得其鲜。著名的长江四鲜，银鱼、刀鱼、鮰鱼、鲥鱼，我吃过三种。银鱼细骨无鳞，明莹如银，其鲜短平快。刀鱼细腻鲜嫩，入口即化，其鲜清新婉约。鮰鱼集河豚、鲫鱼之味于一身，其鲜平滑肆意。鲥鱼没吃过，苏轼称为惜鳞鱼，说"尚有桃花春气在，此中风味胜鲈鱼"。其味可见一斑。桃花春气之感，还是不吃为宜，一吃就泥实了，失了想象。

"鲜"字的右边是"羊"，羊是畜肉中最鲜美的。猪肉油腻，牛肉太犟，驴肉粗重。羊肉盐煮也好，红烧也好，煎、炒、爆、炖、涮，都能淋漓尽致。我最喜欢爆和涮，尤其是涮，像踏入暮春田野，鸟语花香，一切正在蓬勃疯长。

吃过的东西，有很多比鱼羊要鲜美，譬如菌类。大概先民发明"鲜"字太早，盐没能广泛使用，显不出菌之鲜。二则菌类身份"卑微"，不及鱼羊"高贵"。据说云南的鸡枞菌最鲜，用来做汤，极危险，人贪鲜，会喝到水饱，甚至直到胀死。有人怀疑那菌里含有什么物质，能麻痹大脑里的拒食中枢神经。一家之言，不必当真。

道家认为食气者寿，李渔说菌类清虚之物，来源于天地之气，食菌等于食气。

菌类，吃过最鲜的是老家人称为鹰爪菇的，做汤或者炒食都不错，滑且嫩。抄几口吃下，入嘴之际，触电一样，鲜味洇濡，顺着嘴唇舌尖舌根然后到了喉咙，紧跟着弥漫整个胸腔。此刻，不要说话，埋头吃喝才是赏心乐事。可惜这道菜二十多年未见，杳不可寻，鲜美得成了传说。

小时候经常吃毛豆鸡蛋汤，入口清冽，甘鲜异常。剥好的毛豆倒入滚油锅，炒至八分熟，放盐，添水，烧开后，捻碎青菜叶一撮撒上，淋下搅拌好的鸡蛋糊，即可起锅盛碗。只见豆粒于碗底沉浮，荚衣出没汤面，蛋花随汤匙荡漾，青菜像轻舟徜徉。馋意袭人，轻呷一口，一条温暖的水线贯通腹中，猪油、毛豆、蛋花、青菜之味鲜美如梦幻，仿佛天上人间。每每遇见，总会喝到撑，可惜现在找不到过去的味道了。

春天，有一道春鲜——豌豆配春笋：春笋切成方丁，在淡盐水内焯烫一分钟后清炒至九成熟，加生抽。接着倒入豌豆，快速煸炒，放盐和鸡粉，翻炒均匀出锅。豌豆颗粒圆润鲜嫩像翡翠，方丁春笋如玉，十分好看。口感脆嫩，味道鲜美，清雅隽永。这样的菜，不要说在大鱼大肉中，即便放入家常菜里也款款多情。

这些年间或赴宴，叵耐美食遁迹。很多时候不是吃饭，而是赴局；很多时候不是吃饭，而是聊天。好在不是鸿门宴，宾客相欢，美食与食美退居次位了。倒是有回在深圳吃到一款膏蟹，很肥，厨师火候掌握得很好，蟹肉细嫩，汁也收得利落，鲜美可口。

东瀛生鱼片很有名，吃过几次，不觉得美味。口味有时候和习惯有关。东瀛饮食不如其文学，文学不如其绘画。东瀛江户时期浮世绘里的风情够鲜够美，堪比美食。

膻

饮食有偏执，饮食也是个性。有人不吃羊肉，怕膻，有人却只知其鲜，不觉其膻。羊及羊肉别名膻根，在古代，膻肉专指羊肉。古人称祭祀时焚烧羊肠间脂肪所散发出来的气味为膻芗，膻的本义也正是羊臊气。苏州旧俗，认为春天的羊肉有毒，主要还是膻味作祟。

羊肉有两绝，内蒙古手把肉风情独特，苏州藏书羊肉鹤立南国。藏书羊肉汤烧得好，略带一些膻气，膻得清新，有吴地小桥流水的旖旎。内蒙古手把肉也带一些膻气，膻得豪爽，风味辽阔。或许是地域带来的联想，吃到椰子，总想起海滩，喝青稞酒，脑海更是一片高原风情，吃葡萄干想起吐鲁番，吃烩面想起河南，吃米线想起云南，吃米粉想起桂林，吃拉面想起兰州，吃臭鳜鱼想起皖南，吃海鲜想起大海，吃山珍想起森林。

第一次吃手把肉，是在北京。切成的大块羊肉白水煮，一手把肉一手用刀割食。座中有内蒙古客人，割肉有真功夫，骨头上羊肉丝毫不剩。第一次吃藏书羊肉，是在安庆。拙作《豆绿与美人霁》中写过：

> 喜欢藏书羊肉这个名字，有书有食。想象一个藏有万卷诗书的江南小镇，微凉夜色下三五成群的人坐在八仙桌边喝羊肉汤，那场面多好。如果再冷一些，呵气成雾的寒夜，滚烫的羊汤，几个人边喝边聊，足以令人低回了。

写虚了，言不及味。现在补记：藏书羊肉汤色乳白，香气浓郁，酥软不烂，口感鲜而不腻。饭馆的老板一口吴语，无怪滋味正宗。

记忆中仅仅吃过一次红烧羊肉，是少年时候在老家。奇怪的是，宰羊前，先给它喂了一碗冰糖红枣。后来在书上见过类似描写，说某烧羊肉的大师傅，祖上也烧羊肉，有一次宰羊，羊流泪，人不忍下手，又养了几天。当然，最后还是被宰了，因为羊偷吃了大师傅祖上给他老母亲炖的冬令补品冰糖红枣。不料，偷吃补品的羊，肉质史无前例地丰美。从此，杀羊之前先喂一碗冰糖红枣。情节可能是小说笔法，技法已行之民间。

鸟类大概不乏嗜膻之癖，唐诗中有"弃膻在庭际，双鹊来摇尾"的句子。内蒙古人说他们那羊肉鲜美，是因为羊吃野葱，自己把膻味解了。我看未必，主要也有饮食习惯因素。内蒙古朋友告诉我，秋天的羊肉最好，因为那个季节羊可以吃到沙葱，还能喝到霜冻过的冰泉水，这两样可以去除羊膻气。说得煞有介事，我却半信半疑。

真要说到膻，狗肉比羊肉膻。狗肉烹不得法，不放辣椒，膻不可食。旧年山里猎户捕获到野味，剥皮后总要烟熏火燎一番，风干后方可食之，若不然就是用辣椒粉裹住了也膻得冲鼻子。

腥

腥膻一家，难兄难弟。我不怕膻，但招架不住腥。私下开玩笑说自己厨艺第一，文章第二，因为饭只做给自己吃，文章却是给别人看的。可惜做不好鱼，主要原因还是对腥的无可奈何。

我怕腥味，也制服不了它，感觉充满凶险，让人胆战心惊，或许和血雨腥风有关。血的确腥，猪血、鸭血、羊血、牛血都有股铁腥气，凝固后，闻起来又微微有些香甜。我最喜欢猪血，一次可以吃一小碟子。川菜毛血旺里的鸭血，嫩滑细腻，是点睛之笔。

腥是形声字，从肉从星。肉与星组合的意思是说，介于臭味和无味之间的味道。腥味的食物，制不得法，总感觉臭，成了一堆秽物。

古人说水居者腥，肉者臊，草食者膻。差不多如此。鱼、虾、蟹、鳖、泥鳅、黄鳝还有各类海鲜，腥气扑面。

世间常有逐臭之夫，更不乏嗜腥之徒。有人吃生鱼片不放芥末，说就贪那股生腥气，腥得人清醒。我嗜蟹之腥，甚至不觉得腥，相反倒很鲜。每年秋天，常有朋友惠送大闸蟹。冷寂的夜晚，一个人在家边看电影，边吃螃蟹，一次两三只，十分温暖。

鱼的腥气主要在鱼线上。厨师烧鱼前先在鱼头处划开一刀，再划开一刀，用菜刀侧面使劲平拍几下，鱼线就出来了，轻轻捏住，往外拉动，会抽出像头发丝一样的白线。有一回亲眼看见，真觉得自己孤陋寡闻，饮食里天地太大。抽过鱼线的鱼毫无生腥气，做汤、清蒸、红烧，鲜美得很。

腥是最具诱惑力的气味，因为有两面性，要么升华成鲜，要么恶化变臭。

听过一个"偷腥"的来历，鱼鳔曾是避孕工具，人用后身上会带股腥味。这里幽默的成分多，不必当真，我倒是觉得事涉生理。

前不久去了趟贵州。贵州人的口味杂，酸甜辣咸且不说，对苦与腥的嗜好，独步一方。每餐总有凉拌鱼腥草。第一餐吃了一口，又苦又腥，强咽下去，再不敢尝了。

苦，倒不打紧，反正也吃过不少苦头，关键是强烈的生鱼腥味，实在难以招架。鱼腥草我老家也有，没有人敢染指一尝。有年去徽州，暮色里饭桌上有一盘鱼腥草。强忍着吃了四根，不敢再吃，实在不能再吃了。

贵州人称鱼腥草为折耳根。折耳根，折耳根，想起小时候念书不听话，老师过来扯扯耳根。现在禁止体罚学生，连打手心也不准了。

麻

人间有五味，酸甜苦辣咸，我最喜欢甜。甜食吃多了损牙，近来不敢贪多。饮食各自癖好，有人喜欢吃苦瓜、苦菜，喝苦丁茶。有人爱酸，好吃西红柿、山楂、葡萄、杏、柠檬、橙子。有人嗜咸，最爱咸菜、腊肉。有人无辣不欢，洋葱、芥末、辣椒是餐中常物。

甜是软，辛是冲，酸是收，苦是闷，咸是和。甜让人愉悦，辣总是刺激，辛能回味，酸得生津，苦使人冷静，麻则是麻痹。麻痹之美，美得诡异。第一次吃麻辣烫，碗头袅起的热气十分诡异。不小心吃到一个花椒，嘴巴麻得发木，暗暗心惊，味觉一下钝了，感觉越发诡异。

麻其实麻在花椒上，皖地口味或辣或淡或咸，从来与麻无染。小时候没吃过花椒，也没见过花椒。花椒以陕西椒、四川茂汶椒、清溪椒为上。

去南充，川地潮气重。怕我们受了寒湿，主人每日特意做一款麻辣菜。麻得舌尖迟钝，辣得大汗淋漓，毛孔舒张，十分痛快。汤料里放的正是茂汶花椒。花椒除了带来味觉的麻之外，还可以压腥除异，增加鲜香。

有人不吃花椒，说辣。有人不吃花椒，说麻。我喜欢花椒，做酸菜鱼、水煮牛肉，炸一小把花椒，吃起来满口奇香，吃饭时多盛一碗，胃口开了。

川渝人做菜常放花椒，青花椒、红花椒、青红花椒。面条也沉浮几颗花椒。川菜在烹调方法上，有炒、煎、烧、炸、熏、泡、炖、焖、烩、贴、爆等三四十种之多。最大风味是麻辣，搁很多辣椒、胡椒、花椒。豆瓣酱是川菜的主要调味品，不同配比，配出了麻辣、酸辣、椒麻、麻酱、鱼香、怪味等各种味型，无不厚实醇浓。

花椒之麻是川菜点睛之笔，也是点金之笔。

辣味是放是激，川菜里有一种口感的放肆放纵激荡激扬。麻味是敛，将川菜这匹脱缰野马拉回来。每次吃川菜，总是在一曲川江号子与一段京韵大鼓之间徘徊。辣味如关西大汉，铜琵琶，铁绰板。麻味却是十七八岁的山野女郎，执三弦。

花椒之花甚小，嫩而巧，粉红色花瓣在枝叶间躲躲闪闪。这样的花结那样的果，有一种世事难料。大抵属异类草木吧，特立独行，不中不和，老而弥坚，有遗老气。放有花椒的菜，吃进嘴里，一口有一口味道，越发世事难料。

麻味的菜，我喜欢麻辣鱼、水煮肉片。这两道菜第一口是麻，嘴唇微微颤抖，跟着就是辣，一股冲劲上来，然后一阵鲜香，发觉烫的时候，为时晚了。

可惜我不会做鱼，想吃麻辣鱼只能去饭馆。水煮肉片做过几次，比不得厨师。滋味上乘的水煮肉片，味厚。我做的水煮肉片，总嫌轻薄。轻薄倒也罢了，有一次居然做出了浅薄的味道，所有的口感都浮在表面。

吃过最好的麻味是广东人做的海鲜麻辣香锅，入嘴麻、辣、鲜、香。麻辣香锅有荤有素、有淡有辣，天南地北的食材融在一起，味道丰富多样。麻得干干净净，辣得干干净净，鲜得干干净净，香得干干净净，四种味道互不干扰又纠缠不清。因为麻，辣无丝毫躁意。因为辣，鲜不沾半点腥气。因为鲜，香味悠长淡远。

在郑州吃到一款麻辣花生，滋味大好，原有的麻辣香之外多了爽脆，吃了一颗又一颗，回家还带回一盘。可惜第二餐稍稍受潮回绵，口感少了脆一味，打了折扣。后来在外多次遇见麻辣花生，找不到那次感觉了。美食常常像孤本善本。

麻味的菜我还会做麻婆豆腐，装盘后撒花椒粉。麻得像李清照的词，婉约中有惆怅。

臭

"火宫殿的臭豆腐还是好吃"，这句话刷在长沙火宫殿墙上。湖南每一地的臭豆腐都好吃，湖北、上海、江苏、浙江的臭豆腐也不错。炸熟配上辣子香菜，有独特的风味。

味觉太具私密性。有人嗜甜如命，有人自讨苦吃，有人炒菜总要放一点辣，丝瓜汤也漂着红辣椒。曹植给杨德祖写信说："人各有好尚，兰茝荪蕙之芳，众人所好，而海畔有逐臭之夫。"逐臭之夫见过不少，满大街找臭豆腐吃。我口味清淡，不要说苦臭之味，辣过了头、甜过了头，也招架不住。

十几年前在黄山，晚饭时，上来一盘鱼，众人下箸如船桨齐发。我夹起一块，刚入嘴就吐掉了，对身边人发牢骚："真不像话，坏臭了，还给我们吃。"那人笑笑告诉我，这是徽州名菜臭鳜鱼，吃的就是臭，这道菜制法独特，有异香。闹笑话了。

徽菜馆去得多了，慢慢能吃一点臭鳜鱼，异香没能吃出来，微臭一直挥之不去。近年终于体会出臭鳜鱼之妙。丁酉年，去了趟徽州，连吃三五条臭鳜鱼，各有其臭、各有其香，其妙处即在于此。

记得多年前，去皖南，在一个个白墙灰瓦的老村里兜兜转转，如漫步在世外桃源，看木窗走石巷过小河，老人悠闲地坐在堂屋磨墨写字。村口细巷深墙下，挑柴担重的农人擦肩而过。傍晚时，夕阳西下，寻一小菜馆，点上地道的农家菜，其中有上品的臭鳜鱼，味道极好。片鳞状的脉络清晰可见，鱼肉坚挺呈玉色，筷子稍稍用力便如花瓣一样碎开了。吃到嘴里，柔软鲜美，腴而不腻，开始微臭，继而鲜、嫩、爽，余香满口。骨肉相连、软塌塌的臭鳜鱼则为下品，食之无味。

坐在窗下，窗外是徽州的夜，隐隐有竹影有风摇，黑漆漆里有空蒙的绿意。与伊对坐，一杯淡茶，那情景，犹如春梦。

徽州的臭鳜鱼好，还有长了毛的毛豆腐，味道也好。

去过一回宁波，当地人将冬瓜切块煮熟，撒上盐和臭卤，密封半个月。说有解暑、通气功效。我吃了一点，不合口味，加入辣椒粉，方才稍稍压住了臭味。绍兴人吃腌制发霉的臭苋菜梗，越发滋味冲鼻，我也只敢吃一小节下饭。

京中有豆汁，以绿豆渣发酵而成，可谓臭名远扬。喜欢豆汁的，赞美气味醇醇，酸中带甜，不爱喝的嫌酸臭难闻。小胡同，老旧的木桌子，大碗豆汁，清洁可饮，一摞形如手镯的焦圈，色泽深黄，焦香酥脆，从容而食，别有一种山野市井之趣。

涩

山西人嗜酸，有人吃馒头，掰开后夹一点酸菜，还要蘸上醋。无锡菜偏甜，酱排骨好吃，但一般人第二顿就招架不住了，到底太甜。一朋友去厦门，发现包子竟然是甜的，肉馅里放了很多糖，食不下咽。算不得矫情，实在习惯不同。四川人崇辣，有一年在蜀地，餐餐不离辣，汤里也漂浮或者潜伏有辣椒，不少人叫苦连天。绍兴人吃咸极了的咸菜和咸极了的咸鱼。咸菜、咸鱼也是徽菜的特色。

口味的咸淡酸甜和地域是有关系的。人说南甜北咸东辣西酸，大抵不差。北方人口重，江南厨娘烧菜基本偏淡。这也与个人的性格习惯有关，安徽菜并不辣，但有徽菜馆炒什么都喜欢放辣椒。

我不知道有什么地方的人爱涩。过去乡下物资贫乏，不少老百姓吃未熟透的梨与柑橘之类，又酸又涩。童年时候，我也吃过，居然乐此不疲。

涩之感，在诱，一进嘴，其味缓缓弥漫，最终整个口腔都是涩的。涩是大多人都不喜欢的味道。也有例外，霜打后杂在柿子里面的涩，我就很欣赏。有种水果柿子，完全不涩，甜得不像话，简直枉担了柿子的美名。北方大柿子的涩，非常清香，有种特别的甜。糖果的甜，甜得直截了当，甜得单纯，似乎是一种傻甜。柿子的甜因为有涩做铺垫，与各类瓜果各类糖果的甜来得不一样。说到底，我这里好涩实则爱甜。

味不甘滑谓之涩，杜甫《病橘》一诗中说"酸涩如棠梨"。棠梨之涩，涩得穷敛。究竟什么是穷敛，我也理不清，朝详细里说，也就是棠梨的味道单一，入口只有单薄的涩。

小时候邻居家有棵棠梨树，挂果熟后，大者如牛眼，小的仿佛汤圆，极酸极涩。摘回来放稻草或棉絮中捂十天半月，变褐变黄，入口亦酸亦甜，涩味轻飘飘的，回味之际，又迅速袭来，吃起来仿佛打仗。

涩一淡薄，味道就厚了。譬如笋，略略沾一点涩，吃起来舌尖有丝丝麻的感觉，其味神秘醇厚。

故乡人家喜欢吃高粱汤圆，团团滚滚装在粗瓷白碗里，汤色绛红。熟透的汤圆，隐含着朱粉、朱砂与橙红的肌理。碗口蒙有汤气，薄薄地漫向桌子上方，平添了茫茫雾幛。夹起一个，酱在筷子头上，色泽丰美像古旧的红木珠子。

高粱汤圆掺有糯米粉，口感糍软，淡甜中稍微有些涩，像我多年后读到的废名文章。鲁迅说废名文章冲淡为衣，冲淡之衣下筋骨嶙峋，还是涩。废名一派文章，逸气高拔，竟陵余脉斜阳夕照，虚静随缘，有枯涩的朝气，像奇峰怪石。

竟陵派文风求新求奇，字意深奥，幽深孤峭。谭元春涩，钟惺涩，刘侗涩。他们的涩，如一枝一花一蕊，山禽静飞，山澹其晖。刘侗的《帝京景物略》，写明朝帝京风物风俗风情，行文刁钻，四库馆臣斥之为幺弦侧调、吊诡之词。然其造句冷隽奇崛，自有面貌，状物拟人，绘声着色，不是平人能及。隔世之涩，显得格外厚，更有挥之不去的生气。

因为涩，因为厚，因为生气，高粱是上好的酿酒原料。祖父喜欢吃高粱汤圆，说消积解毒，与他同吃高粱汤圆的情景，逐渐模糊一片。记得端着粗瓷碗，有庭前看美人蕉的心情。

涩有阻滞收敛作用，《灵枢·五味论》："酸入于胃，其气涩以收。"万物有灵有美。人间百味，味味皆道。

嫩

有一种豆腐，极嫩，入口即化，触手立碎，简直让人无可奈何。做不得法，每次弄得乱成一锅星，不敢再买。那种嫩豆腐，吃起来少了快意，容不得回味已落入肚中。豆腐要吃老的，烧、煎、炸、炒、焖、烩、煮、拌，皆无不可。嫩豆腐似乎只能烧汤。牛肉我要吃嫩的，肉嫩，烧法也嫩。牛肉烧老了，香味也打了折扣。

肉一嫩，多了鲜味。老肉不香，乡下人养了多年的老母猪，最后只能埋掉，谁也不愿意吃。做土豆鸡块，如果鸡肉不嫩，味道要稍逊风骚。四川菜中，水煮肉片吃起来不觉得多辣，说到底还是牛肉极嫩的缘故。

宋朝人喜欢吃羊肉，也是因为嫩，当时陕西冯翊出产的羊肉膏嫩第一。神宗时，有年购买羊肉达四十多万斤。先秦老百姓吃饭，在豆瓣粥中加入豆苗嫩叶，混煮成碧绿的豆瓣粥。

江南人做莼羹，将鱼和莼菜炖在一起，煮沸后加入盐豉，鲜美无比。农历四月，莼菜生茎而未长出叶子，叫作雉尾莼，是莼菜中第一肥美新嫩的。莼菜本身几乎没有味道，味道全在汤里，颜色嫩绿，吃起来令人心醉。

商丘人用尚未熟透的麦仁熬粥。口感极嫩，又多了清香。这样的吃法，一年不过十来天，是真正的节令美食。

说到嫩，马齿苋不可不提。取其茎叶，开水烫软后切细放醋，淋上芝麻油，炒吃或凉拌皆可。入嘴滑且脆，酸酸甜甜，伴着淡淡的清香，极为新嫩清爽。

很多年前在老家县城吃饭，见饭店餐台上有一种通体微绿泛白、淡红带绒的郎菜，极嫩，点了一盘。配羊肉、胡萝卜、野菇、粉丝共炒，盛在白瓷盘里，叶细茎小，丝丝入扣，缕缕粘连，荤素齐备，令人舌底生津，齿颊留香。

吃南瓜，我欺嫩不怕老。嫩南瓜，切丝烧菜。老南瓜，剁块熬粥。河南人还将嫩南瓜切丝，焯过放凉水中，与蒜汁、藿香凉拌，做捞面，特别爽口。吃玉米，我也欺嫩不怕老。嫩玉米或烧或蒸或煮，老玉米炸爆米花，酥软香脆。

杜甫在草堂浣花溪边得过好诗句："繁枝容易纷纷落，嫩蕊商量细细开。"

花到盛时容易纷纷飘落了，嫩蕊啊，你慢慢开。立春后，到处是嫩嫩的颜色，屋檐下，篱笆旁，去年的野草吐出新芽，柳树冒绿。风都是嫩嫩的，吹面怡然。

脆

祖父年轻时候，专挑硬东西吃，老了之后，依旧欺软不怕硬，每餐盛锅上面的干饭。小孩子吃东西喜欢脆，老人吃东西喜欢软。年纪大了，口腹之好，也会变。

过去岳西人常把晒干的老蚕豆和铁砂炒熟当零食。老人见小孩吃炒蚕豆，一口一个响亮，嘎嘣嘎嘣，讨来一颗尝尝，岂料崩掉了半颗牙齿。

脆则香，吃来爽口。母亲炸出来的花生米，掉在桌子上，一断两瓣，饭店鲜见那个手段。

十年前在天津，吃到胳膊粗的大麻花，真是脆，不小心摔落地上，碎成粉块。后来买到的麻花，绵软，口味就弱了。

安庆人喜欢鸡汤泡炒米。炒米泡在鸡汤里，松松软软，细嚼之下松脆清香、起起伏伏，不由得心情大乐。

炒米各地都有，郑板桥说它是"暖老温贫之具"。小时候吃炒米，直接干吃，脆咯咯嚼。现在吃炒米，还是喜欢用鸡汤泡。安庆早点摊有人用排骨汤泡炒米，香气不够，没有鸡汤泡出来的好吃。鸡汤泡炒米，外加两根香脆的油条，那是我最喜欢的早餐。不敢贪多，一个月吃三两回，过过嘴瘾。

有朋友定居北京二十几年，每次回乡探亲，临行总要称几斤炒米，说天下炒米，安庆的最好。我在合肥吃过几次鸡汤炒米，鸡汤醇厚，炒米稍微绵软了，没嚼头。

念书的时候，学校大食堂烧柴火饭，锅巴有半寸厚。食堂师傅把饭铲出来，锅巴用小火烘焦，脆脆的，偶尔买个半斤八两，装进铁盒子里存了当零食。吃起来满嘴都是香味，只是吃多了累牙，腮帮子疼。

在千岛湖吃到很地道的袜底酥。小小的酥饼，一层一层薄如蝉翼，颇似袜底。刚烤出来的袜底酥，清新松脆、甜中带咸，买了一纸袋，同游的朋友都喜欢吃。袜底酥的名字不雅，但实在好吃，因为脆。

脆的东西，好嚼，唇齿一合，香气四散，吃起来快意。一块肉，在嘴里左右十几个来回，还没嚼烂，着实使人恼火。

将连着一点点瘦肉的猪脆骨，放上孜然调料烤熟，与羊肉相比，吃起来又是一番风味。

我不喜欢芹菜，但桐城水芹，掺肉丝或配豆腐干清炒，菜质脆嫩，余味甘甜，最可下饭。有一种水晶梨，一口能咬下小半个，脆嘣嘣的，好吃。

淡

春天时候，椿、韭、荠、菜薹最好；夏天时候，豇豆、莴笋、南瓜最好；秋天时候，菠菜、扁豆、茄子、黄瓜最好；冬天时候，萝卜、冬瓜、笋、芥菜最好。略施油盐，有些菜甚至不放油盐，开水焯一遍，碧绿绿的，又好看又好吃。

曾经无肉不欢，如今抱朴见素，每顿饭只要有一盘蔬菜、半碗稀饭。稀饭是常见的豆、大米、山药之类，偶尔添一点江米，口感软糯糯的，又香又滑又嫩。也配有小菜，腌制的雪里蕻，切得细细的。萝卜干指甲片大小，腌豇豆半寸长，拌几滴香油。当然也有人胃口好，至老餐餐浓油赤酱。

古人说大味必淡，似乎颇推崇淡。大味说的是至纯之味，也就是说至纯的味道必须淡一点。烧菜做饭，油盐多了，其色美艳，其香流绚，其味绝伦，总与菜饭的本原隔了一层。

淡是味道的本原。"淡者，水之本原，故天一生水，五味之始，以淡为本。"因为淡，才可以同天下万物之味相谋相济。老子懂得淡的道理，"道之出口，淡乎其无味"。淡薄才会浓厚，无味才会甘美，清淡、自然、平常才会淡而不厌，久而不倦。是以君子之交淡如水，唯其淡如水，才自然长久。

《菜根谭》上说："浓肥辛甘非真味，真味只是淡。"这淡不是无味，而是食物天然的本味。

京菜调理纯正，盘式雍容，以鲜嫩香脆为特色，倚仗宫廷款目，煞有富贵气，如菜中之缙绅，其得意处正好在淡。徽菜也好，但一笔浓墨，偶尔需要淡一点，口味才多些回旋。徽菜里改良的猪肚汤，入嘴爽口清美，让人想起青梅竹马。沉醉啊，沉醉！我喝了一碗，又喝了一碗，有天真无邪之感。清淡的香气和风味，给人一种似有若无的淡泊，好似水墨画的留白。

平常一日三餐，经常自己下厨。我家厨房调料极少，除了油盐酱醋，就是姜，葱蒜也不多用，嫌其味道冲。

人吃家常菜，不改其乐，这乐是家常之乐。家常之乐，乐在长久，乐在温润的细水长流，吃了几十年，不厌不腻。不像去饭馆，连吃两顿就倦了。家常菜的好，就好在淡，所谓粗茶淡饭。这些年茶越喝越精细，饭越吃越清淡。

茶不厌精，饭不厌淡。

实则我喝茶也淡，盈盈一层茶叶铺在杯底，叶片竖立。茶的淡香里一口口留有空白，留有余地。

颜色上我也喜欢淡，淡红、淡蓝、淡灰、淡紫、淡青……

唯有绿要浓。浓绿一树，浓荫匝地，南方的山浓绿浓绿的，那些绿的树、绿的草挤在一起，绿得肥沃。

淡是形声字，从水从火。水火不容水火容，容成一淡。饭菜难得淡，难在水火相济。做人难得淡，难在水火相济。

都说人淡如菊，菊花我常见，乡下漫山遍野都是野菊。淡如菊的人，似乎并不多。

梅尧臣说作诗无古今，唯造平淡难。唯造平淡难，伪造平淡更难。文章写平淡了，那是大道。文似看山不喜平，这平不是平庸。

宋人的诗说得好，欲为平淡愈崛奇，子有婉微句，藏之平淡间。宋人笔记简洁潇洒，比典册高文亲切。得了平淡诀的缘故。

二〇一八年十二月六日改定，合肥

寝食安

故里风俗，人到三十六岁是一个关坎。很多地方也将此年视为不顺之年。进三十六岁，病了，胆石症，疼痛十个小时方才逐渐消停。三五日不得饮食，结石不过厘米大小，芥蒂可伤人，何止四两拨千斤。

想想人不过病中人、病外人，而到底要在病中走一遭几遭。病是人生逃不掉的苦。老话说，没什么无所谓，唯恐没钱，有什么都好，最怕有病。没钱可以挣回来，人活一世，总有得病的时候，与富贵贫穷命理无关。对病房白墙沉思，感觉人生得安就好，不需要那么多金钱佳人美食权位，也不需要那么多文章，纵然是锦绣文章。病人往往寝食难安，寝食安乃大安。寝食安，天下方定。

二〇二〇年二月七日，合肥

藕与莼菜

傍晚时分，太阳斜挂在西边圆顶建筑上，余晖未尽，灿烂夺目，像块金饼插入土中。一边切藕，一边胡思乱想，一边看着窗外的树。是棵槐树，前年秋天被火烧过一次，以为过不了冬，岂料还是活了下来，而且长势更好。枝杈活脱脱一对梅花鹿的角，短短的叶芽是鹿茸。几次忍不住想爬上枝头挥鞭而去，直至藕花深处……

喜欢藕，喜欢它外形的清新，更喜欢藕断丝连之美。

砧板上的藕切成一圈又一圈，像拆迁老屋时散落在地的漏窗。

某年，在豫东吃饭，一盘凉拌藕鸢飞鱼跃。藕切薄片，入锅氽过，白醋、糖、盐、生姜丝及麻油合拌，色莹白如玉，远望如新雪。入口酸甜咸互掺，脆嫩清香，让人难忘。我做凉拌藕，蘸糖之外，常常配上苦瓜，一苦一甜相互冲撞。糖藕的香甜衬着苦瓜的清苦，苦瓜的清苦陪着糖藕的香甜。甜得淋漓尽致，苦得大放光彩。苦中夹甜，甜中带苦，湿漉漉的地气恣意缥缈，生活的况味出来了。

故乡人家做藕，多是切丝入沸油中爆炒。边炒边点水，藕丝颜色由洁白渐渐变得灰白，加入青椒丝或红椒丝，绿白相映或红白相映。这道菜以清淡醇厚为上，食之，甘脆与粉甜流连舌尖。

在皖南吃过极好的糯米藕。藕切成厚片，浇上桂花汁，斜歪在纯白的细瓷盘里。藕片脆甜，糯米软香，吃在嘴里，一腔春色关不住，鸟语花香出唇来。有人往藕心里塞红豆，塞绿豆，塞肉末，塞香菇木耳，塞枣泥莲蓉，塞山珍海味，填鸭一般。

近来对藕炖排骨大发幽情。取上好的肋骨剁成寸，藕切滚刀块。将排骨翻炒，加葱花、姜片、红枣，装入砂锅内，加满水，大火烧开，再用小火炖至十分熟，最后放入藕块焖熟即可。

炒藕时，放一点肉末放一点青椒或红椒，脆甜清淡爽口，颜色是有意思的。倘或加醋烹炒，清脆之外有酸香，则是另一种风味。

藕切片夹肉裹面粉糊或团粉糊油炸，是为藕盒。我做过几次，殊无风味，盖因厨艺不精之故。

藕里有乡情。一九二三年初秋时节，荷花早谢，绿叶微枯，正是鲜藕应市之际。叶圣陶先生同朋友喝酒，嚼着薄片的雪藕，忽然怀念起故乡来。

老家地头还有种野生的地藕，表皮光洁，无孔，个大体匀，质脆味香，可以佐肉红烧，或用辣椒爆炒，腌制亦可，口感脆生生的，水瘦山寒。美食是遁迹的白龙，不见地藕很多年了，其味遥不可寻，成为久远的事，变成唇齿间的传说。

刚上市的藕好看，清凌凌洁白晶莹，吹弹可破状，望之似能减暑，食下则生幽凉。

有的藕肥硕，胖藕肉多，入馔。有的藕清瘦，瘦藕骨骼清奇，入馔亦入画。马瘦毛长，藕瘦节高，一节一节在宣纸上，与池中藕风味不同。友人作水墨小品，几节莲藕，白嫩如腕，秋冬时节看来，也隐隐浮现灵气。

藕处泥中，生发为荷，继而有花，一池皆香矣。

藕放久了，颜色由象牙白转为黄褐，况味如秋。

秋季好食藕。

秋深了，白白的碟子里散装两节藕片，夏天没有走远。

藕是秋露，莼菜近似春雨。白玉的藕片，翡翠的莼菜，一个干净的世界。莼菜得享盛名因为张翰，晋室大乱，他借口秋风起，思念家乡的菰菜、莼羹、鲈鱼，辞官回吴淞江畔，营别业于枫里桥。莼菜之大雅自此风起，吹向唐宋明清，一脉不绝。人生贵在适意，不能羁宦数千里以要名爵，莼鲈之思果然又超脱又恬淡。

吃过几次鲈鱼，未觉鲜美。河豚的味道倒是袭人，一次要两条，风味如冰雪文章，妙不可言。忘了谁说的，将生鲈鱼去骨切小块，加酱油与新粳米炊熟，谓之鲈鱼饭。味甚鲜美，名亦雅饬，可入林洪《山家清供》。

我老家不产莼菜。莼菜清淡若无味，耐人寻味处恰恰无味，无味之味玄之又玄，嫩绿的颜色让人舌尖一软继而心头愉悦，萦回出一片清风明月。

近年春日常去苏杭一带，饭桌上偶遇莼羹，一口吃出苏绣、碧螺春和小桥流水般的风雅。春雨敲窗，檐下水丝成线，在江南的夜色中饮之食之。莼菜若有若无的清香沁人心脾，仿佛在月色清澈的松林漫步。月色清凉，莼菜也清凉。月色如雾，莼菜也有迷蒙的诗意，淡泊的意味深长。

二○二○年二月十二日，合肥

故乡的野菜

立春前后，畴垄开始耕作了。水牛拖着沉甸甸的犁具，垂头挣扎向前。农人尾随其后，手执牛鞭。所谓鞭子，不过是细长的竹枝，并不舍得直直抽打下去。铁铧一圈圈掀开沉睡经冬的水田，草腥气和着泥土味扑面而来。这时田埂上常有几个孩童在挖荠菜。与犁田的农人一体，成为民俗画。

荠菜是皖西人暮冬至春时的节令野菜。走在乡野，不时看到几个垂髫的女孩拿一把挑铲或者小锄头，挎个筐箩，蹲在地上挑荠菜。荠菜有大小多种，故地所生者甚小，一丛丛扁平的荠菜紧钉在地上，只能从土中将它们连根挑起，又称地钉菜。

在地头田尾挑荠菜，是最诗意的劳动，因为有得玩，事后还有得吃。荠菜色如翡翠，叶带锯齿，吃在嘴里有点涩，轻嚼几下却口齿生香。其做法很多，可炒食，能入馅，做馄饨甚宜，故乡人多用作烫菜。将荠菜放入平菇的香汤里，挖半匙猪油，鲜气一下子就上来了。碧绿的荠菜锅底荡漾，淡褐的平菇几番沉浮，入口淡苦，微有清香，能品出苦尽甘来。

荠菜与豆腐可做羹，入嘴浓淡干湿。与腊肉同炒也好，腊肉表里一致，煮熟切成片，透明发亮，色泽鲜艳，黄里透红，肥不腻口。金黄的腊肉有厚实的富贵，荠菜碧玉，带着清凉的苦味。一时甘苦自知。

荠菜慢慢老了，开出花。这时节，马兰头来了。

马兰头是故乡春时常吃的野菜。正月天暖和起来，阡陌间马兰头悄悄冒出新芽。过些时日，新绿疯蹿，即可摘来吃了。明人写诗赞马兰头滋味之美，让人忘却酒肉。这大抵是富贵人家吧，平民眼里到底是酒肉金贵的。乡下人说，肉炒草鞋底也好吃。

马兰头剁碎后拌豆干、芝麻油，春风拂面，婉约如小令。食后得清凉味，足以抵消酒肉的肥腻。马兰头是常见的野菜，故乡的路旁、田野、山坡常见，夏秋之交开花，或紫或白的小花。

绍兴童谣，"荠菜马兰头，姐姐嫁在后门头"，让人浮想联翩。小时候希望自己有个姐姐。还有绍兴人念："荠菜马兰头，姐姐嫁到瓦窑头。"说当年瓦窑头一带人以制砖瓦、缸甏为业，穷工春时粮荒，野菜度日。聊备一说。故乡也有童谣："一二三四五六七，马兰开花二十一，二五六二五七，二八二九三十一……"一串极长的数字，并无寓意，朗朗上口而已。

天气暖了，河里春水碧绿，与岸上麦苗秧禾互映。竹笋冒尖，蚕豆、豌豆开始拔高抽茎，芦苇爆出新芽。马兰头老了，树荫湿地上，紫红色的蘘荷生出花苞，红彤彤像笋尖。蘘荷滚刀切，用青椒爆炒，一时怡红快绿，艳而不俗。还可以和豇豆、辣椒、生姜一起泡入菜坛子腌食，脆生生可做下饭小菜。

襄荷模样粗壮，腰身浑圆，它的名字却风雅，像旧时大户人家深锁楼阁的闺秀，云鬓玉颜，柳眉凤眼，一袭绿萝裙，撑印花布伞，袅袅婷婷走过，如朵莲逶迤池水。

襄荷不仅入馔，也能入药，马齿苋更是如此。小时候，背部生痛，红肿胀痛，不得着衣。照仿医书，以马齿苋捣烂敷在患处，竟得痊愈。只是患处留下了一个疤痕，那是故乡野菜在我身上留下的印记，时间挥之不去。

我喜欢凉拌马齿苋。取嫩茎夹叶，用开水烫软，切细放醋，洒上芝麻油，炒吃或凉拌皆可。这道菜做了几次，马齿苋入嘴滑嫩清脆，酸酸甜甜，伴着淡淡的清香。后来吃过一次马齿苋扣肉，肉味丰腴，抢去野菜风致，不如凉拌见本色。野菜之佳美，正在本色。

故乡的野菜，郎菜名头最大。

关于郎菜有一故事。说某户人家儿媳被人强占，逼得新郎逃进深山，饥不择食，只好以野菜果腹。后来儿媳逃出家来，见郎君餐风饮露，依然俊朗如初，寻思野菜有救命养生之功效，故称它为"郎菜"。故事不可当真。或者故事都当不得真，所以故事开篇都说很久以前，让后人无法追究。小时候很喜欢听故事，现在也喜欢，但没人说了。

郎菜幽居空谷，隐在深山中，如绝代佳人，是一种通体微绿泛白、淡红带绒的野菜。放香油小葱配腊肉清蒸，为风味独特、溢香爽口的郎菜扣肉。将郎菜晒干泡水饮用，味香爽口。

故乡的野菜，以野水芹居首。水芹叶子细小，根茎一节一节空心，生在低洼处的溪水小河边。小时候去河边玩，手一扭，顺手带一把水芹回来放辣椒清炒，倘或掺一小块腊肉，我能多吃一碗饭。野水芹有奇香，入嘴天马行空，又孤峭桀骜。早春的水芹轻嫩一些，清明后香气始浓郁，隔水就能闻到蓬勃的野气。

除了野水芹，故乡水边湿地多蔓生有鱼腥草，叶肥如荞麦，茎紫赤色，食来腥气汹涌，我从来不敢染指分毫。

先秦山坡上有蕨菜和薇菜，我的故乡亦如是。蕨菜向阳，易采摘，而薇菜喜阴，多长在河沟山谷间，采择殊为不易。薇菜模样好看，刚长出来时，顶部曲卷如耳，毛茸茸的。将其棉絮状绒毛去掉，摘去芽株上的嫩叶，用开水焯透晒干揉搓即可持久柔嫩。

有些野菜不算菜蔬，譬如鼠曲草，春天采嫩叶，捣烂去汁，用来和粉做糕。

鼠曲草乡俗称茅香，惊蛰后，杂草现绿时，从田头地角、山沟荒地上冒出来，毛茸茸一小撮。茅香茎细长、淡黄色、秆直，叶片扁而质厚，上生微毛，有香气，捏在手里颇软。茅香清明时开花，圆锥花序，淡黄褐色，有光泽，花顶成坨。

茅香含香豆素，可制香可入药，故乡人只用它做茅香粑。茅香洗净后捣成凝膏，淡绿如芥末。将浸泡好的糯米磨成粉，添水与茅香膏揉成团，软硬适中，而后做成粑，以腊肉、竹笋、粉皮之类做馅蒸熟。口味不同，馅可自选。熟后的茅香粑颜色墨绿，香、糍、软。每年三四月，故乡人家总要蒸几笼，饭前饭后贴锅边或在灶炉内烤而食之。贪食者，还备有茅香干末，口感不如新鲜茅香。在杭州吃过茅香粑，当地称为草饼，味道不正，大概是做不得法，选料不精之故。

故乡的野菜，大抵他乡也有，那是中国野菜。有种豆腐，如果也能算野菜的话，别处似乎不容易吃到。这种豆腐并非豆制品，食材为树叶，山民俗称神仙槎，学名叫作二翅六道木。

神仙槎叶有奇香，放凉开水中揉搓，渗出汁，以柴灰点卤成豆腐，凝如绿脂，颜色碧翠。即做即食，隔夜即化为一汪碧水，遁去无痕。

神仙豆腐切成薄片，撒上白糖，绿波之上点点冰心，或者加入红酱，万绿丛中一朵红，美味之外，入眼还有绝好颜色。也可以将其切块，温水煮开，加盐、葱花、芝麻油。以勺舀食，让人惘然，觉得浊气去尽，心头如明月清风拂过。

那日郊游，野地偶遇野蒜，兜头有旧事感，三十年前吃过很多野蒜。老家后山都是菜地，春夏之际地角生有野蒜，祖父与我拔回家煎鸡蛋。野蒜切成碎末，掺入鸡蛋拌匀，以香油煎至两面金黄。金黄透着碧绿，是金玉满堂，也是金玉富贵。少年时不喜欢那味道，觉得冲，三十年后再吃，唯有清香在喉。

故乡是有很多野菜的。童年口感，觉得野菜滋味有诡异的地方。今日吃野菜，大抵闲逸，闲情与逸气。

故乡人采食的野菜还有蒌蒿、苦菜。蒌蒿加蒜泥爆炒，有冰雪消融风味。乡农取鲜嫩的苦菜去根，洗净过水焯，揉去汁，颜色蔫了，柔软如同泡后的茶叶，微微香涩，加小葱拌炒，清苦里有一些鲜艳，配米粉做成苦菜粑粑，颇让人回味。

《本草纲目》记载，南人采苦菜嫩者，暴蒸做菜食，味微苦而有陈酱气。南人口腹之欲广袤，大有神农风范。我怕苦，早年吃苦太多。人生多苦，口味多些清香多些甘甜多些芳美，肉身受用。

野菜的好，依时令而来，顺应天时。这里有岁月时序，有乡土节气。

故乡遍地野菜，随生随灭，再平常不过，因为长在荒野草泽，有一股淋漓元气，荒年可温贫度日。明人朱橚作《救荒本草》，录四百多种野菜，或叶可食或根可食或果可食，济世之心拳拳，读来心热。丰年里，野菜被好食者采来，入菜入药入酒入茶，化成唇齿的缕缕滋味，是另一种福泽绵长。人生之富贵不过一饭一蔬自适愉悦。

二〇二〇年二月十八日，合肥

白菜与豌豆糊

皖北菜到底硬朗，一桌草泽野气，有山大王派头。在太和早餐，遇见一道炒白菜，清烂里居然有香脆。像风雨苍茫里走来一佳人，又像山大王的女将，是刀马旦，俨若扈三娘，马踏清秋而来。生平吃过白菜无数，东北人炖肉炖粉条，好在厚实、入味。川菜有开水白菜，用鸡汤熬制，脱了白菜的味道又得了白菜的味道，唇齿间万丈光芒。

豌豆糊做法不详，以米粉和黄豆粉熬制而成，掺入豆皮、海带、面筋。装碗食用时配以炒熟的芝麻盐、碧绿的芹菜丁或是豆角丁，青青白白一碗，淡淡的咸鲜和豆香。豌豆是点睛之笔。豌豆糊近似中原的胡辣汤，口感少些麻辣，多了绵软，是中正之味。因为豌豆，又多了鲜，咸鲜冲激融合。一碗皖北的苍茫，透着青黄翠绿。

下午车过平原，窗外疏柳复苏，长长短短垂丝入目琳琅。

二〇二〇年四月一日，太和

茶　意

酒心淡下去，茶意浓起来。

对茶的态度，起先不以为意，大抵敬而远之。实在少年心性离香甜太近，消受不了茶里的清苦与闲逸。

老家是茶乡，春日地气升腾，茶见天长，农人三五天去一次茶园。茶摘回来摊晾在檐头廊下堂前宽敞处，碧绿绿一地，让人心生欢喜。那欢喜，多因售有所得。谷雨后，立夏前，芭蕉叶大栀子肥，茶芽也粗大了，这时农人才去摘一些回来家用。那时候的茶，形神俱野，苦味多一些，回甘里也多了涩，劳作时格外解渴。

每年春茶季节，乡野风味挠心，从灯市繁华中逃离，去桑梓稠密、禽鸟幽雅的乡下住几日。白昼早已变长，天黑得晚一些，晚饭时，在露天摆开桌椅，烧鱼炖肉，几碟瓜菜。喝点新茶，无须饮酒，乘着山风，竟也微感醺然。然后在天清气明的夜里，看月亮升上山来，梦也做得舒缓。

这些年梦做得越来越少，也不再贪睡，窗口甫一透亮人就醒了。醒得更早的是采茶人。清明谷雨时节的茶最珍贵，采摘售卖补贴家用，乡农舍不得自家喝。不论天晴下雨，茶园总有采茶的身影。小时候偶尔也去茶园，人与茶树一般高，一叶叶摘下，半天刚刚盖住箩底，急也无益。

雨天采茶多有不便，连日晴空，又晒得辛苦。从此知道世人艰难，一口热饭滚汤要从劳作中来。至今对茶有爱意也有敬意，一叶一芽经自然之力，又出自人手，衣食艰难，要惜物惜福。

如今忘了第一次饮茶的滋味与感受了。初尝此物，是少年时代，喝的是自家土茶，母亲手制的炒青。

母亲做茶总在夜里。晚饭后收拾厨房，铁锅洗得无一丝油腻。那时候油荤是稀罕物，洗锅倒也简易。母亲在台上翻炒，我在灶下看火，杀青时火不可小，烘焙时火不可大，最好是炭火，微微发出热力。外面有雨或无雨，有月或无月，虫鸣七八句，蛙叫两三声。冬日糊上的窗纸残损大半，杀青过的茶在砧板揉搓成紧紧一团，碧绿的汁液渗出来，风吹山林，一股股生青气透过窗纸在山村飘忽游荡。

茶叶做好，摊放一夜，干爽爽收进铁桶，密封紧，不让走气。回想起来，那茶形制卷曲，滋味只有涩与苦，或许也有一些香，算不得好茶。其中慈母滋味，山高水长。

有好茶喝，会喝好茶，是清福。过去农人能享这清福的实在不多，每日田间地头劳作，喉干欲裂，喝茶纯为止渴。茶用大水瓶泡着，躺在草丛里，茶叶再好也闷得颜色重浊泛红。

故乡人家红白喜事，有酒也有茶。茶倒铁锅烧开，类似大锅汤药。倏忽间，一股清苦冷幽的茶气从厨房涌出来，一院子茶香。大锅茶谈不上色香味，汤汁焖成了绛红色或者橙黄色，盖住了寡水之味而已。来客有专人倒茶，一只只小饭碗盛了递过去，间或还切几根姜丝放在碗底。如果是喜宴，碗底多一枚红枣。茶水倾泻汩汩流入喉管落肚的感觉，有些温润，有些苦，也有说不出来的浓浓生活味。

做茶时节，杜鹃花开正好，一簇又一簇新绿衬得红花说不出的喜气。一边读小说一边喝茶，实在书事勾人，茶每每一气一杯，不耐烦一口口抿了喝。妙玉一定不喜欢，讥笑是牛饮，然充盈喜悦，喜悦无所谓高低无所谓大小无所谓贫富。

茶叶泡在水中，少年时惊讶如一朵花开，凑近灯光看，仿佛天边升起雾霭。窗外，夏夜原野小虫低鸣，蜘蛛在结网，蜻蜓停在木桩上，蚂蚁从石桥上爬过。

春月从皖北到皖南走一圈，饭吃了一顿又一顿。皖北宴席肉食多，牛肉驴肉猪肉羊肉，大碗端上来，偶尔还用大盆盛，像是山大王寨上做客。在太和乡下吃饭，红烧公鸡上来了，切成极大的块，一只硕大的鸡首立在碗上，头冠早就垂下了，身旁一客径自伸长筷子夹取纳入嘴中，顷刻落喉，颇有樊哙气，一时起敬。过去乡人择选新婿，食量是其一。食量大者，往往体魄顽强，这是先民万千年遗风。

旧小说中好汉大碗喝酒、大块吃肉，好不痛快。平日家居素简，偶遇痛快事，也算豪兴。

皖南饭事自然婉约一些。山区因地制宜，当地人采食山野菌菇等食材，十分鲜美，各有各的风味，可惜油色重了一点。荤菜里的粉蒸肉、刀板香、臭鳜鱼、一品锅，越发重油重色。徽菜烧菜多，常常要炖，又重火候。一日日吃将起来，大快朵颐，到底也生腻心，每天总要泡一杯两杯茶。

徽州多好茶，黄山毛峰、黄山金毫、老竹大方、休宁松萝、敬亭绿雪、汀溪兰香、太平猴魁、金山时雨、屯溪绿茶、祁门红茶，一款茶有一款茶的山水风致。奇怪的是，人在旅途饮茶，茶再好，也觉得风尘随身、逢场作戏。

茶的品类繁多，我最爱绿茶，一年四季常喝。绿茶是尤物，泡好不容易，要深情在焉。

绿茶加工最为简单，杀青、揉捻后晾干即成，未经发酵，保留了鲜叶的天然。喝过绿茶差不多百十种。安徽是茶乡，皖南一城一镇常有好茶。过去以为北方无好茶，喝过日照绿、崂山绿，有绝色有好味，与南方茶不同。西安友人送我陕南绿茶，不知其名，形色双艳，芽形体态不输江南，娉婷有之，袅袅有之，泡在杯底尽是柔情蜜意，清凌凌有新妇的生气。到底是陕南，绿茶也有泼辣性情，不似南方绿茶低眉顺目，一股青气破茧而出，像是女老生一声高腔老调，自天而降。好茶从来天授。

茶味玄之又玄，水性不同，温度不同，器具不同，口感有别。每座山的茶也不同，各自性情各有面目，在无色透明的水里摇身一变，绿了心肠。

秋冬天偶尔喝红茶黑茶。早晨起来，坐在院子里，泡壶茶，能看见很高很高的天色，还有鸟雀盘旋在空中。茶未必名贵，人却得出闲散的贵气。若天寒地冻，最好用铁壶或者银壶或者陶壶烧水煮茶，热闹又沉潜。

初春去山里，喜逢小雪。走得乏了，与几个友人在农家歇脚，木炭明火煨水泡茶。第一次见桃花雪，远山新绿白了头，有婉约的沧桑、沧桑的婉约。几个友人共饮红茶与绿茶，内心红红绿绿，风味仿佛积雪桃花。窗外天气寒冷，窗含西岭桃花雪，手里一杯滚烫的茶，像住进了性灵派文章。天色向晚，山林幽静，又像是住进了明清人的小说甚至唐宋人的话本。

友人说喝清茶，嚼咸支卜，看文言文，很配称。咸支卜是用萝卜丝做的一种零食，我不喜欢吃，文言文还算喜欢看。先秦寓言，魏晋手帖，唐宋传奇，明清题记，各有各的清绝。文言文倘或配清茶，最好是浙江茶，譬如龙井。龙井有沉之味，并非一味清淡飘逸，太清的茶配不上文言文，清茶似乎更配话本演义。

少年时的好茶在纸上，旧小说中常常写茶，尤其《红楼梦》一书。

《红楼梦》中茶到底太雅。贾宝玉神游太虚境，入座后小丫鬟捧上一款叫"千红一窟"的茶，自觉清香异味，纯美非常。警幻仙子说那茶出在放春山遣香洞，又以仙花灵叶上所带之宿露而烹。到底仙家之物，尘世所无，令人遐想而已。

据说贾宝玉喝的女儿茶亦普洱之一种。普洱是云南名品，走过几家茶肆，看见一提提普洱饼整整齐齐放在仓库里。那些茶真寂寞，它们静静待着，一待十来年甚至几十年，发酵氧化，变成老茶陈茶，将山水的灵性慢慢酝酿出真味与厚味。

女儿茶我没喝过，女儿红喝过。绍兴水乡，几个人坐在乌篷船里，舱中放一方桌，上有小陶罐装的女儿红，一碟茴香豆，一盘花生米。且饮且行，仿佛坐在水面上，游鱼水藻和眼鼻接近，颇有趣味，是水乡独有的特色。

书上说，明清两朝，每年四月半后，秦淮河景致渐渐好了。外江的船换上凉棚，撑了进来。船舱中间放一张小方金漆桌子，桌上摆着宜兴砂壶，极细的成窑、宣窑杯子，烹得上好的雨水毛尖茶。游船的备了酒和肴馔及果碟到这河里来游，就是走路的人也买了几个钱的毛尖茶，在船上煨了吃，慢慢而行。前人真是好风致。

有一年春游新安江，终日下雨，两岸各色花木欣然有意，草色有轻绿淡绿浓绿深绿，各式各样的绿，眼花缭乱。雨打在船篷上，一时是"沙沙沙沙"的细雨，一时是"砰砰砰砰"的大雨，时远时近。船家送来黄山茶，是毛峰，一芽两叶的雨前茶，比明前茶滋味悠远颜色深绿一些，口感般配暮春的景色。随船在水上游荡半日，茶一壶壶喝得寡了，茶形散佚。雨丝有一点点惆怅一点点黯淡，心里也生出一点点惆怅一点点黯淡。到底因了春色，惆怅黯淡的底色美好，有点接近三杯黄酒下肚的微醺。人生这样与天地澄净如水相处的机会并不多。

《红楼梦》中贾母领人去栊翠庵，妙玉奉茶。贾母道："我不吃六安茶。"妙玉笑说："知道。这是老君眉。"人说老君眉是湖南洞庭湖君山所产的银针，嫩绿似莲心，形如老人眉毛，故名曰"老君眉"，有长寿寓意，贾母年老之人，自然喜爱。君山银针我喝过，茶汤有鲜艳的活泼。绿茶大抵鲜艳大抵活泼，却少见鲜艳的活泼、活泼的鲜艳。君山茶得名甚早，在清代属于贡茶。我还喝过君山毛峰，相比之下，茶形如乱头粗服，不及银针齐整。

有论者说老君眉不见《茶谱》，似即珍眉中之极细者，名银毫，乃婺源、屯溪绿茶中之最细者。还有人说老君眉产于福建武夷山一带，叶长味郁，属红茶一类。小说中贾母才吃了酒肉，从而饮老君眉，此茶大抵属于发酵的红茶或半发酵的乌龙茶之一种，该是武夷山茶。武夷山茶也喝过多次，汤亮色鲜，香馥味浓，有消食解腻功效。

贾母不喝的六安茶属绿茶，绿茶大多轻薄鲜美，瓜片却老成持重。六安茶源自元朝，明朝为贡茶，时人文章说六安州之瓜片，为茶之极品。六安瓜片长于适宜种茶的南北分水岭山陵地区，口感绵爽甘甜清润，颜色亦如绿荫，真真有天地山川之灵气。

《红楼梦》多富贵茶，偶有例外。晴雯黜出大观园，病中无人照应，渴了半日，贾宝玉去她家中探望，忙去倒茶，见有个黑沙吊子，却不像个茶壶。拿了一个碗，甚大甚粗，不像个茶碗，一股油膻之气。斟了半碗茶，绛红的，太不成茶。宝玉尝了一尝，并无清香，且无茶味，只一味苦涩，略有茶意而已。这样的茶贾宝玉出家后一定经常喝到。

《儒林外史》中的茶多市井之什。薛家集观音庵和尚喝的是苦丁茶，撮一把叶放入铅壶，倒满了水，在火上燎得滚热，送与在庙里议闹龙灯事的众人吃。苦丁茶价廉，带药味，苦中有甘，书里让穷和尚拿出来招待一帮农人。只是铅壶不适宜煎水。牛浦同道士进了旧城，在茶馆内坐下。端上来一壶干烘茶、一碟透糖、一碟梅豆。干烘茶是茶梗和茶末混合而成的粗茶，贫人饮用之物。只有杜慎卿设席，推杯换盏，饭后有雨水煨的六安毛尖茶，每人一碗。六安并无毛尖茶，信阳有毛尖茶，茶形与六安茶迥异。大概是作书人笔误。

有人说喝茶当于纸窗瓦屋之下。纸窗瓦屋当然好，有黑白精神。黑白是中国文化的底色，黑白也是人间岁月，黑是夜，白是昼，知白守黑也知黑守白。

在博尔赫斯《庭院》中喝茶也好。庭院是斜坡，是天空流入星舍的通道。这个夜晚的庭院，葡萄藤沐浴着星光，倒影和星光又一起飘落在蓄水池上。博尔赫斯自足的世界就在"门道、葡萄藤与蓄水池之间"。葡萄藤和蓄水池之间，容得下一张茶案。

夏日庭院在记忆中是墨绿的。爬山虎、狗尾草、喇叭花、何首乌、紫苏和水池俱在葡萄架下，池子里贮有水，粗瓷杯放在屋檐下。西头井中沉着一个大西瓜，墨绿的瓜皮在水里绿油油的。转动辘轳发出嘎嘎的声音，慢而木，那声音传出很远。葡萄架下的猫睁开眼睛站了起来，又睡下。窝在藤椅上翻书，看剑士、刀客、拳师、仙侠、神魔、鬼怪的故事。书翻卷了边，封面漆黑黑脏兮兮的，无头无尾，看起来格外有味。

鲁迅说好茶喝，会喝好茶，是一种清福。一个使用筋力的工人，喉干欲裂，给他好茶，恐怕喝起来未必觉得和热水有什么大区别。

鲁迅是茶楼常客，与友人结伴而去，至晚方归。啜茗时伴吃点心，且饮且食。大先生日记常常袅起一杯茶的清香：

至青云阁玉壶春饮茗，食春卷。刘半农邀饮于东安市场中兴茶楼。晚孙伏园来，同至中央公园饮茗。得丛芜函约在北海公园茶话。宋子佩从越中至，持来笋干一包，茗一包。买茶叶二斤，每斤一元。下午往鼎香村买茗二斤，二元。夜出市买茶叶两筒。下午买茶叶六斤，八元。赠内山明前一斤。以泉五元买上虞新茶六斤。买得茶叶廿余斤，值十四元二角。得茗一匣。

博尔赫斯《第三者》有如此一笔："在那落寞的漫漫长夜，守灵的人们一面喝马黛茶，一面闲聊。"马黛茶是木本大叶冬青，树叶翠绿，呈椭圆形，开白花，生在南美洲。做法与中国茶仿佛。

马黛茶生长在神秘的南美丛林。鲁迅的茶多是浙江茶。不同的茶滋养出不同的文化。

博尔赫斯与鲁迅地域不同、命运不同，他们都是立言人，共同在人间生活了将近近四十年。

汉字是东方美学长廊里最生辉的部分，梅兰竹菊、花鸟虫鱼、笔墨纸砚、亭台楼阁、琴棋书画、烟酒糖茶，这些字总是让人顾盼再三。因为这些字里有中国人的生活。

茶文化在唐朝兴起，给中国文化带来不一样的色泽。此前中国文化的底色是灰色、土色、黄色，是陶、麻、瓦、青铜的颜色。茶的兴起，使中国文化开始有了茶意。唐宋传奇、明清话本，柳宗元、苏东坡，以及后来明清各色文人小品，都有茶意。茶意是闲话，也是小令。

后世不少人谈到柳宗元、苏东坡、张宗子，悠然神往。这神往是茶文化使然。曹操、曹植、嵇康也好，但魏晋风度里庆气森然，让人望而生畏。

茶有一份世俗，酒反世俗。苏东坡与张宗子，酒量都不大。苏东坡畏酒而好茶，为茶写了很多诗词，谪居宜兴，感慨当地茶美、水美、壶美，三绝兼备，亲自设计提梁式茶壶，题曰"松风竹炉，提壶相呼"。张宗子更笔涉茶人茶话。

苏东坡与张宗子的文章，历来众口称赞，因为茶之意味。不说太远，唐宋以来人物，他们身怀茶香，格外让人亲近。险怪、幽僻、枯寒、远瞻，令人仰之弥高，但很难生出平常心。韩愈、范仲淹、王安石诸位，文章千秋，也以功业传世，后人鲜有视其为友者。苏东坡与张宗子却是不少人的知己。

元朝刘贯道画过一幅《消夏图卷》，画中有不少茶器，荷叶盖罐、汤瓶、盏托。有茶好消夏，尤其在古代。刘贯道的画让我想起过去的日子：盘坐于大石头上，爬上枣树用绿枝编一个窝，在竹梢上晃荡。水壶静静躺在草丛里，人在夏日的凉风中恍惚入梦。醒来时，蝉鸣依旧，蜻蜓在天空绕圈子。夕阳红泼在清澈无边的天色里，枞树枝头不时传来鸟叫。

那时我们不知道茶有优劣，很多年后才明白酒过三巡又是一番场景。人生的月份牌一张张翻篇，岁月在哗哗作响的纸页声里一唱三叹，再伟岸的人，也有些触动吧。

饮茶以居家为好，没见过在家不喝茶的人。喝酒大抵相反，我认识几个酒徒在家滴酒不沾，出外见了朋友才觥筹交错。一个人喝酒可能没什么意思，除非酒客，要么借酒消愁。

喝茶的好处或妙处是自在，居家最自在。偶尔居家乏味，一个人斗茶。找出十几种茶，各取些许，一杯杯泡来，红茶、黑茶、绿茶各个品类十几种，真好比是群贤毕至，口舌生辉。

好茶浓一些太浪费，暴殄天物。劣质茶浓了，又太委屈自己。好坏不论，我泡茶在不浓不淡之间。配点心零食是近年喝茶的风气。我喝茶光秃秃一杯清饮就好，空口喝出色香味。茶点要么甜要么咸，盖住了茶的本味。

《金瓶梅》里很少有清茶，总要掺入诸多配料，滚水冲泡，饮用时将配料一起吃掉。西门庆喝芝麻、盐笋、栗、丝瓜仁、核桃仁、雪里蕻、青橄榄、白果、木樨、玫瑰泡的六安雀舌芽茶，说是浓浓艳艳，刚呷了一口，美味香甜，满心欣喜。甜、咸、酸、涩诸味俱全，不明白书上人怎么喝出个满心欣喜。

茶文化自唐宋发端以来，皆为迎宾待客、修身养性的圣洁之物。陆羽《茶经》曾有葱、姜、薄荷入茶之例，《金瓶梅》大张其风。

果品泡茶在明朝颇为流行，文士茶提倡清饮，对此不以为然，有人说茶有真香有佳味有正色，烹点不宜以珍果香草杂之，或夺其香，或夺其味，或夺其色。凡饮佳茶，去果方觉清绝，杂之则无辨矣。到底果品茶风俗太盛，时人不好矫枉过正，末了只得说核桃、榛子、瓜仁、藻仁、菱米、榄仁、栗子、鸡豆、银杏、山药、笋干、芝麻、莒蒿、莴苣、芹菜之类，精制或可用也。莒蒿、莴苣、芹菜入茶，也匪夷所思。

今人在茶里放两枚青橄榄和金橘，是为元宝茶。在茶中加入枸杞、桂圆、红枣等，冲而饮用，则是八宝茶。酥油茶里则放核桃肉、花生米、盐或糖。湖南擂茶，放的是花生、芝麻、豆类、葱之类，滋味已经与日常里喝到的茶无关了。水中放进茶叶，大可不添一物，自有万紫千红，无边锦绣。

西门庆的茶具非金即银，独少雅玩名器，他家日常饮茶与今人不同。浓浓点一盏胡桃松子泡茶，是用胡桃、松子和茶叶一起泡服，具有温补肾阳的功效，适合肾阳虚体质的人饮用。又将香橙蜜渍后，加上茶叶泡制而成汤。西门庆还常吃福仁泡茶，这种茶用了橄榄，具有清肺、利咽、生津、解毒之功效。西门庆亦官亦商，宴席不断，这种茶大概适合酒后服用。

吴月娘喝茶清简一些，用壶炖六安茶。有回教人拿着茶罐，亲自扫雪烹江南凤团雀舌芽茶。六安茶炖吃，叶片焖熟了，损了些茶之真味，不如盖碗冲泡芳香。雀舌芽茶喝过几次，江南所产，茶形极好，满杯剑戟，香气并不茂盛，略有清苦。不知是不是书上那一款。妙玉扫雪烹茶，后世以为风雅，实在《金瓶梅》里的吴月娘已经喝过了。

扫雪烹茶到底是小说家言，我试过。二十年前大雪，去深山坳处树枝上收得几捧雪回来化开烧水，浑浊不堪，远不如清泉井水清冽剔透，望之狐疑，不敢用来泡茶。喝茶的水最好还是山泉水。故乡山林茂密处，总有好水，泡出茶来，汤色碧绿通透，有鲜气。

喝茶清谈居多，不比喝酒花样繁多。古人游戏唱曲吟诗对联相助酒兴，今人酒兴起时，也伴随一些娱乐，譬如猜枚划拳之类。酒客自得其乐，看客觉得聒噪，不如喝茶家常清寂。喝茶的场所也大可随意，金碧辉煌也好，空寂贫寒也好。

饮食文化中的酒发端比茶要早。先民粗糙的陶碗里已经有酒的芬芳了。与茶相比，酒是野蛮的，茶更风雅，茶文化是精致文化也是精英文化。饮食之饮，倘或没有茶，无疑会空洞很多。

暮春在徽州山里，众客团团围坐竹林下。人手一杯茶，春日柔和的阳光下，杯口弯弯曲曲散发淡淡的香气。竹叶细密，阳光经此筛过打在周围也像茶色。有人高谈，有人细语，有人走神，有人张望，我素观竹林，偶尔逗弄爬在席上的蚂蚁，想一点与远古有关的事。

　　竹林吹来小风，细细的微微的，有嘻嘻之气，心怀如水，助了那茶意温润。得了茶味又得了茶趣，茶味好得，茶趣不好得。不知不觉已经正午，阳光昏昏沉沉幽幽暗暗，偶有竹叶飘落衣衫。几只鸟在枝头作竹枝词，村农在归家的路上，三两点白鹭在更远的天地。那一刻，是自然的辰光，是心绪飘然欲仙的辰光。其中雅集之乐饮酌之美，竹林七贤或许比不得也。毕竟他们有那么多沉痛，杀头的痛。

　　夜里喝了一杯茶，树梢新月一芽，杯中春月一芽，是九华山雀舌茶。未开绽的细长芽尖竖着又沉下去，一层一层半着水底半浮杯面，像缩小的一片丛林，漾着淡至微茫的雾气。一股幽香飘进书页间，满屋子茶气暗浮。

　　深夜闲读，老式火车的轰鸣声自远处传来，是人间的尘音，有离别气息，好像鲁迅在车上奔赴厦门，茅盾刚刚离开上海。乡村夜色深沉，睡眼中恍恍惚惚，仿佛贝姨、匹克威克住在隔壁，狄更斯、巴尔扎克明天将赴巴黎，胡适先生要离开他的绩溪上庄老家远赴他乡了。

年轻时候饮酒、喝茶、吃饭、听戏、看书、读帖，谈文论艺，快意恩仇酸甜苦辣一一尝遍，没有疲倦。曾经迷离在电影的光幕下，曾经痴恋书页、流连图画。世事如水，淹没了多少往昔。

柴米油盐酱醋茶，说风雅也风雅，说世俗也世俗。俗的好处是快乐。我热爱一切世俗，热爱一切俗世。世俗有人情之美，俗世有生活之美。柴米油盐不必多说。在我故乡，酱醋排在茶的后面。小时候，没吃过醋，乡村小店似乎也不见有卖。酱，吃得多的是酱油和辣椒酱。炒肉时放一点酱油，辣椒酱是下饭物，红艳艳点在白米饭上，颇有些风致。

茶在乡下是最平凡最朴素的饮料，一年四季饮用不绝。手工做的炒青，耐泡，止渴。如今，冬天不大喝绿茶了，凛冽天泡一壶黑茶或者白茶，红茶或者青茶，觉得日子悠长。擅饮者得茶之趣，不擅饮者得茶之味，其实擅饮者趣味兼得。

陡然冷了，前几天还是暖冬，倏地进入寒天。空街残树，满目灰凉，风刮得紧了。走在马路上，那风刁，能钻过衣衫，细密密往身上扎。腊月冷一点更有样子。寒冬腊月，腊月要寒冬衬一下才好。人穿上大衣、棉袄，若不然觉得冬天流于轻浮。

中午的下饭菜是腊肉烧萝卜。白皮水萝卜，圆圆的，鲜、嫩、脆，生吃亦可，配肉更佳。早晨起床，见阳台上挂着腊肉，刚好友人从乡下带过来一些萝卜，勾起红尘之心。近来茹素，红尘之心是腊肉烧萝卜。一片素心有一点红尘点染一下才好。

饭后从书中翻出一枚古钱书签，普通的古币，但宋徽宗"大观通宝"四个瘦金体字好看，笔墨秀挺，舒然洒落，自成一格。想象这铜币在宋人手心辗转，买过馒头、饺子、稀饭、蔬菜、烧饼，也可能买过笔墨纸砚，买过烟酒糖茶，它或许从《东京梦华录》《武林旧事》与《清明上河图》中走来。寒意里慢慢想来，一个个念头在脑海中翻转，大有意趣。

一个人蜗居，冷一点反而平静。暑天，容易燥热。天灰沉沉的，终日暗淡，晦霾里裹着阴恻恻的气息，出行的兴致索然到发白。冲了杯咖啡，暖暖地喝完，只剩下暖暖的，没有回味。这些年喝咖啡的兴趣也淡了。茶越喝越多。红茶绿茶黑茶白茶青茶，甚至花茶。

冬夜特别迷恋一个人的茶时光。尤其在乡村，夜深人静，对着炉火，昏昏沉沉，木炭燃烧的气息在四周飘浮。火炉上放几颗花生、板栗，茶一口口喝下去，额头泌汗，后背发热。炉火慢慢暗淡了，手心近触才能感觉微弱的暖。寒意渐渐围拢上来，睡意也渐渐围拢上来。

一天又结束了。

雪是傍晚开始下的，寒意透进窗户，屋子里有一股冷悠悠的光芒。住在高楼上，听不见雪的声音了。雪有声音吗？乡下落雪时，钝钝的，轻轻的，雪簌簌而下。总是让人惦记茶的暖，惦记酒的暖。

冬天，关紧窗户，拉上窗帘，在幽暗的室光里喝茶，听几首喜欢的曲子，周而复始，让我觉得吉庆。迈入中年门槛，多些吉庆好。近来连红茶也喝得多了，因为红得吉庆，红得热闹。

一边喝红茶，一边看年画。朱仙镇木版年画册子。

年画是俗的，茶也是俗的。年画里一段世俗，茶水里一段俗世。也就是说年画有人情之美，茶水有生活之美。乡下的老人，穿着破棉袄，靠在柴火堆上，喝着粗茶，他们脸上挂有微笑。

年画饱满喜庆，饱满是真气饱满，喜庆是色彩喜庆。红茶饱满喜庆，饱满是真气饱满，喜庆是色彩喜庆。年画一年贴一次，茶每天都喝。年画的珍贵也在这里，茶的珍贵也在这里。年画每天都看，试试。茶一年喝一次，试试。

《天官赐福》是老题材，杨柳青年画里见过，桃花坞年画里见过，朱仙镇年画里见过。喝茶，看《天官赐福》，真觉得天官赐福。喝得好茶是福气，泡在壶里的滇红，是绝品也是逸品，拜天官所赐。饮茶时光，天然一段福气。

看完《天官赐福》，看《金鸡报晓》，也是年画老题材。金鸡我喜欢，报晓扰人清梦，我不喜欢。近来睡得迟，贪恋早上一段时光，觉得金鸡真多事。晓是不需要报的，天光自然会亮。年画中的金鸡真好看，色彩斑斓，昂首挺胸，一只眼睛在纸面目空一切。年画里的老鼠也好看，《老鼠嫁女》中群鼠左顾右盼、生机勃勃。生机勃勃让人心生灵感。灵感不过生机勃勃，不过生气勃勃，奄奄一息恹恹欲睡，无灵亦无感。

年画里的元气与茶里的元气，一洗河山郁闷，让人心生庄严，复生灵感。元气是灵感之源，二〇一三年四月十四日我写过一篇叫《元气》的文章：

天气真好，精神奇差。昨天下午，疲倦至极，恹恹的，颓唐得很。躺在床上，睡到晚上十点，太累了。这些年一到春天，总觉得累。母亲说我春天里身子骨一向弱。我过去是不知疲倦的，仿佛孔子"发愤忘食，乐以忘忧，不知老之将至"，仿佛桃花源中人"不知有汉，无论魏晋"。

有回车前子寄来一幅"身子骨"三字书法。老车好意。千年文章要一身好骨。傲骨是题外话。

醒来后，精神好一些，体内气力倍增。懒得吃晚饭，饿一顿无妨。躺在床头看书，读先秦文章。"天地玄黄，宇宙洪荒。"先秦文章有来自盘古开天的元气，《庄子》《老子》《论语》《韩非子》，诸子文章随处可见一团团元气酣畅淋漓。

先秦文章给中国文章开了一个好头——纵横六国，横扫千军。先秦的元气实在充沛，在时间之河里接力，传到屈原手里，传到司马迁手里，再传到曹操手里。曹操宁可我负天下人，藏下中国文章来自先秦的元气，掐住了文脉的流通。幸而他行伍出身，骨节粗大，指缝漏下一些元气，被曹丕曹植嵇康阮籍陶渊明辈得去了，后世韩愈柳宗元欧阳修苏东坡也得了些。

　　疲倦了，读点古人文章，补充元气，是我的秘诀。

忘了说，疲倦的时候，也会喝一点茶，补充元气。

年轻气盛，我开始不再年轻，气息渐渐弱了。茶里有天地
元气，丢开百卷书，且来吃茶去。

　　　　　　　　　　　　　二○二○年七月七日，合肥

云片糕

云片糕是岳西人家待客送礼必备之物。一杯茶，几块糕，外加瓜子、花生、麻球、霜果、桃酥、苹果、橘子各色点心水果，堆满桌盒小格，名曰"糕果茶"。宾主晏晏，吃喝闲话，笑意中多少祝福多少喜庆。俗世欢乐虽无浩大，一饭一粥一茶一酒自有须弥。

故家春节的糕果茶，最中意麻球、霜果、云片糕三样。

麻球通体金黄，如汤圆，象征团团圆圆。霜果形近花生，外衣均匀地裹一层白砂糖，代表甜甜蜜蜜。云片糕白柔像云片，是茶点里的点睛之笔，春节迎来送往，所谓糕来糕去，寓意高来高去、大吉大利。芝麻云片糕表达的是芝麻开花节节高的喜庆。走亲访友，取个彩头，总要带一盒云片糕，祥云片片，祈福生活步步高升、日日高升。

小时候，只有过年才能吃到云片糕，县城衙前食品厂所产。"衙前"二字有旧味，实则老县衙屋舍早已湮灭无一丝痕迹了。雁过留声，县城的河也还称衙前河。往日常常从衙前河边走过，当年景色与现今近似，只是滩上野草少了，河里有鱼虾嬉戏悠游，起风的时候，山峰和柳影互相辉映荡漾，是安乐太平的景象。

旧时衙门早已湮灭，衙前食品厂也不在了，做糕手艺却一代代传了下来。

云片糕多用玫红或者桃红的纸包成长条，分大小两种，块头不同，做法一样。先将糯米炒熟，熟透且白，然后磨粉，在阴凉地方通风陈放数月最好，这样制出糕来格外松软爽口，黏而不硬。做糕时，糯米粉中加适量的白砂糖，拌入油，视不同口味，掺葡萄干、瓜子、丁香、金桂、青梅、松子、核桃、红绿丝之类拌匀。糕坯压模成形，连同糕模小火炖制，然后冷却分条，由切机或者切片师傅执锋利的大方刀，刀刀见底，切成叶片，薄如书页，色如霜雪。还有人以糖果、核桃、芝麻等嵌吉语"百年好合""福寿双全""恭喜发财"等，用作结婚、寿辰、乔迁、升职的喜庆礼品。

北方点心历史久远，还有唐宋遗制，南方点心年头稍微近一些。旧时糖果铺招牌上常见两句话，北方号称"官礼茶食"，南方说是"嘉湖细点"。云片糕大约例外，非一方独有，不仅是"官礼茶食"，也属"嘉湖细点"，堪称大众闲食名品，南北并无二致。

明清两代云片糕即为南派糕点中的佳作，屡为贡品。皇家如此，民间也如此。旧小说里，成化末年正月初八，山东汶上县薛家集人议闹龙灯之事，观音庵和尚捧出茶盘，即装有云片糕。还有红枣和一些瓜子、豆腐干、栗子、杂色糖，摆了两桌，斟上茶来，送与众位吃。

云片糕绵绵软软凉凉的，有股静气，洁白里透几抹红几点绿，如胭脂翠玉，一片一片像宣纸册页，美色风雅如斯。揭开红纸包裹，方方正正的糕片清香扑鼻，平添空灵又唇齿生津。如今的云片糕多为长糕，层层叠叠无有穷尽至地老天荒，味道是坦荡如砥的清甜，且有回甘。坠入俗世之云，凝为舌尖无限的缱绻。

上品云片糕韧性颇好，薄薄的，曲卷自如，不断不裂，滋润细腻似凝脂，明火可燃。它的口感，一是香甜，二为绵软，捻起来抿抿，像棉花糖一样，慢慢融化浸湿唇齿，留下一股糯香久久不去。

云片糕久放易硬。明清时候的笑话，一客夜深买点心，茶食店中早已安睡，敲门甚急，店家大怒，拿出点心掷于柜上，铿然有声。买者怒问何物，店里又掷出一枚鸡蛋糕，正中其额，皮破血流，不由上前詈骂。双方不可开交之际，店旁邻人劝买者别再纠缠了，若是店里人将云片糕抛将出来，定如飞刀乱舞，足以坏人性命。

张爱玲小时候常常梦见吃云片糕，说吃着吃着，薄薄的糕变成了纸，除了涩，还感到一种难堪的怅惘。一片片糕点缀的少年时代渐渐远行，我连吃糕的梦也没有做过。

云片糕因颜色洁白而得名，又称"雪片糕""如意大糕"。

岳西人多称其茯苓糕，一则形状似茯苓薄片，二则糕里掺有茯苓粉。有年春节，傍晚回家，乡邻在路旁摊晾了茯苓，富贵如银，一地清凉的药香气，让人难忘。

老家切茯苓的人，一刀又一刀切下来，片片翻卷。多年没见切茯苓的人，回乡偶遇，垂垂老矣，须发皆白，飘起霜雪，有云片糕的颜色了。

二〇二一年二月二十日，合肥

饭扛劲

口腹之美大妙，妙不可言，却要言妙，乐趣即在此也。我日常吃食，寡淡得紧，但乡野的瓜果蔬菜自有素雅的风情，偶尔也丰腴饱满。饮食是人间第一要务。所谓开门七件事，油盐柴米酱醋茶，实在只是吃一样。

做小孩子的时候，喜欢饭量大的人，现在每每见到饭量大的人，也还有欢喜。

我地俗话说饭扛劲。

小时候在乡下，邻居早出晚归，日日费苦力过生活，饭量极大，捧一只粗瓷大碗，口阔如巨兽。碗头常见青笋、白菜、辣椒、黄瓜、茄子，三五根咸豇豆，透着温润的深黄。只有逢年过节或家中来客，餐桌上才见红烧肉泛着油光。

二〇二一年四月十八日，合肥

松花饼

　　松树开花了，黄灿灿如马尾挂满枝头。在山里走得久了，风吹过，头面有松花的气息。将松花晒干掺糯米粉做饼，蒸熟即食，是为松花饼。松花饼颜色颇好，像桂花糕，淡淡的嫩黄，仿佛夏日鳜鱼游过溪流，水底倒影绰绰斑驳，心境一时舒朗。松花饼不算佳肴，但得了谷物的滋味也有山林的野趣，甜糯中带一股馥郁的松香，如云在野，轻逸悠悠。

　　宋人林洪喜欢松花饼，说用其佐酒，心头洒然起山林之兴，驼峰、熊掌也没有那等风味。读书人风雅如此，是颜回心性的一记回声。宋朝做松花饼与今人不同，掺入蜂蜜，状若鸡舌、龙涎，味道香甜。前日吃得一回松花饼，有旧味也有自然风韵，一时生出林下之思。松花味甘、性温、益气，主润心肺、除风止血，也可以酿酒。松花酒没有喝过，我沾酒即醉，友人越醉越喝，不独是宋人风味，更近似松下的魏晋风流了。

二〇二一年五月十日，合肥

萧山萝卜干

　　天热了，倘或无紧要事，总不愿意顶着大太阳外出。春花早就谢了，只待来年再开。树绿深浓，窗下遮住大片阴凉。这时节居家读书，喝龙井茶，吃萧山萝卜干，很惬意。

　　龙井茶每年收到一些，今年格外好口福，又得了几包萧山萝卜干。

　　萝卜干处处可见，以我所食的口感，四川萝卜干是善本，萧山萝卜干是孤本。善本不易得，孤本更难寻。那几天，喝龙井茶、吃萧山萝卜干，看贺知章的诗，不亦快哉。

　　贺知章诗文存世无多，或许人家无意为文，小时候读其《咏柳》，再读《回乡偶书》，好在清浅绝妙，风味是江南三月的景物，近似今日拱桥上看湘湖。

　　少小离家老大回，乡音无改鬓毛衰。
　　儿童相见不相识，笑问客从何处来。

和几个萧山人闲坐饮茶，他们言谈用乡音。一旁听着听着，忽有欣喜，或许他们咬字嚼句还有几分贺知章的口音。历代论者对《回乡偶书》评价颇高，有清人赞说不知盛唐有如此淡瘦一种，却未尝不是高调。这句话用来注解萧山萝卜干似乎也相宜，淡瘦里有一种高调。

萧山萝卜名为"一刀种"，因长度与菜刀相近，加工时一刀可分两半而得名。外皮厚且白，含水量少。风脱水后，做成萝卜干，色泽黄亮，条形也均匀，咸甜适宜，入嘴脆嫩爽口，为正餐佐食下饭的小菜，也可以做日常的茶点。人近中年才知道萝卜干之美，吃白米饭，配萝卜干，如锦上添花。

旧年萧山人腌萝卜干，放在芦苇秆编成的帘子上任由风吹日晒，再塞进坛子里，压紧密封，一年后即成萝卜干。

萧山萝卜干可以久放，吃过一回二十年的陈萝卜干。陈放二十年当然是偶然，萝卜干如隐士，藏在屋头角落。二十年后发现，打开一吃，有韧劲，颜色虽然似铁锈，味道却不失清华。几颗萝卜干放在白瓷盘里，像柳宗元"孤舟蓑笠翁，独钓寒江雪"的诗句。

钓罢寒江雪后，舟翁的蓑笠该是挂在二十年萝卜干一般色泽的老房子里，土墙烟熏火燎，又清贫又高古，现在想来不乏诗意。清贫高古的诗意，格调不低，比锦绣灿烂好。是我如今下笔的追求之一。

老家人也腌制萝卜干，用青萝卜或水萝卜。萝卜很甜，空口生吃，极脆嫩，水分又多，炖汤、红烧都有很好的风味，做成萝卜干后口感倒是逊色了些许。每每用小碟子装一点，做下饭菜，比吃寡饭好。离乡多年，再也没有吃过老家的萝卜，吃萧山萝卜干却勾起一些旧事。

乡俗说冬吃萝卜夏吃姜，夏日吃姜的人很少，冬天吃萝卜却是常事。滚刀切大块，用砂锅炖，放点腊肉，格外生香，腊肉不必多，多则油腻。萝卜切成丁或者片，夹以红辣椒以菜籽油旺火炒好，得了辣脆，是美味小品。

萧山萝卜干皮质硬，肉质也硬，硬中带脆，脆里有软，软而回香。手艺不同，萝卜干有别，有些是硬香，有些是脆香，有些是软香，此间意思在唇齿驰骋。还有当零食吃的萝卜干，蜂蜜炒渍过，近乎点心一类，多了甜香。

萧山萝卜干起源于一百多年前，贺知章没吃过。陈年萝卜干的肉质像褪色的淡墨，新鲜萝卜干的肉质又像唐宋古旧的绢纸。贺知章草书手录过《孝经》，很奇怪，我居然觉得萧山萝卜干有那一卷字纸的况味。

二〇二一年五月十一日，合肥

下塘烧饼记

下塘烧饼是一方名品，每每酒足饭饱了，上来一盘烧饼，总忍不住再吃一个。常常有人在烧饼前踌躇半晌，馋涎欲滴不敢染指，终耐不住色香——先是轻启小口略捻了一块，咬嚼之下，清脆有声，发觉有味，到底捻了一大块，一而再，再而三，不禁贪多，居然吃掉了两个，大开了一次牙戒。

做烧饼的多为中年人，衣服灰突突的，冬天常戴顶绒帽，夏天，推车上别有蒲扇，得空扇扇，自得清凉。人不多言语，一块块做饼，一块块炕。

下塘烧饼酥且脆，牙口欠佳的老人尤其喜爱，窝窝嘴嚅嚅而动，愈嚼愈出味，愈嚼愈出香。

烧饼单吃最好，不要什么菜，更不用其他作料，趁热而食即可。

刚出炉的烧饼，饼面鼓起一个个大气泡，好像攒够了热量，热腾腾的，散发着小麦香与芝麻香。一口咬去小半个，力透纸背的酥脆与穿唇入味的焦香，没齿难忘。

袁枚说能藏至十年的高粱烧，酒色变绿，上口转甜，犹光棍做久，便无火气，殊可交也。下塘烧饼也像光棍做久，虽无火气，到底纯阳之体，更可交也。

烧饼做法不难，将粉团加入老面头和好发酵，放入适当的碱做成饼状，加各类馅，荤素不拘，面上撒芝麻，贴入炭炉中，火不可大，慢慢烤制而成。乡谚说：

干葱老姜陈猪油，牛头锅制反手炉。

面到筋时还要揉，快贴快铲不滴油。

所谓天锅地灶，下塘烧饼的炉子生得高，每每贴饼人要抬头踮脚，这是以食为天，以食为大，其中自有虔诚。

岁月如水无痕，一口口朴素的味道却让人回味一生。

乡里传，下塘烧饼为兵家所创。街头饼炉下有推车，也是作战随行方便，古风犹存啊。

二○二一年六月八日，三亚

竹引清风

在四川简阳吃到羹汤"如花似玉"。花者，花椒，玉是脱了外衣的嫩玉米，熬汤勾芡而成。三五个枸杞撒在上面，有几叶扁舟出没风波的意思。入嘴软糯，滋味近似鸡头米，却多些糖心感。次日在湖边吃农家饭菜，一钵玉米羹橙黄透亮，连吃三碗，只是觉得好，好在空无，无一丝挂碍，清香里泛着轻甜。甜淡如灵狐，回味之际，滑入咽喉遁于腹中，空余一腔滋味。

我好喝玉米粥，熬得稀烂温软，入口即化，再加入南瓜、红薯、大枣之类，滋味更佳。秋冬天捧碗而啜，清简的日常，湛然如竹引清风，仿佛入了虚寂之境。

二〇二一年九月十七日，合肥

辑
四

登楼赋

日色灿烂，光耀大地，影子静默在原野上，一切吉好。玉米绿、荷叶绿、禾秆绿，昨夜未干的秋露在路边野草的叶间，晶莹剔透，秋露也是绿的。绿亦在远方，远方湖水泛绿。

东边是绿，西边是绿，南边是绿，北边是绿，一座绿岛。隔得远了，大片林木在初秋天空下晃荡成一坨坨绿色光晕，有种说不出来的静穆。一栋栋民舍掩映在绿化树中，处处可见乡野的欣欣向荣。

远处的村庄，收获前的勃勃生机。疯长的禾苗与疯长的葡萄藤，古树，老屋，白墙，黑瓦，是烟火之美，是梦境也是幻觉，又真实又虚无。

岛上有楼，楼极高，不止百尺。登楼之际，朋友和我谈到王粲。

"王粲老家在这里，你可知道？"

"建安七子那个？"

"对。"

"记得王粲二十多岁时，名医张仲景对他说，你已经患病了，应该及早治疗，若不然，到四十岁，眉毛会脱落，半年后，必死无疑，现在服下五石汤，尚可挽救。王粲嫌话太难听，拿了药却不服用。过了几天，两个人又见面了，张仲景问：服汤否？王粲回：已服。张仲景说：看你神色并没有吃药，先生太看轻自己的生命了。王粲并不信张仲景的话，二十年后果然眉毛开始脱落，大惧，此时无药可医，一百八十七天后死去。"皇甫谧在《针灸甲乙经》序跋中说的故事，不知真假，读来颇为传奇。

王粲死后，曹丕与一班友人悼念。王粲爱驴，喜欢驴叫，墓前人皆学驴声以送行。驴声不绝，二〇一八年立秋之夜，传到我的耳中。间有秋声，最是秋声不可闻。

王粲的《登楼赋》多年前看过，隔得久，记不清楚了，无非感时无非伤怀。感时伤怀，倘或与天地同悲同忾，自是一等一大文章。忽然想起来，买过《建安七子集》，孔融、陈琳、王粲、徐幹、阮瑀、应场、刘桢七贤诗文赋作，每人一卷，中有王粲《英雄记》残篇。《英雄记》好看，乱世的《世说新语》，以文字画风神，骨骼如秋后残荷，一茎茎挺在那里，枯如寒铁，池水清凉，雨点脆亮。

《建安七子集》不知道放在哪里，可能是老家旧宅楼上。此刻，时光静默，屋后山风吹在窗上，芭茅一人高，带着昔时印迹的几箱书在楼阁昏睡经年。此时不需要读书，读湖读水读楼读菜园读谷地读陈迹就好。

在楼头，在湖边，风举荷动，水面涟漪闪烁，那是日光之眼。楼外小道上，马车停在路旁，车上人如两粒芥子，莫辨男女。我看他人如芥子，他人看我也如是。天地不仁，以万物为刍狗。不必谈天，不必说地，以楼之巨、湖之大，映得人细微如草芥。

博物馆里，战马兵车只剩一堆白骨化石。曾经的烈马或昂首而嘶，或奔蹄长鸣，或奋力跳跃，定格成倒卧姿势过了两千多年。车马不再奔腾，兵丁失去生命，王与国埋入地下，仿佛从未有过，只从青铜器玉器上依稀可见往日繁华往日生活。突然就无古无今无他无我，唯时间永恒。

那些攻城略地啊。攻来的城，早已沦为废墟，成为后人的菜园，一代代。掠来的地，踩在我们脚下，有些是麦田，有些是荒地，有些是房宅，有些是乱冢。王侯与庶民烟消云散，英雄和匹夫烟消云散，膏腴以及贫瘠烟消云散。热血洒在黄土上，黄土扬起，热血扬起，遁入无边无际的黑夜。孤立楼上，遥想世间万事百态，让人恍惚，顿生虚无，又心有欢喜。

登上欢喜盛大的阶梯。香气悄悄爬进鼻子，这碗面是我的，这碗酒是我的。面是刀削面，酒是老汾酒，一盘炒鸡蛋，一碟花生米。隔了十几年，再一次吃到好面。浅口青花碗，大半碗刀削面与丰足的牛肉浇头黏合在一起。筷头挑起一口，诚觉世事皆可原谅，慢慢吃完，四海升平，虽不饱腹却几欲作歌。

头一次喝汾酒，酒性如君子，有士大夫气，出可山野，入可朝堂。一点点醉意，微醺中，踩碎了古城夕阳。一行人，沿旧城墙蹒跚而行。太阳越发向西，一路无话，楼上烽火台的倒影与树影重叠。

古墙下的城，真安静，虽然人流如海。夜深人静，夜不深人也静，像盛世之国安安静静。安定家声，诗书世泽。干戈远去，玉帛声，丝竹声，钟鸣声，风吹过布衣，布衣自在，陶罐碰在一起，木铎金铎声穿街过巷。

清晨起床。风吹过庭前松树，沙沙作响，鸟在枝头纵横跳跃。登上城墙，城墙黄土如沙，黄沙似土，筑土成墙。绵绵瓜瓞，墙下人家的树梢有瓜蔓绕上去，挂一小南瓜，凝绿如婴儿拳头大小。晨风吹过，南瓜叶微动，光影悠悠掠过。

《礼记》中有规矩，为天子削瓜，去皮，切成四瓣，再横切一刀，然后盖上细葛布。为国君削瓜，去皮后一分为二，拦腰横切一刀，用粗葛布盖上。为大夫削瓜，去皮即可。士人只切掉瓜蒂，再横切一刀。庶人切除瓜蒂可直接食之。

南瓜明朝末年才引入中国，先秦时候的瓜是甜瓜。所谓七月食瓜，八月断壶。古人顺应节气，也是顺应天意。天意有大道有大礼。

南宋林洪《山家清供》记郑馀庆宴亲朋，敕令家人说："烂蒸去毛，莫拗折项。"客人以为是鹅鸭，上了桌子，才知是蒸瓠瓜。夏天有碗瓠瓜汤，很素净也鲜美可口，不输鸡鸭鹅。

《礼记》还说："为人子者……不登高，不临深……从长者而上丘陵，则必乡长者所视。登城不指，城上不呼。"这样的人子如今怕不多见。

三十岁后始习《礼记》。《礼记》多实话，句句是修养，句句有智慧。担心下面的人恐慌，登城不指，城上不呼。制定这礼仪的人，并非杜撰。旧小说中，城头一阵喧哗，准定有事。

喜欢在夏天的楼上看树影，一年四季都有树影可见，但夏天的树影元气最盛，饱满浓重，冬天一味枯涩，春秋天到底瘦了，干且弱，是瘦金体书法，格调是有了，局面还是狭窄。

阮籍性格孤僻，少年时终日不开一言，令人不能测度。登上广武城楼，观楚汉战场，不由慨叹："时无英雄，使竖子成名！"陈子昂恬退自守，乞归路途，上得幽州台，诵出"念天地之悠悠，独怆然而涕下"这样的句子。

登楼处高，令人心神俱开。

秋色染天地，浮云变古今。

秋日，最适合登楼，登楼最适宜事有三：

饮酒、喝茶、剥莲蓬。

饮酒是快事，喝茶是雅事，剥莲蓬则有世俗一段活泼泼鲜气。仙气难寻，鲜气好找。前几天喝到一款诗人自酿酒，名为绿酒，典出白居易"绿蚁新醅酒"一句。绿酒好喝，大有鲜气，好在让人忘了红尘之心。

三十岁后，开始喝酒，喝了十几场酒，微醺多次，大醉一次。屡屡要戒酒，屡屡戒不掉。戒酒很容易，我已经戒过十几次了，索性不戒。酒里有人情，戒得成酒戒不了人情，俗世之美，正在人情。酒里也有神，指引人歌之咏之舞之蹈之，忘掉这一世肉身沉重。

剥开莲蓬，莲子如翠珠，开皮即食，一粒粒粉嫩，浆果清甜作宋词之声，化为一腔绿色。莲子甚鲜，最宜空口吃。

王粲登楼所在地存疑有四，当阳城、麦城、江陵城、襄阳城，皆今日湖北境内，与王粲的生地微山相距遥遥。自楼上走下，王粲闷闷不乐，气愤难平。文字可以遣兴，却无法驱散他心头的惆怅，夜半不寐，辗转反侧，一夜无眠。

与朋友下楼，低头一思，举目张望，这王粲思之念之的故乡啊。湖水无言，荷叶静悄悄，荷花微微颤动，设想有颗水珠滚落，水面微漾，复归平静。太阳向湖面落下，云愈益苍茫，西天一层深似一层的暗紫色晚霞如一堆纱巾。

傍晚，在农家院子里喝茶，明爽安静，很凉快。猫狗与鸡鸭鹅簇拥着，门口池塘，一尺多长的红鱼、黑鱼自在漫游，黑鱼头与红鱼头在水面沉浮，偶尔见人寂然坐在那里垂钓。垂钓者多是老人，相貌高古，让人疑惑是不是从古画里走出来的。在岛上见到一些高古的人，与生人话不多，也不笑，无声无息走在绿色的风中，背影渐渐被树影遮住。

夜里，看马远的《踏歌图》，地气饱满，山气饱满，元气饱满。绢上有数人，长袍古貌，殿后一男子双目凝地，拄一支短杖，挑有葫芦。画中童子尤可爱，像辛弃疾笔下溪头卧剥莲蓬的无赖小儿。远处苍茫群山，楼头掩隐。看不见明皇避暑宫，看得见喜气的归家人，王粲见了亦会粲然。

冬日登楼也好。这些年，新岁第一天总要登高。登上高处，形神俱开。恰逢有三五少年辈，真是愉快。

没有合适的楼头，就去合适的山头。时令深冬，百草凋零，枯枝满山，一场残雪掩映在背阴处，满是破败景象。人近中年，开始懂得了欣赏破败。春花夏叶固然有繁茂之美艳，残冬落叶也不失岁月深处的苍茫。苍茫之美是大美，入不得俗眼。一些人嫌冬天枯燥，万物皆枯，气候干燥。冬天的山水，美就美在枯意上。南方的山谈不上枯，北方冬天的山才称得上枯，枯得接近萎了，越发让人觉得岁月大美。

许多年以后，风平浪静，走过很多地方，花前月下，赏心乐事，回忆起冬天的枯燥，如此不动声色。冬天像老人，一生修养在不动声色中。冬天有不动声色的资本，带走秋天，怀着春天。

傍晚时分的楼头或者山头，静气弥漫。

登上高处，在山顶石寨凉亭回望，仰天长啸，声达青云，落入一团团白云，突然沉醉了。呐喊中，热风吹来，会不会惊醒树林深处当年山大王的压寨夫人？如果真有，希望是一位肌肤粉嫩身材娇小的女匪。跳出红尘之外，我们私奔远去，在茫茫人海中隐逸终生。

残雪生冬日，登高减肥肉。

鸟语风吹疾，寻踪追小兽。

岭峻雪泥滑，峰高学笨猴。

拦路多胡秃，荆棘扯衣袖。

抬头见古寨，寂寞几春秋？

长啸古寨下，白云荡悠悠。

山瘦苦无酒，仰天吹大牛。

文章西棒槌，学问东榔头。

回望红尘里，斜阳挂小楼。

愿卧古松下，不做牛马走。

山是千年不倒山，身是一瞬花上露。风叩山门空，梅花瓣下寻旧踪，旧踪无影踪。

犬吠如响箭射上天际，猛地划开了宁静的空气。公鸡也一声长鸣，窗外，美人蕉色如鸡冠。门板吱吱扭扭，然后听见脚步进出。

屋边葡萄架下，三五个黑点晃来晃去。走到近前，却是几个小儿嬉戏，其中一个笑嘻嘻拿眼看我，一个怯生生退后几步，靠墙站着。路下三五只鸭子在水草里觅食，啄啄点点。葡萄累累垂垂一串串挂在架子上，青的像是美玉，红的仿佛宝石，紫的俨若水晶，黑的近似墨坨，饱满，圆鼓鼓的，汁液呼之欲出。

空中飘浮着淡淡的山野气，是草木气蔬菜气瓜果气泥土气。草垛、牛、炊烟、水田、小河、葡萄架。蝉鸣不止，阳光洒在头顶，倏忽正午，炊烟袅过屋顶飘向云中。

午后，风雨大作，二〇一八年八月十三日的豪雨。

天上瞬息万变，地上人间百态。站在百米楼头，回忆王粲《登楼赋》："步栖迟以徙倚兮，白日忽其将匿。风萧瑟而并兴兮，天惨惨而无色。兽狂顾以求群兮，鸟相鸣而举翼。原野阒其无人兮，征夫行而未息。"

友人来访，喝茶闲聊，端出两盘洗净的葡萄。剥一颗丢进嘴里。

"嗯，甜啊。"

"好吃吧。"

友人嘴里含着葡萄，不好答话，点点头，又垂首剥开一颗葡萄静静吃下。指尖葡萄的香甜与小几上的茶气融为一体。

楼台外，疾雨扑窗，如惊蛇乱咬。

二〇一八年八月十三日，合肥

湖心亭看雪

连日大雪，四野一白，叶落树空，积雪肥硕压在枝头。忽起游兴，乘舟独往湖心小亭。湖上看雪最好，雪景堪赏处，往往寂寞相随。草木被雪染白，大地隐在一片茫茫中，天空红黄铅白各色错杂。有鸟觅食，低空盘旋几回，一无所获，怏怏而走，翅膀扇动浓雾，扑棱的声音紧随左右。

坐在船头，如处云端，白茫茫流烟散散淡淡。风冷冷刮过脸颊，寒意侵人。以手抄水，丝丝凉意自手指猛蹿臂间，忍不住打个寒噤。船行破冰声不绝，冷风相随。湖中只有双桨划水的声音，寂然凛冽。人在看雪，不知雪也在看人。岸边有人影，仿佛丈二宣上一点墨。

湖心风渐大，雪簇簇飘落，冷飕飕寒意逼人。进得茶食，方回暖意。解缆归舟，桨音寂然，行向茫茫烟雾，混混沌沌如游天际，如痴如醉亦如梦如幻。人生至此，与万物一，与天地合，不复有我。

二〇一八年十月一日，合肥

冶父山记

　　山下有庙，构建极大。阳光照过，屋顶若流金。一路多杉树，高高的，直直的，遮阴无数。佛音响之不绝，鸟鸣清幽，身体一轻，翩然欲飞。天色向晚，暮气上来了，山间弥漫一股清凉，内心也清凉。隐隐传来人语，灌木丛微微晃动，疑心林深处会走出三五个古人，是仙翁是游侠是僧侣是农人是樵夫。

　　先秦欧冶子曾在此地炼剑，山顶犹存铸剑池，绕行两圈，水中凛凛似有剑气。寒山问：世间有人谤我、欺我、辱我、笑我、轻我、贱我、恶我、骗我，该如何处之？拾得答：忍他、让他、由他、避他、耐他、敬他、不要理他、再待几年，你且看他。人生也像刀剑，世间毁伤诽谤亦如熔炉，来一世必经几遭火烧锤击。世人度我，炼石成铁，更让顽铁现出剑性，可如是观也。

二〇二〇年五月二十五日，合肥

日照兮

很多年没有来过这一方土地了。

日照和暖熨帖，初秋海滨，燥意缓缓退下去，海水无际无涯，山的气象苍茫浑厚。想起海风山骨。山风海骨如何？海骨大多一味嶙峋，线条简单又千变万化，又憨又灵，拙稚的朴素中见繁华，有混沌有沉静有动荡。山风干脆坦荡潇洒，让人欢喜。

听过无数次山风，在瓦下，在窗前，在山中。早春的风徐徐吹过，湿润生青的兴发之气荡漾开来。夏日午后，暑气正热，山风化作笙箫，婉转缠绕在一个个山头。深秋偶起大风，松涛呼啸如浪涛拍岸，有海水涨潮的意思。冬天的风，凛冽如刀，一声声跌宕萧索。倘或下了雪，风吹过，山里有鸣銮佩玉之声，像敲响了编钟。

人靠近海或走近山，能焕发生机，泯灭的童性也渐渐复苏。

在日照海边，日色大好，想起做孩子的辰光。暑天午后，大人午睡了，推开侧门，去老房子看阳光下天井中飞舞的微尘，湿气蒸腾，弥漫堂屋四周。靠墙角石基的青苔还是湿润的，青砖上爬得高些的苔藓渐渐委顿。打谷场上几个团筛晒满稻谷，稻穗金黄，阳光也金黄。时间针脚绵密而义无反顾，屋檐的光影缓慢悠长，一寸寸靠近墙壁，一节节倒退。乡村生活自有天地，周旋在屋前屋后，周旋在坛坛罐罐，即便繁忙也舒缓从容。洗洗刷刷、缝缝补补，都是生活的味道。

此地有过一段日子叫莒国。春秋时，齐襄公专横暴虐，公子小白离国出逃至此避祸。很多年后，小白返齐坐上了君位，称齐桓公。有一次，举行盛大的寿宴，鲍叔牙上前祝愿，说不要忘记出奔在莒的艰难岁月，桓公拜谢。

谁的人生都有一段在莒岁月，也需要"勿忘在莒"的情绪。最难熬蹉跎在莒、前后不得，任命运的剑戟一次次穿身而过，无处可躲，躲不胜躲。人生的明箭躲无可躲，暗箭更是不知不觉在黑夜里蓦然而至，让人防不胜防。

零零星星读过东海之滨的莒国往事，史书泛黄，国家湮灭，臣民不再，只有海与山连绵浩渺。原以为一砖一石建起来的城池坚不可摧，时间之水漫上来，冲洗得无影无踪。光阴无情，何止寸金难买，丈金也买不到。"逝者如斯夫"的声音，从两千年前的川上一直流传至今。

午后有些昏沉，阳光泼辣，大放光热。车行如水，去浮来山定林寺。

甫入山门，一株大银杏迎面而来，是赫然突兀而至。扑面而来也铺面而来，树影塞得眼底满满的，不躲不藏轰然昂然肃然。第一眼没有看见绿，入目是褐色的枝干与树后的青砖黑瓦，还有团团系住的红丝带，写满世间的心事与愿景。

四五千年的岁月，一棵树立在读书念经声中，立在市井嘈杂中，立在求佛拜祖中，历经无数次风吹日晒、雨雪雷电。一百多万个日夜，草木之躯变成山河湖海，化作铮铮金石。让人疑心它是南山飞来的仙家之物，早已跳出三界。

老树是草木之神，是岁月之神，时间遗忘的沧海遗珠，使人与古代亲近。恍惚中，从夏商周到春秋战国，两汉三国的风云依然演义，唐宋明清，一幕幕闪过，都是银杏前身、瞬息而已。山川草木远比一个帝国一个王朝坚固长久。

前人古国荡然无存，植树人当年怎么也想不到，这一株小苗如此久长。不远处，黄海之水重复过往日日夜夜潮起潮落，带走一盏盏木船的渔火和岸边的灯光。

树干极大，如泥塑如铁铸如铜水浇灌而成，树冠更大。一树绿叶苍浓郁绿。树下站久了，生出沁凉感，伸手不及片叶。不知道是不是岁月久远的缘故，银杏叶入眼很古老。

有刹那懵然，呆立着，一瞬间觉得是我一个人的树。每寸树皮每片树叶，都有故事都有心事。树皮苍茫，像老画的色泽，鼻底隐隐有旧气，是古树的气息，是砖瓦的气息，是墙角苍苔的气息。不禁想起皖西南乡野的气息，想起年少时光。风吹过，树叶摆动极为缓慢，自在安稳，不以为意又独自沉迷。脑海走马灯似的浮过一幕幕历史故事，身躯被树缠住，心灵也被缠住。在南方见过太多巨大的榕树，在村口，在山野，让人觉得震撼，却从未被压住。榕树之大，只是旺盛，少了岁月时间的压力，少了投入心灵的重量。

时令秋天，除了傍晚后的潮气与偶尔飘过凉风，四野还是盛夏气象。老银杏一树大绿，绿荫下，一头一身翠绿。枝干或伸或曲或虬或折，有一种荒落清寂意思。再过几个月，寒风萧瑟，树叶飘零，是另一番况味了。

树后有刘勰故居，实则是校经处。不知道南朝时候格局是否也如今日模样。当年的校经人，肉身入土，魂灵大概归于古树了。一本本校过的经书，一代代纳入人心，上善若水的教化天下流传。

校对经书，仰望古树，叶落秋风一年又一年，那时候的刘勰是长袍袈裟裹身的僧人。在清晨午后傍晚的树下，会不会走走看看，看看远处，看看脚下，想一些虚无缥缈的心事呢？

隐逸的人逃离再远，逃不过命运的无情与时局的动荡。狂风暴雨冰雪压住荒草，荒草总有起身的时候，人生不会重来。人如草芥，又不及草芥。刘勰说人虽集万物之灵，却像草木一样脆弱，所以要留下文章，名逾金石之坚。这样的感受年纪越大体会越深，因为体悟出人的渺小吧。一世浮埃，念想文章灿烂不灭。

站在大树下，念头是关于回忆的。前些年见过一幅明人手笔，画的也是大树，雨天挂在旧宫殿，与杜牧、苏东坡、徐渭的真迹一起。悠悠天地间只有一棵树，粗壮如屈铁，孤零零的，树叶落尽，枝丫簇簇，一片萧瑟的秋冬残景。天边一抹晚霞，青山隐约如沙丘。身着白袍红衣的老人，持杖徘徊行吟，站立土坡遥遥远望，像是不忍离去，又像无奈作别。旷远的图纸，困囿了太多鲜活的生命。

　　纸本古树背景简练空旷，飘零罄尽，却有傲然不屈服的倔强，没有甜俗蹊径，是董其昌所说的士气。听之有声，思之成咏，给人沉郁、悲愤、孤寂、苍凉之感。作画者项圣谟自题有七言绝句：

　　　　风号大树中天立，日薄西山四海孤。
　　　　短策且随时旦暮，不堪回首望菰蒲。

　　诗里愁绪太多，如王羲之《丧乱帖》，逸民难掩的苦楚，史家孤愤的国事，一次次摇动人心。书上说，清军攻陷嘉兴城，画家外逃避难，家里遭劫，半生经营半为践踏，半为灰烬。堂兄不愿降清，带着两个儿子和一妾跳水自尽。万物如烟云过眼观之即可，身在其中，谁又能逃脱哀愁。肉身易碎，有些人的气节从来压不垮，寓居文字，寄存丹青墨迹，心性难熄的火种藏在炭灰里。

项圣谟题画诗鲁迅先生多次书录条幅送给友人，说忘何人所作，将原文"日薄"易为"日落"，"西山"改换"沧溟"，"短策"写成"杖策"。那是前辈玲珑的文心与跌宕的机巧，也是字里游戏。

崇祯元年，项圣谟经齐鲁，出长城，历燕山，游妫川，一路走走停停九个月。不知道有没有踏入我今日走过的土地，来到眼前这棵大银杏树下。姑且当他来过，姑且将那幅纸本大树当作写生图页。生和死、古与今、虚或者实从来须臾不分。

在齐鲁大地行走。脚下厚土有最初的日色，也有中华文明曙光。古书上说这一带人天性柔顺、好让不争，故能礼让处世，宽大宽容，也就是古语说的有容乃大。心想也只有这一方土地能容下这么大这么老的树。

大树多长在万木葱茏、花草杂陈的地方。人也如此，要做自己的树，又不能脱离人海，与世无关又唇齿相连，陶渊明离群索居也还有他的酒客与诗友。

安静的夜晚。真是安静的夜晚，不安静又如何？或坐或卧于灯下，闲翻一本本旧书，有册《文心雕龙》。"文之为德也大矣，与天地并生者何哉？"起句口气之大，气势恢宏，也是仕途舛逆后的慰藉。文心是言为文章的用心，刘勰的文心以惆怅喂养而成，如青铜古物，在命运起伏与静寂里掩埋长久，出土时已经生满铜绿。

刘勰观物体情细腻到让人惊喜，偶有诙谐。书上说，"穷则独善以垂文，达则奉时以骋绩。"到底太多不甘，凝成奇崛的玄学与偏激的论点。那时候他未经不惑，年轻的血性在时代与命运的压迫下一点点回流，化为文字，自笔管流淌而下。

当年劳身劳力劳心，靠书本吊着文气不散，《文心雕龙》一章章看，对灯而读，一字一句不忍错过。书末诗赞掷地有声：

> 生也有涯，无涯惟智。逐物实难，凭性良易。
> 傲岸泉石，咀嚼文义。文果载心，余心有寄。

太阳是天上日头，文字是地上日头。太阳光照生发万物，文字光照打亮人心。倘或没有文字，万古真像漫漫长夜一样漆黑沉闷了。文字虽迥异，却记录了不同人种的光明，让生命焕发出光彩。

刘勰家贫好学，郁郁不得志，以字为业，志趣信仰如此，有浩然气。实在也是无奈，最后不得不烧发明志出家为僧。晚年自建康还籍，在浮来山营造北定林寺，蜷缩在山野古寺老树下。古典悠长的浪漫背后有太多的无奈凄清。

《文心雕龙》之外，看过刘勰老来给石城寺石像写的碑记，经冬银杏的况味，别有情愫。老来一味为文而文，少了天朗气清的贵气，少了跳脱自喜的性情。倒是清人赵之谦留下大楷墨迹碑记存世，苍劲有力。

　　踏出石阶，太阳斜挂西边，照过那座我不知名的山脉。峰峦在苍茫里蜿蜒而来又蜿蜒而去，不知首尾。黄昏落日下，反复想起那幅纸本树，想起那棵老银杏。回头看看，空无一人，几声秋蝉微弱的鸣叫，几声鸟鸣。日暮途远，一时忘了人间何世。树下好像立着一人，长髯古服，举头仰望，远处是落日。日照之下，万木淡淡金黄。

　　日照，日出初光先照。日照，灿烂日光映照。是幻觉，也可能是天气太热，日照之下泛着白光，尤其是远山的石头。草木是浅色的绿，衬得石头格外白，像匍匐着一尊尊玉麒麟。日照灿烂，天空晴朗。那几天贪睡，真该去海边看一次日出，东方大地曙光先照的日出，是一幅恢宏的画。想起另外一幅纸本山水，高山大岭，白雪皑皑，长城逶迤起伏，苍苍莽莽的黄河奔流不息，大海波涛滚滚。云开雪霁，画面一轮旭日金光灿烂。日照兮，日照兮，照出欣欣生气。

　　　　　　　　　　　　　二〇二〇年九月三十日，合肥

在龙山

　　春天的草地最好，新绿柔嫩，人心也柔嫩起来。夏日水榭最好，荷风清凉，一点点沁入肌肤。秋天，青山最好，不浓不淡，有古画的色泽。每年秋日，总要去山里小住。故家的山好，他乡的山也好，天下处处有好水好山。

　　秋日去湘西龙山，一路青山何其多。出得长沙城，前有山后有山，左右皆山，高低不同，却又峰峦相似，无有穷尽。人在车上，车在山中，身心舒畅。往山中如游子归乡，顿生清静安宁，兴许是人生最终归所。

　　在龙山待了几天，天天阴雨连绵，添了秋意。一夜夜细雨敲窗，将人从睡梦中唤醒，屋檐、窗外的草色，哗哗流淌的水，甚至卧具，湿润迷离，带着他乡陌生的气息。傍晚，在湿笔染墨的氛围中，抵达土家族村寨惹巴拉。天空宁静、大地澄明，一路走过大片的山地，车行缓缓，内心亦如水深流。

　　一间间矮小的木房子，浅棕色木板墙面，灰黑色的瓦屋顶，灰色碎石子路面，偶见明黄色雏菊正开着嫩黄色的小花，杂处在深细碧草之中。长长的寂寞的桥，滚滚流动的水，又澄澈又汹涌。村寨看上去寂寞清闲，零星几个村民闲闲走着，经过这个村寨的人，意态闲闲。唯有身闲，才得去看花开落云卷舒。

过桥时，几个微笑的老人侧身路过，我倾心他们待客的友好，当一切人是好人，毫无戒心。是的，我深信不疑，做好人是省心的事聪明的事。这个安谧的土家族村寨，以不争的智慧，静好了一世又一世。那些个城镇，他们在龙山遗世独立，任门前河水流过。过些时候要立冬了，冬天，下雪了，这些个山河原野，这些个土家族的村落，静静安卧在无边雪色中，等着太阳唤醒。

龙山的秋意暖融融都是春情，或许是人情，或许是饮食。龙山的饮食火功尤好，力透纸背的热，慰藉人身也滋润人心。难忘洛塔大肉，大片大片的肉，用了姜、桂皮、八角、木姜子、花椒等作料，何止肥而不腻，简直肥而生香，一口就是盛世。心想，旧小说上众好汉大碗喝酒，大块吃肉，那肉应该就这么大一块块堆放在陶碗里容光焕发吧。

在龙山厮磨几日，听雨、登山、访寺、进村、过桥、游洞、饮茶、吃饭、看山下鸡犬猫儿打架，听村妇闲话。夜半闭门读书、高睡，睡足万事皆空，常常不知今夕何夕。墙外早起的人语声，有家常的亲切。

在太平山顶，众友弄过笔墨，远村大片云雾流散，很是动人。看流云舒卷，心想人生亦不过流云苍狗而已。倘或白云堆里一睡千年，倒也洒脱自在。靠窗静坐，听清风耳语，看林木相依，光影下，但觉时光流长。大片白云，真可为床了。人间万千世相，皆不及此刻清净，此刻太平。

传奇里总有这样的故事：翻过一座山，蹚过一条水，过荒村，住古庙，有书生挑灯夜读，结一段仙缘。古书上，寺庙里多有老和尚。我在龙山，未遇到神奇的老和尚，却似乎望见遥远之乡，有书生夜读。

行囊有本涵芬楼版《酉阳杂俎》，通篇所记奇繁，或录秘藏或叙异事，佛、道、药材、方术、奇闻、动物、植物……灾祥灵验及琐闻杂事那些怪力乱神无不毕具，异乎流俗之处，不失百味，令人咀嚼不尽。

秋夜微凉，独坐案前孤灯下，窗外幢幢，书影也幢幢。阳台上爬过一只壁虎，起身看时，遁迹不知何处，消失的阴暗角落也许有一个不为人知的王国。读几章旧书，饮数盏清茶，清风一榻抵千金。古人说泽气多女，山气多男。果然觉出龙山的阳气，如男子。眼前的山高大连绵，见龙在田，在湘西大地不见首尾。

风疏雨骤或是风骤雨疏，不知道几时日暮。眼见天光渐渐暗淡，晚秋的冷清袭来，路边水声越显清寂。有人立在桥头，望尽天涯路，路头的一场秋雨是一卷水墨。况味也像床边那一册《酉阳杂俎》，陡然空茫。

于宇宙天地而言，人生一世不过片刻，若能栖息在自己愿望之地，亦是幸事。在故家如此，在异乡也如此。跋涉几千里，来到龙山，是为了亲近丘山，也是洗洗风尘俗韵。做不得龙山人，有一回龙山行也是好的。

在龙山，想起南朝吴均说富春江的字句："水皆缥碧，千丈见底。游鱼细石，直视无碍……夹岸高山，皆生寒树……泉水激石泠泠作响；好鸟相鸣，嘤嘤成韵……鸢飞戾天者，望峰息心。"

龙山是息心之地啊。太平山有息影洞，满壁石像，有无上清凉。

二〇二〇年十月二十八日，合肥

在马尔康

雪是午后下的。

昨天在山上，迎头一场大雪，微微寒意。雪花落在人身上，瞬间就化了。几个人在村落游荡，石房子坍塌了。这里原来是一个土司府，他和众人在荒废的院子里说陈年旧事。

一个女土司和一群人的故事，权力、疆域、生死、情感，此刻在大雪纷飞中复活，往事喧腾欢笑，一切都是鲜活的。如今，一切都是破败的，破败得像从来没有发生过，只有雪片与花草冒着新气。眼前那些村寨早已经烟消云散，繁华在短短的一百多年间颓废衰老。

看看他，六十岁开外，黧黑，硬挺，鬓角整洁，戴着帽子，声音嘶哑，消瘦得像藤条。只是口音听不大明白，我也不想知道那么多往年的事，悄悄退出，一个人在村子里看看。不知道那个衣着简朴、脸色黝黑的老人最终讲了些什么。

沿路徐行，一个老妇人出门收拾杂物，除她之外，看不到一个人，也没有任何声音。农家院子种满了大丽花，很大的花冠，粉红色，这种花寓意大吉大利，见者有福。当地人说，每年春日，各种野花次第开放，红色、粉色、白色、黄色，花香染遍草野。

风自遥远的地方吹来，自未知的山那边。人在民居外墙边，俯瞰来路，水似乎安静了，看不见流势，静静摊在地上。微风拂过，脸颊清凉，想起"仙人拊我顶，结发授长生"的句子。眼前一切，是人间境，又像仙境。山坡上几朵野花盛开，木质曲栏自上而下蜿蜒远去，尽头是隐隐倾斜的碉楼，以石块垒就，密匝匝填满岁月尘埃。

天然，破落，微小，陈旧，远古人遗落的这个官寨，如今晾在山坡野地上。倘或在远处回望，或许只是个荒地，只有半截碉楼的辉煌，让人凝神，让人幻想，思绪悠远。

碉楼脚下潮湿一些，有些地方起了一层细细的青苔，虽然有些干枯了，兀自透着一抹青碧，细小安静，像一个持重自守的人。举目四望，角落里生着一丛一叠的苔。苔喜幽静，不惯被人扰，静静养着清气。人的气息与体温会影响它生长，人愈多，苔愈少。青石路旁，砖角边，苔隐幽若现，不近人，亦不扰人，是被人遗忘后的萧条与苍凉，有一丝青绿感伤。李白《长干行》云："苔深不能扫，落叶秋风早。"一从远别后，小径无人扫，青苔深且厚，思君令人老。独对青苔，忽起人世伤感，物不欺人。

《红楼梦》中贾宝玉为大观园题匾额，第一处写"曲径通幽"，幽是孤独，是持守安静，譬如空谷幽兰，不见俗世。造物有深意，故遣幽人在空谷。大观园内必是有青苔的，苍苔露冷，花径风寒。怡红院与潇湘馆尤甚，所谓物与人齐。隐幽、含蓄是东方人亘古不变的美。我在这个官寨遗址里看见白花如米小的青苔，像茜纱窗下的解人。世间微小的事物，选择了寂静自守。小小的土司官寨，安静，不扰人，不炫人，在淡淡的光阴里静默着，寂寥了上百年。

远山开始泛白，去雪山里走一走滋味如何，一个人暗暗思忖。一只野鸟从人家屋顶掠过，嘎嘎叫着，冲天而去。

此刻，二〇二〇年十月二十一日下午，身处昨天向往的雪山。峰峦一白，入了老杜"窗含西岭千秋雪"的诗意，只是门口没有停泊东吴的万里船。一时忘记其他，唯余呼吸与心跳。

站在大藏寺最高的庙宇前，向远处眺望，碧山苍翠绵延，羊肠细路蜿蜒垂悬，藏人的白塔、金顶、蓝天烈日，焕发耀人的金光。有一刻的恍惚，即如庄周梦蝶，是庄周而为蝴蝶，抑或蝴蝶即庄周？我不知道。在另一片土地上，我是否是我，还是有了别样的真身？我更不知道。

山下一条河，水流日夜不息，岸边的藏人临水而居，日出日落，烧烟煮菜，放牧牛羊。

在寺里，并未与僧人相逢，来来回回几个香客，小心呵护着它的安静。偶尔有人轻声细语说几句话，如落花轻浮水面，淡月微悬青天，温煦和暖，又清爽安然。奇怪的是，我耳畔隐隐有嗡嗡嗡的诵经声，仿佛有震动屋宇的强劲之力。那些声音，是祈福、祝祷，是传向神灵、天国的善意。

昙秀和尚曾说过一句偈语：来时一，去时八万四千。这也许是僧伽的生死观，来时一颗清净心，去时八万四千烦恼虫。一个俗人欲解说僧伽偈语，多数时候是徒然的。凡人都害怕死亡，儒家索性避而不谈，偷懒说"未知生，焉知死"，较庄子齐生死的观念，灵性差别又有几里？佛家教义像是在另一个世界向此世洒着圣水，度我又度他人。

进大藏寺的大殿时，想起宋人诗句："叶随流水归何处？牛带寒鸦过别村。"既是醒世语，亦是悟道词。万千红尘中，人是来无踪去无迹的过客，佛家世界希冀明心见性。山下寺外，熙来攘往之众生，几人能知。

大殿有香味，慢慢走了两圈，一股股香缓缓飘来，深吸一口气，让香气为自己祈福，佛自在我心。《红楼梦》中，一僧一道指点要来尘世的顽石，说凡间之事，美中不足，好事多磨，乐极生悲，人非物换，到头一梦，万境归空。

天似晴又阴，他们去看仓央嘉措的修行地去了，忍不住尾随其后，众人唱歌念经，小小一处居室多了热闹。想起苏轼初到杭州，往寺中寻世外友人，曾作诗一首："七尺顽躯走世尘，十围便腹贮天真。此中空洞浑无物，何止容君数百人。"不过方寸之地，日复一日，也不知道仓央嘉措在这里修行了多久。一室之微，仅能容身，能容者，天真而不居。人要万丈红尘，也要三炷心香生发出善意，清静自守。寂静微小、和谐容纳，才是人的真身吧，像某些得道的人，自带一种隔世的自在安然。

衣食住行，吃喝玩乐，离不开头上日月与脚底的大地。日月是天理，大地是人情，遵循天理与人情，便是佛心灿烂。

藏区的秋天来得早一些，丛林早已染红了。高山虽已染白，山下还是秋景。天尚未大寒，花未落，叶子渐渐黄了，所见一片寂静。路上亦静静的，少有人影，少有车迹，几座老石头房子，笼在蓝天碧日下，日光遥远，气息清和，一切从容而温良。

路过一眼水井，探头看看，清凉的井水细细流淌。有井水的地方，就是人烟所在。水是一切生灵的源头，山川、草地、牛羊、人家，无一不仰赖于它。无论有无人烟，它的存在，皆是活泼的生命延续。

偶尔走过几个藏人，一张谦和带笑的脸，让我有一刻的恍惚，似在哪部电影中见过，或许是油画里，或许是照片上，也或许是我的错觉。他们平静而温和，自然纯朴，不求高贵，这是一方水土一方人物的秉性心志。他们格外惜物，用过的酒瓶也都被善待，没有随意丢弃，点染在屋间壁角，台案窗几，是一道美目的景致。

在马尔康的晚上，总会喝茶饮酒。川西高地的子民修炼得一身和气，无论困难还是荣耀，不变不惧，清如杯中白酒，淡似盏内绿茶。

夜里在客舍闲坐闲读，梭磨河自窗外流过，人笼罩在一片流水轰然声中。橘色灯光下，读王维《过香积寺》一诗："不知香积寺，数里入云峰。古木无人径，深山何处钟。"古刹、深山、寂静、清幽，是王维喜欢的，也是我喜欢的。一千多年前香积寺的寂静，很像安静的马尔康夜晚。身在闹市，身在河畔，感觉有天地自然的安静。

说来也怪，车过了理县，来到马尔康，就觉得世俗遥远，万般皆可放下。在马尔康的日子，总有一股清凉扑面，与季节无关。

二〇二〇年十月三十日，合肥

悬 天

从成都去壤塘，经汶川到了理县，又向马尔康行进。踏入海拔三千多米的高原，稍稍有昏沉感。山色不及细看，到底太陡峭，路边山石草木快速倒退着。眺望远山，或青郁或苍茫，云在山头，被风卷着，轻轻挪动，也有些一动不动，晕在那里。

山脉落差很大，峡谷河道狭窄，车窗外的河水像无缰套的野马，咆哮着奔腾而下。大概是下了雨，河水浑浊肮脏。河道有太多石头的缘故，洪水跳起又伏下，一路跌跌撞撞沉重地涌动，像是积攒了太多愤怒与不甘。

这就是杜柯河，下游是大渡河。

回想了一下，绘画、电影、文字里的大渡河从来没有清澈过，是黄色的、浑浊的，凶狠地卷起浪涛与力量。像动荡的社会与即将开始的一场战争。月黑风高，流水上，枪林弹雨，受伤的人、死去的人掉落下去，被滚滚洪流卷走，血都来不及洇开，就消失得无影无踪。一个新的政权与一个旧的政权，在这条河上争夺，战事响起，是枪炮与河水的悲歌。

往日读过的课文，有黑白色插图，隔着纸页，能看见红旗招展，仿佛听得见军号声、怒吼声、洪水声、枪炮声、呐喊声。

当年冬日乡村小学，是乏味的。一个少年心里的热情，被描写战火的文字点燃了："向桥下一看，真叫人心惊胆寒，红褐色的河水像瀑布一样，从上游的山峡里直泻下来，撞击在岩石上，溅起一丈多高的浪花，涛声震耳欲聋。"窗外似乎还下了雪，几十个火热少年，在教室朗读着，让激情燃烧，直到午饭后才渐渐平复心情。

眼前洪波自顾自流，与记忆重叠，说起来居然是快三十年前的旧事了。

汽车爬坡时，看见河对岸山顶的人家。三五户老房子，似乎是石头堆砌而成，有一些破落，更多的是顽强，窗户紧闭，各色窗帘，是生命的风景。当年扛着枪追赶时间的人，会不会在此歇足？战事早已经烟消云散了，只剩下后人追慕的传奇。河水不舍昼夜地流动，充盈自然之力，在山脚侧身呼啸而过。

车速放慢了，绕山徐行，一路随着河水，逆流而行，水竟像是倒流了一般。天蓝得让人心生幻想，恨不得猱升而上，就此腾空而去，又想穿越回远古草木漫漫的村落。

路边一人看着车，我看得清他的脸，平静的脸，忧郁的眼神，仿佛有无穷心事，又仿佛通晓天地秘密，蕴含了山水的灵性。后来看见了很多那样的眼神，不到十岁少年的眼神，忧郁、内敛、深邃、柔软、悲伤，仿佛经历了无穷的故事，能洞察人间一切秘密。眼神有骨子里的高洁，甘愿在岁月中隐姓埋名。

空地上，一众少年演绎起格萨尔王的故事。孱弱的身子，被雄狮国王格萨尔附体，左右上下跳动着、挥舞着，以大无畏精神降伏妖魔，抑强扶弱。眼神金光闪闪，坚定如阳光照过。夜里想起那样一群少年，忘不了的是一双双眼睛。天气微凉，清冷的气息在夜归人身上萦绕不去。窗外灯火昏暗，几个匆匆行脚的过路客，身着布袍。

布袍、卷发、阳光黄的肤色，藏着一缕真意。老家有上年纪的人说，天然卷发的人，是有赤子之心的。《水浒传》中，鲁智深有赤子之心。宋朝东京的风气，崇尚戴帽子，以示斯文。鲁智深从未戴过帽子，一头卷发，一双火眼，一片赤心。所谓赤心，无非对人间有真情，一草一木也如此。

壤塘在大山高原深处，距成都一千多里，去那里像朝圣一般。壤塘，悬天净土。悬天，是远天、有高高的苍穹。壤塘有悬天之景，天之下，是净土，人间净土。

天真蓝，蓝得人懒洋洋的，也或许是身在高原，缺氧的缘故。明净高爽的天，浅淡悠闲几朵流云，古老雄奇的塔林，飘逸招展的经幡，安详自然的牛羊和野花在静谧空旷的草原上，尽头是雄伟壮丽的高山。有人喃喃自语，说那是凝固的海。

车一圈圈绕山而行，上得峰顶，极目四望，山势奔腾像野马蛟龙，隐在云深处，不知其踪，天地安然。登高是为了窥见天地吧，所谓人往高处走。只有在高处，才知道如此之高之上还有如此之高，乃至高不可攀。只有在高处，才知道厚土如此之厚。厚德载物，厚土更载物，世间万物，人只是一种。在壤塘，可以窥见天之高、地之厚。

高原高大，山更高大，有人不喜欢，终日沉迷小桥、庭院、园林、假山、匾额、对联、书本、核雕、玉佩、书案、笔墨，但走出去，发现苍山如海，深厚壮阔。走出去，看见山与海的威武与庄严。虽说沧海桑田，但与人相比，亘古不变的是山，亘古不变的是海。人皆过客，山自巍峨，海水洋洋，登山人不过一只虫豸，赶海人不过一尾鱼虾。

在壤塘的日子，有晴有阴有雨。晴日天气总是多云，仿佛一群群绵羊临空漫步。云真白，白如酥糕，真想腾空上去饱食一餐。南朝陶弘景隐居在句容茅山华阳洞中，皇帝下诏问山中有何物，他以诗为简：

> 山中何所有，岭上多白云。
> 只可自怡悦，不堪持赠君。

上大悦，令人赏之。

一个人久居山中岭上，衣袖可以生白云，胸襟可以生白云，眼眸可以生白云，手腕可以生白云，大概也是可以持赠他人的吧。

阴天看山，日影隐没，天是灰色的，山形影绰，多了些婉约的气息。后窗是山，前门也是山，冷冷清清的，总是看不够。山顶胡兀鹫一抹黑影点点移动。乌鸦无所事事，在屋舍边翮飞闲宿，让人看不足。

雨天看树，针叶林、阔叶林、灌丛，越发有静气，颜色近乎宋人青绿山水。大概是生在高原的缘故，树多不甚高大，修修如竹，一阵风过，树叶摇动，越发修修如竹，丝丝凉意起自胸襟。况味是古人说的那般："何处闻秋声，翛翛北窗竹。"灯光下，雨水泛着星芒，打在地上，复又溅起。车行远了，人也渐渐走得远了。

因为雨，山色深了一些，很虚幻。绿树丛荫雨雾袅袅，缓缓往山顶爬，缓缓向山脚走，越积越多，铺成巨大的一片白，点点腾挪，盖住青绿与苍凉。

高原的九月，夜里已经很冷了。每日不敢走动太快，一男一女在路上走着走着，刚刚而立刚刚不惑，步履常常近乎老人，转眼就白了头，进入老境，相濡以沫。

壤塘的黄昏，好像来得更慢。早早归来，在客舍泡一杯茶，临窗静静坐着，什么事不做，什么事也不想做，看看云，看看天，看看暮色，暮色中的景物像铅笔画。

只是这景物似乎很难入画。

黄宾虹来过川蜀之地。初来乍到，画师亦无能为山水写生，这里和其他地方不同，湿润多雾，四季植物丰茂。山岚雾气里，一山一水变化无穷，或葱郁野逸，或简淡奇奥，或幽深灵秀。到底入蜀方知画意浓。

有一次青城山中遇雨，黄宾虹全身湿透，索性停下来坐石观景，雨淋下来，山景纵横氤氲，找到"雨淋墙头"的感觉。有一回游瞿塘峡，江岸峰峦与天光在虚实明灭间微妙无穷。月光照过，有些地方现出银白色，有些地方黑影依旧，逆光下山林仿佛笼罩上一层光环，凹凸分明变化美妙。黄宾虹不禁赞叹月移壁，虚中实。后来写诗感慨："我从何处得粉本，雨淋墙头月移壁。"

到底，黄宾虹没有来过壤塘，即便来了，也会觉得此地天工，难以入人手。

壤塘秋日，风起时有些寒意了，枯瘦，略带高原的清冷。一股酒气、肉香弥漫小屋，牦牛奶、手抓肉、酥油茶、辣椒炒菌。日子伴随着白云下的声声经文，让人有些空灵安静的心思。

秋日壤塘的傍晚，空气黏稠，黏稠得让人想饮酒，宴会时喝了两杯。散席时，有一女子不胜酒力，在夜色里脚步踉跄，摇摇晃晃荡漾，分不清星空还是街巷。

平素并不饮酒，只有遇见友人，才会取极小的酒盅，喝三五杯。酒里有人间浓热的情义，茶倒是可以与生人同饮，酒只与友人喝，忍把浮名，换了浅斟低唱。白酒浓烈一些，青稞酒，淡淡的，如马蹄幽香，又清远又清脆，平添几分陶然。那样的夜晚丰沛难言，大概很久之后，我还会一次又一次回首曾经的一幕又一幕。

沉重的肉身，偶尔要宴饮之乐。高原、山中、石屋、木门、楼头，总也待不够。天光暗了，灯光也是暗的，几人对酌饮食，风起风落，把酒清谈，都是好的，近乎李白诗句"长风万里送秋雁，对此可以酣高楼"。此时，正在高楼上，围着食案割肉把酒夜话，直待天光彻底黑了，夜色渐渐深沉。这样的日子，虽是短，倏忽又去，足令人心醉。简朴的家居，忽然跳出如此生动的、闪闪发亮的藏家歌谣。

藏家儿女甘于生活，像孔子说的那样，吃粗粮，喝白水，弯着胳膊当枕头，乐在其中。用不正当的手段得来的富贵，只不过像天上的浮云一样。孔子还认为，一个人斤斤计较吃穿用度等生活琐事，是不会有远大志向的，这样的人也不值得相谈论道。

道有诙谐的时候，道也有庄严的一幕。威严道，矜重道，肃穆道，欢喜道，随和道，轻佻道……处处有道。

看见画唐卡的男女，顿时生出敬畏。不只是灿然金色，也不只画中法相的缘故，画师散发出一种盛大的庄严高贵气，好像无我无他无天无地，只有笔墨丹青一点点绘就，好像有天有地有我有笔有墨，无逸斜无杂念，那么专注那么凝神。其中大有庄严。

在壤塘，与天很近，与土很近，与功名利禄远了。落叶西风时候，人与秋色共瘦。悬天之景，净土之地，天气转凉，树叶黄了，其中有道，就这样归去吧。云、山、水、花草树木、几日的饮食起居，一个翻滚，瞬息即去。悬天照应过人心，光明依旧。

二〇二〇年十一月十五日，合肥

澳门的雨

想念起澳门的雨。

去过几次澳门，每回总是逢到雨。雨穿过板樟堂的路面，打湿了楼头高耸的洋房，大三巴的头脸入眼明净荒寒。观音大士塑像洗尽了浮尘，庄严清新，泛着幽幽的光。曲折走进迷宫式长巷短巷，和风连绵浮想也连绵，细雨翩翩浮想更翩翩。

很多年前，初入澳门，船从香港码头离岸，兜头是场大雨。午时到澳门，雨势方才小些。天色晦暗着，走进小巷子，陡然觉得悠长宁静。风轻轻吹，是斜斜的秋风，空气新鲜而润泽，绵密的雨脚，紧跟身前脚后，凉凉的水意贴着肌肤。

左右商铺流出一帘帘雨线，深深浅浅轻轻重重叮叮咚咚一滴滴敲击地面。近旁恰有一小饭馆，穿过屋檐雨，雨飘在脸上，头面温软。人立定了，雨下得又大了一些，越发觉出檐雨如帘。雨打湿院墙，也打在临街的窗上，打在庭院景观树上，往事苍茫的意蕴便弥漫眼前了。

侍者领着我们坐在小餐台边，清风自门边吹来，是遥遥的海的气息，也有饮食的气息、雨的气息、红尘嚣闹的气息。一杯清酒，浅平碗、小陶瓷杯盛饮。清酒滋味清新略携微辣，像温和而坚韧的澳门，几度风雨，面目嫣然。几个人低声闲聊，坐到午后。

雨小了些许，散步回客舍静坐，翻翻书，看面前苍然蜿蜒的巷子。外面有淅沥的雨声，有来往的脚步声，偶尔还有车声人影。窗口一丛花草，被雨水洗刷得干干净净，透着青绿翠嫩。人看着花草，花草看着人。

易君左写成都的诗，似乎也可以用来说雨中澳门："细雨成都路，微尘护落花。据门撑古木，绕屋噪栖鸦。入暮旋收市，凌晨即品茶。承平风味足，楚客独兴嗟。"

在澳门没见到过"绕屋噪栖鸦"的景象。常见一种玲珑可人的燕子，腰身一圈雪白的羽毛，比家燕略小，当地人称小白腰雨燕。雨燕敏捷矫健，一群群、一队队唧唧欢叫，如群蜂出巢，不可计数。

澳门街头车马喧阗，行人如织，晴天里，有一些金碧辉煌。不独有易先生诗中说的"承平风味"，更近乎辛弃疾词里景色："宝马雕车香满路。凤箫声动，玉壶光转，一夜鱼龙舞。"集过前人两句诗形容澳门的况味，以为颇恰当：

　　喧然名都会，吹箫间笙簧。
　　若梦游仙瀛，金宫赤霞烂。

下雨时，灯红酒绿的喧嚣消散了些许。在街头东走西顾，眼前好像变成了黑白色的旧影集，明艳的行人横生三分朴素，城市在昏黄暗淡的光影里憧憧驰逐。雨冲淡了澳门的声色，那些时代侵蚀的遗痕渐渐浮现，让人凭吊让人摩挲。异国女子擦肩而过的香气，盈耳的市声，一切的声音、颜色、气味在雨丝空蒙中缓缓流动，沉静而朦胧，人恍恍惚惚如坠梦境，似醒非醒的午梦，春天的梦，又像是哈代、萨克雷、雨果描摹的文字梦。

澳门很多老街，躲开了闹市的喧闹，僻静又古典，像旧小说插画。下雨时，别有一番况味。倘或雨不大，每每收了伞，让身上滴一些雨点。马路偶有浅浅的积水，浮漾天色，看上去是亮亮的灰，干净整洁，像墨玉。迎光则微明，背光即幽暗，有水墨意思，又有禅意。

雨有时会引起人一点淡淡的乡愁，澳门的雨只是让我怀古，一时入神。港口的船停了又离开，街巷行人聚了又散。撑把伞缓缓走着，飘散一缕清逸的古典韵味。不论是黑布伞或是花布伞，伞下心绪总有些闲散意思，闲在形体，闲在心里。几片榕树叶悄悄坠入微雨细风，随后紧贴地上。

在澳门见过几棵老榕树，粗且大，近前看，只见树干，不见树冠，在鼎沸的市声灯影里寂寂独立。松山一带绿荫参天，榕树须藤低垂，根结盘错蔓延，沧桑又壮观。雨中看古树，雨滴挂在树叶尖，晶莹剔透，慢慢变形坠下。不多时，树叶尖又聚集了新的雨滴，如此周而复始，分不清旧雨新雨。

那年去澳门，住在海边。清晨早早起来，站在窗前眺望，海水辽阔，雨水也辽阔，像有无穷心事，滞留着惆怅不肯停歇。看不见繁忙的港埠，几只船悠游其间，黑沉沉、灰蒙蒙的海平线如雾似烟。

故乡春夏之交，难见晴天。雨中看看樱花、梨花、桃花，有十足的情致。雨下得久了，泥路狰狞，也徒生气闷，觉得憎恶。澳门的雨，并不使人厌烦，因为下下停停，停停下下，不是整月整月连阴雨，也或者我只是过客，驻足无多。

澳门的雨天，人很舒服。在小路漫步，偶尔飘来阵阵饭菜香、脂粉香，三五男女结伴而行，车子减速慢慢礼让过路客。迎面走来的行人，擦肩而过的刹那，雨伞斜斜歪向一边，彼此相视，莞尔一笑，寻常岁月的礼乐风景让人会心。

二〇二〇年十一月十五日，合肥

惜字亭下

　　祖父说旧时有人背篾筐，上书"敬惜字纸"四字，走乡串户，收集字纸，送往镇上惜字亭内烧掉。先辈建惜字亭，旨在教化子孙勤学苦读、珍惜文字。

　　惜字亭是砖石结构，形如塔，高三丈三尺有余，五方皆为假门，底层有一方辟有拱形空心正门，专供焚烧字纸之用，以育人文风气。二至三层实心结构，飞檐斗拱，有各式花纹图案。亭子建造于清朝光绪年间，小时候手头有几枚光绪通宝，铜钞面文为楷书，背铸飞龙。乡下人家里多存有铜币，康熙、乾隆两朝最多，大小不一。旧人一双双手指摩挲过的缘故，钱币锃亮，触鼻有阴凉清冷的铜锈气，让人脑门一新。

　　穿过长长的老街，出口即惜字亭，如老松一般，那是平凡乡村雍容的儒风与清逸的仙容。亭头烟雨散了又聚，亭外青山黄了又青，亭尖自生野草，雀恋鸠飞。旷达和清穆不倒。一百多年光阴点点滴滴渗透砖壁，斑驳坑洼，古意充盈，愈久弥坚。亭边有人家终年在门檐下挂两个红灯笼，风吹雨打日晒，灯笼有些陈旧了，衬着粉饼般色调的外墙。

惜字亭下人家，虽世代耕农，对字纸也有敬惜之心。家里有读书人的，必备字纸篓。字纸保持清洁，不受污秽，得空放入炉中焚化，将灰烬深埋或送入河里。一些乡民识不了多少文字，却深得人间仪礼。路口瓜果，孩童们偷偷摘走吃了，主人也不恼。秋天瓜果成熟了，总会送亲邻尝新。

乡人惜字更惜物，村戏里上法场的人唱词一句句都是惜物之情："舍不得老布袜子有帮无底，舍不得鸡窝上一顶斗笠，舍不得床底下三升糯米，舍不得刚抱的一窝小鸡。"

地底潮湿，房子屋基用青石方块，青砖砌半人高，刷上石灰。青砖是珍物，舍不得多用，平常人家造房子，一律砌土砖上顶。砖缝抹平了，沿缝压出一条沟纹。夏天敞开窗子，冬天才贴上薄薄的白纸，窗上微微发出米糊与白纸的气味。屋檐下堆满松针，引火烧饭。劈开的木柴码放整齐，这种情调为山乡独有。

亭下常生野草，紫苏、苍耳、麻叶、稗子，还有我不认识的青藤。亭下河水流了不知多少年，石板桥却是晚清旧物。街上老房子，大多已湮没在历史尘埃中，那桥那亭在日出日落中演绎着清凉与温暖的感叹。

水一天天鲜活流着，因在古桥下，多了一层淡淡的古意。夕阳斜铺在河里，水面映照得如稻草般淡淡的黄。我乡极多石板桥，逢到夏天，桥洞是我们的乐园。摘几片芭蕉叶，铺地做床，无所事事过一个上午或者中午下午。有月亮的夜晚，桥影、月影、人影、树影连同水的光影，是极美的景致。有桥处往往是交通要地，总有几家店铺。和母亲去购物，怯生生尾随其身后，紧拽衣摆，看一眼又看一眼那些花花绿绿的东西。老家乡俗管怯人叫黑耳朵。

惜字亭是灰扑扑的。阴雨天气，亭子也阴郁着，草尖低垂，树叶低垂，亭上细藤也垂须朝下。亭边瓦房人家灰扑扑的，墙角斑驳着裸露出藏青色大砖，砖上稀落落生有苔藓。老式木板门，窗户也是木制的，窗格烟熏火燎漆黑黑一节一节。苍老与陈旧里，凝结着一份幽古的清寒与贫乏。只有河水透亮，不知疲倦地流淌，寂寞无依，义无反顾。今时想起，都已怅然，都已寂灭。

惜字亭下山深树茂，一年四季花色烂漫，东风西风轮转方成四季。乡野绿植遍野，无有风沙，窗明几净。少年时每日在窗下读两册书，喝一壶茶，间或一二乡友来闲坐，上下千年。远离闹市，得了清静也得了热闹。

那些人家房屋邻近，鸡犬相闻。老屋错综复杂，多则百十间房子，少则几十间。一个族下几十户人家住在一起。人丁兴旺的开始搬移祖宅，鳞次栉比的瓦房仄仄斜斜横戳在一行行树中，也不规矩，靠东向西，坐北朝南，建得自然。路都是沙子路，两边种了些花草，被参差不齐的树、新旧不一的楼包围着。

民居多依山而建，峰峦环抱做靠背，有上好的风水。门前多有水塘，半月形居多。房子常常是几十年旧宅，五进三厢四合院，两端外带抱厦，青砖黛瓦马头墙。还有人住百年老屋，几十户人家围聚一起，乡人称为万家楼，因为住户多，民居原为万姓人家所建，遂得此称谓。

万家楼后来归了吴家，友人住在那里。他母亲做的萝卜干真好吃，二十几年，忘不了那样的情味。冬天借宿，夜雾中影影绰绰的鱼鳞瓦老房子，几盏未灭的灯火，点缀其间。早晨起霜了，一头走出去，迎面沁凉，瓜果蔬菜萧然意远。

古人说，欢喜一个人，他家屋顶的乌鸦也欢喜。不喜欢那个人，连带厌恶他家的墙壁篱笆。友人母亲为人和善，待我等如亲儿，每日烧好热水灯下候着。洗漱泡脚，屋梁上近尺长的老鼠探头缩脑，好像通了人情，并不可厌。几个少年嬉皮笑脸，世间最好的事，是人的相遇，像梅花沾有霜雪，草叶凝结露珠。

开春后，惜字亭下村落山野的各色花都开了，小路上常见挑夫折一枝野花放在扁担头，蕴含三分春色，又吉庆又和煦。日子贫苦，生在马槽牛栏，也在槽里栏里开有绿叶鲜花。

柳梢风味最好，<u>丝丝绦绦长长短短</u>，与茅草间杂一起。桃花谢了，焕然一树新绿。山中映山红红艳艳躲躲闪闪，小孩一捧捧折来当作玩物。厚厚的棉衣可以脱去了，草木向荣，人面欣欣。小女子穿上春衫，布袖飘摇如风行水上，韶华胜极，是一枝枝桃花。不独人物鲜活如此，屋前弯弯绕绕几条田埂，也若游蛇一般。水口关上，田里浅浅一洼水，远看如镜子，映得云白，映得山绿，映得树翠。田边有山，不甚高大，却青葱莫名，从山冈绿到岭脚。布谷鸟开始叫了，一只一只在田野咕咕相和，从清晨至傍晚。微风徐徐，正是放风筝的时节，终日有纸鸢在天上飞着，高高低低。

光阴流转，四季时序轮番。谷雨清明时候，遍地庄稼，一片翠绿，一片祥和。乡农造屋早已不用土窑砖瓦，省却许多柴火，几年养得山林茂盛繁密。乡下常见大树，一人抱不过来，清凌凌有喜气。乡俗说山上多柴，家里有财，这就是太平盛世了。

乡野无邪，花草无邪，童年心性无邪。诗中"路上行人欲断魂"一句，我并不喜欢，觉得阴郁低沉。因为不喝酒，对"借问酒家何处有，牧童遥指杏花村"也无动于衷。后主词里感慨"才过清明，渐觉伤春暮"，也未免丧气。白居易倒是说得好，"好风胧月清明夜，碧砌红轩刺史家"，王谢堂前的燕子与碧砌红轩，都入了寻常百姓家。程颢也作过清明诗，"况是清明好天气，不妨游衍莫忘归"，比他《易传》《经说》《遗书》之类著作容易亲近。

清明时节雨纷纷，南方总有大片连阴雨，蒙蒙细丝十天半月不止，天气应了诗句，年年如此。墙角苔痕又高了几寸，人在雨中，望着烟笼远树，景致更妙。雨飘在庭院，飘在池塘，飘在田垄，飘在坡地，也飘在人的头面，细碎冰凉。河水涨了一些，乱流山沟，水中圆石无数，大者如菜盆，小者似鹅卵，更小的像弹丸，一颗颗润洁可喜。

地气旺盛，天清目明。晴日得气，有田园气山林气。天地日月人世安定清明，春阳流水与畈上新绿有远意，水声经久不息，引得人向上向善向远。春天凝在花红叶绿里，溪涧池塘涨满水，积蓄自然之力。野草越长越高，蒲公英绒球随风乱飘，荠菜老得开了花。

春欣佳景，牛都是喜悦的，不再嚼棚里的干稻禾，每日早晨饱食大把鲜草，鼓腹昂首阔蹄从村前禾垛旁走过，潇洒陶然，好似仙家之物。午后，有牧童牵它上山，山林茅草遮身，那牲畜如入宝地，又一次肚皮浑圆。山地阴凉，草浅处可卧可眠可立可坐，或捧一书闲翻，不知不觉，日影西斜。

老屋旁有水塘，虽不见烟波浩渺的万千气象。每每午后，垂钓于树荫，或在草丛中酣眠，清风醉人，几忘烦心俗事。屋旁也有老井，甘甜悠长，可饮可涤。院墙外的空地上种些丝瓜、青椒、茄子、白菜，晚上在瓜架豆棚下乘凉。

星光灿烂，夜色如水，菜叶上露珠粼粼。常有青萤飞入窗口，屋内荧光闪烁，更有月色照得纱窗一片皎然，几缕寒光泻进室内，映着半床诗书。

友人茶舍有"耻受多钱"挂轴，湖州钱云鹤所绘，宗法宋元，得了陈老莲笔意，又浓艳又清逸，内容说汉人刘宠事。刘宠为官清白，会稽太守任上，治下狗不夜吠，民不见吏。后来，朝廷召他为将作大匠，掌管宫室修建。五六个山阴老翁，须发皆白，从若邪山谷间出来，每人送来百钱拜别。刘宠坚辞不受，各选一钱藏之，慰藉诸叟敬意，后世称他一钱太守。

祖父处世稳健、低敛，不受多财，避开了人生争斗与凶险，一辈子像棵树，生在深山长在深山，在此间凋落腐朽。如今坟头长满茅草，生前看护的树林回身护佑他了。当年的幼苗，腰身粗大已是苍松，生前耕种的土地变作茶园，不过几十年，竟也沧海桑田。

人过中年，前途短促，心怀不甘，常常有戾气，惜字亭下不少人却面容安详。岁月漫长，历经世事，他们尝尽几度秋凉。冬日窝在草丛晒晒太阳，顺了温润人心的暖意，不管老之将至老之已至，无惧生，无惧死。

村里一老妪，无儿无女，幼年缠足，人称小脚姑，做不得农事。村民轮番砍柴晒干挑到她家，也有人送肉菜盐米酱醋。此俗成了惯例，直至小脚姑寿终。平人的关怀，虽只有一饭一蔬，却细水长流、温润贴心。

姑祖母孀居多年，父亲兄弟四个侄辈经常送些柴米，肩挑背驮几里路。她上了年纪，手脚不利索，做出饭菜无人问津。有一年路过她家，歉然留我午饭，咸豆角与萝卜干，还有一碗蔬菜。我连吃两碗米饭，姑祖母很高兴，说小哥当年也如此。她小哥是我祖父，兄妹情谊迥于世人。哥哥去世十多年，妹妹还记得往昔的日子。姑祖母八十几岁无疾而终，死前没有劳烦别人。

祖父在乡村做祭师，偶做纸扎，纸马纸轿子纸房子，常年挂在我睡觉的楼阁上。清晨醒来，仰卧着赖床，静静看一会儿纸马。有时候纸马轻轻转动，祖父见了总会说马要走了。过几天果然有人来家里，领走纸马纸轿。乡下习俗，人去世，要在家门口三岔路边烧一对轿马，让逝者行旅方便。烧轿马的时候，请人写断卖契，是为死契，一旦签订，买卖双方不得赎回。

  白鹤仙人，今将白马一匹，花轿一顶，配备食槽、水草、皮鞭、鞍鞯、辔头，卖与某府某县某乡某村某社地界居住之某老大人名下，以供冥中坐骑使用。实价玖仟玖佰玖拾玖元玖角玖分玖厘整，现金收讫。关津渡口请勿阻隔，妖鬼仙神魑魅魍魉不得占用，倘有胆敢劫获者，九天玄女殿前依律治罪。

  轿夫马童各有姓名，名号来宝、来福、来发、来喜。还有证人：东王公、西王母、千里眼、顺风耳。并有当值土地画押。民间朴素中有诙谐，诙谐自见庄严。乡下人相信阴间，亲朋亡后，烧成堆的纸钱，让亡人殷实无虞。

  站在故家门口屋檐下可以看见水口大树。两棵老松比冠而长，高耸云霄。一棵是我家的，另一棵是邻居的。他家那棵树后来砍掉卖给人家做了屋梁。树倒后不久，邻人二十多岁的儿子起病。几个大劳力连夜把他送到县城，天一亮，躺在担架上回来了。担架经过我家后山，白床单在绿树林里穿过。抬架人垂头不语，几只乌鸦在门前枣树上不停鸣叫。许多人挥动竹篙子驱赶，乌鸦并不离去，只在老屋四周惊飞。那人躺在枣树下，两只大脚竖在床单外，一动不动。

夜里，家人都去帮工了，丧仪的锣鼓夹杂着稀稀落落的鞭炮声，又悲凉又凄苦。躺在床上翻来覆去睡不好，枯睡中回忆死去的人，裹着薄薄的被子滚来滚去。那个童年的初夏的夜晚，又漫长又漆黑。

庄子箕踞鼓盆而歌，祝贺妻子死亡，说她终于解脱了，好比是囚徒刑满释放。庄子将死，众弟子论及葬仪，说要用很多东西陪葬。庄子说："天地为棺椁，日月作连璧，星辰可谓珠玑，万物皆陪葬，哪里用得着别的东西。"

弟子说："我们担忧乌鸦和老鹰会啄食先生的遗体。"

庄子回："弃尸地面就是让乌鸦和老鹰吃，深埋地下就是让蚂蚁吃。你们为什么要抢夺乌鸦老鹰的吃食交给蚂蚁呢？怎能如此偏心？"

乡民自然不如庄子豁达，他们觉得死不过下一轮回，存了善意，死便死了，活就活着，来去磊落，无牵无挂，像田垄风一样不留羁绊。有人心思重，倾轧算计，人见了只是叹息，少有与他为伍的。

故家人老了之后，随身不过衣服与被褥，别无他物。那些人从来没读过《庄子》，却得了庄子法旨，知道死生天命，不由人心，不必生而欢乐，不必死为之悲。像书上骷髅说的那样：

"死，无君于上，无臣于下；亦无四时之事，从然以天地为春秋，虽南面王乐，不能过也。"民间心性总有些大道。

乡下没有尊崇太多神灵，社神夫妇窝在路边一尺高的土坑里，终年不得香火。一极小的五猖庙立在凸处，山以此得名，农人称"五猖包"。五尊五猖楠木雕成，是宋元老物件，某一日不知所终，乡民懊恼不已，族下几个老人只能重新立木为像。

惜字亭下每家每户尊崇的是先人，所谓人死为大。平人格外看重拜祭，绵绵思远，求一个护佑心安，也求坟山"管事"，说管事则家庭兴旺。山中有太多老坟，无名无姓无碑，一土丘孤立，无法辨识，妇孺老幼绕道而行，不敢无礼。清明中元二节，有人顺路也上前烧一刀香纸。人活着，经历无穷无尽的悲欢离合酸甜苦辣，死后永入山阿，入土为安。

上坟是大事。随身带锄头给坟茔添几兜土，清理一下沟渠。祖父告诉我们，跪拜时容颜要肃穆，衣服扣正。他自为表率，三叩首之后，又直挺挺毕恭毕敬跪在拜台上，好像在默祷，然后站起来，后退两步，这时候才离开坟山。临事以敬，处世以诚，祖父说他从小就那样，一代代下来，自古如此。所谓祭如在，祭神如神在，孔子更着重说："吾不与祭，如不祭。"

祖父故去，祖母哀恸如新妇丧偶，大半年魂舍不定。当年年岁小，不懂得老夫妻几十年相濡以沫之情，更不懂得死别决绝。祖母一生在乡下，经年不出小村，县城也没去过几次，祖父就是她的天地世界。此后十来年，直到祖母去世，她内心最重的事，就是给祖父上坟，她是老派人，顽固守着女子不上坟的旧俗。每回目送我们，一脸心事，更提前装好祭品，有肉有鱼有酒，还有碗米饭，外加香纸鞭炮若干。

上坟并无多少伤感，人人知道生来难免一死，大多能看淡生死甚至直面生死。经日在乡村田野劳作，终年委身低小狭窄的老屋里，哪怕屋舍繁华，市井尘嚣也使人心蒙尘。扫墓的时候，总有一种通脱，有一种百无聊赖，有一种慎终追远，感觉新鲜。

人的死亡，不只肉身消失，时间也在消失。当年未知酸甜，不懂生死，更无从感觉人生悲哀，但我知道世间的光阴是一寸寸溜走的。晒稻谷的时候，弟弟与我守在箩筐旁边，不让鸡与麻雀之类偷食。从早晨到中午，屋檐如日晷，瓦片的光影从瓜埂到稻床，一寸寸退，退到屋檐下，日影渐斜，直到阳光照进窗子，打在东墙上。

死是生的消失，那时候不懂得消失的黑暗。葬仪上，两壁悬挂阎罗殿图景，不觉得害怕。有人下了油锅，有人身受无数刀剑，有人血淋淋被取了心肝、割掉首级，只以为新奇。

现在年岁渐大，懂得生死无常，不论英雄豪杰智者凡夫，到头终不免一死，如一缕烟。道士超度亡魂，高念经文："真宗徽宗唐太宗，到头都是一场空。秦王汉王及楚王，生碌碌，死忙忙。曾子言子与孟子，哪个生前免得死。顺风观世耳，世事永扬长。山中只有千年树，世上难逢百岁人。"打马而过的时间，铁蹄嗒嗒，无论老幼不分贵贱。

别处习惯我不知道。惜字亭下人去世后与下葬后的第一个清明节前会做隆重的祭仪，乡俗称"做清明"，要蒸汤粑和剪纸钱。汤粑如团球，以籼米糯米做成，也可以掺入一些面粉。汤粑熟后，涂红染绿。纸钱则用黄绿白各色纸，剪成玲珑宝塔状挂竹竿上，插在坟地或者厝基上。此风至今犹存。

做清明时，直系后人跪地上挽起衣摆，有人给他们撒几把汤粑。随后那人站在高处，向众宾客广撒汤粑。汤粑满山乱滚，小时偶尔也能抢到几枚，觉得稀罕。汤粑或煮或烤或蒸，味近年糕，可算作一道时令小吃。

每年三四月，大户大姓多有公祭，少则几十人，多则成百。众人举旗奏乐，在祠堂致礼一番，吹吹打打到族内几座远祖坟前祭祀，然后吃顿饭。无非鸡鸭鱼肉，加上自家的时令蔬菜。

春日，香椿发芽，采些归家，以香油拌之，养胃怡神。村口槐树开花，摘了回来，放鸡蛋清炒，饭量大增。每年可以吃到三五条黄鳝，祖父犁田遇到了捉回来烧汤。用茶碗装着，一段段入嘴清香。黄鳝并不稀罕，却是春夏时令之物。一次生病，家人不知道从哪里谋一偏方，说油桐树虫有效，逼我吃下三条。那东西藏身油桐树干，形状像蚕，倒无异味。只是虫子黑得油亮，蠕蠕而动，总不免发慌作呕。

适逢节令，自有平日所无的章程。立夏称重，端午包粽子、吃绿豆糕，中元烧香纸，重阳打糍粑，中秋食月饼，过年祭祖，清明上坟。一岁尤重三节，端午、中秋、过年。过年的热闹不必说。端午、中秋亦有喜悦处。

过端午，吃粽子习俗由来已久。古人包粽子多用黍米，籽粒淡黄色，也叫黄米，煮熟后有黏性。粽子一般四个角，三个角的也有，还有五个角的，像戏台上的帽子。

小时候过端午，家里会包些粽子，裹上一颗红枣，有甜蜜的寓意，再蒸几枚咸鸭蛋，一分为二或者一分为四切开，四仰八叉躺在白瓷盘中。说来也怪，咸鸭蛋非要那样才流光溢彩，囫囵剥壳而食，不仅少了情意，滋味似乎也差一些。我不喜欢吃粽子，唯好其香，那种香缥缈肆意又含蓄温柔。老家人包粽子多用芦苇的叶子，提前摘下一叶叶洗净叠好，与古人不同。

古人多以菰叶包裹粽子。用菰叶包黍米成牛角状，称角黍；用竹筒装米密封蒸熟，称筒粽。筒粽方便快捷，近年巷口常见老翁老妇贩卖。粽子剥开以长竹签擎来吃，滋味清香，有翠竹气也有糯米的清香，还有惜字亭下人家的旧时气息。

每回吃粽子，总会想起祖母。祖母包的粽子，说不出的家常朴素，后来我再也没有吃到过了。

端午节旧俗，照例要挂把艾草在门头，我家年年只是随意放一捆在那里。有人将艾草剪做宝剑形状，民间各色禁忌皆有仙鬼依附其上，这是俗世的庄严肃穆。端午如此，中秋也如此。如果是大晴天，月亮地里，漫天星火下摆张桌子，一家人团团围住水壶的袅袅热气，月饼切成扇形，就着点心，喝茶聊天，是一件愉悦的事情。

吃月饼每年只一次，金黄的面皮，细碎的芝麻，嚼出沙沙的声音，都是美好的。更美好的是红色纸盒凸印嫦娥飞天的画面，衣袂飘飘，上空一轮金黄的圆月，让人生出许多联想，还有飘飘欲仙的快意。小心翼翼剪下嫦娥，贴在镜子旁。梳头洗脸，顾影自盼之余与嫦娥眉目传情，牵连瓜田岁月的美意。

纸上嫦娥不老，有年回家在老屋里相逢，二十几年时光，我已非我，她还是当初模样。二十几年，没吃过那种月饼，仿佛消失了一般，市面未见。我不惦记那种味道，但我怀念过往的日子，怀念漆红桌子上那块切开的月饼辰光。

老屋旁有梅、柑、梨，有芭蕉，还有石榴。石榴从来没有挂果，是风景树也是风水树。最贪恋桂树，巨大的一团，远远就可以看见。爬上去，枝杈繁乱，零散几个鸟巢，别有洞天。有大树，少则上百年，更有千年古柳，虬根盘旋，枝叶参天交错，春天发了新枝，立夏后像一层浓重的绿云，遮挡好大一片天。又有芳草萋萋，青藤数枝绕树蜿蜒上行，越发绿意葱茏。

庭院海棠花开了，招蜂引蝶，也引来了几只蜻蜓。蜘蛛在天井结丝，两只飞虫自投罗网。山脚路口过来一村童，衔一秆麦管，呜呜吹响黄昏。天色茫茫，又下雨了，蒙蒙细丝落在衣袂间，亦见清风明月的气韵。青梅尚小，在枝头立着，隐有花的余香，白绒绒一身亮。炊烟在老屋的鱼鳞瓦头袅起。

屋前屋后皆是菜畦，一脉新生，豌豆灌荚了，长满一地绿月，摘回来烹食，风味大佳。韭菜尤好，有种稚嫩的香甜。一经立夏，韭菜浊气重了，吃起来并无春时新嫩。古人说蔬食以春韭秋菘滋味最胜，这是知味之言，也是经验。韭菜清炒或煎鸡蛋，有春鲜美味。用来炒河虾亦好，咸香且微甜，一时比翼。小时候河虾珍贵，不易吃得到。

望肉馋叹的日子，母亲自制网兜，兜口缝几枚铜钱，入水可紧贴水底，趁手一提，多有所得，无非小鱼小虾，也足以让人欢喜。夏日傍晚，母亲带我兄弟二人自溪头至水尾捞获，觅食若干。水中河虾，触须对碰，弹跳自在。鱼虾大者如蚕豆，小的粒米而已，焙干后，放辣椒炒食，咂舌之美，通达心底。放下碗筷，觉得未来远大，一室吉祥欢腾。

门前溪河清亮，阳光照下来，沙石闪动，竹影树影也闪动。河潭是浣洗场所，乡妇槌起槌落，清晨捣衣声不绝。溪边三五桃树，花开时节，花影人影相映。有落红飘至溪中，水流花谢，人一时无语。夏天，几个小童避开上人眼线，卷起裤腿在河中捞寻鱼虾，养在玻璃罐里。

小河水流平缓处芹菜丛生，葳蕤一片。掐回家洗净，以腊肉之油炒食，入口生气颇盛，与畦园菜蔬滋味不同。以前有贫人吃了芹菜，觉得美味，献给贵人分享。贵人觉得辣辣的，蜇于口，惨于腹。幼年听到这个故事，不觉得寒碜，感慨贫人的浩荡烂漫与仁厚朴素。这风气从先秦至今，跨越两千年，没有中断。

在徽州游玩，一族人家老祠堂大厅抱柱上高高挂有旧联，说是清人所作，内容大好，说出了心头话：

惜衣惜食缘非惜财而惜德，
求名求利只需求己莫求人。

这联语让我感动，仿佛看见了惜字惜物的祖父青灰色的身影，也仿佛看见了一代代乡村老人的面容，更让我想起乡居的母亲，每回饭熟了，她总用钳子夹取灶台下正热的火炭丢入陶瓮中，用木板封口，火炭须臾而灭，经月可得数斗，冬天用来烧小炉。

做孩子的时候，凡穿衣或饮食，上人总让我们爱惜，一粒米也不能糟掉，衣裤鞋袜更要当心，不可随意损坏污染。祖父说一个人不爱惜衣食，必损坏福报，甚至折了命格。民间凡夫也得了些汉儒之风。

家里来了新客，邻人说话含笑，举止多礼。母亲在厨下，煎炒油炸之声响彻四壁。菜里会添一勺油，油汪汪的，动人心魄，仿佛照得见人影。虽无山参海味，村落人家现世的安稳也是华丽富贵。给客人盛饭，小辈倘或单手接递，上人总要嗔怪，提醒用双手。来客盛饭要满，碗头有菜，几乎直抵鼻尖。乡村趣味处处讲究一个满，圆满丰满，水满缸，粮满仓，被满床，年画里的鱼和婴儿，也以肥美为上。

少时生活俭约，少喧哗，吃饭不得多话，不准挑三拣四，从自己面前慢慢吃。左手端住饭碗，不要吃着自己碗头又盯着盘子，夹菜不能把手伸到长辈面前。睡觉不许翻来覆去，坐要端正，晃腿会折了福分。人世久了，觉得少比多好。人生一世，忧患实多，欢喜是有的，忧愁的时候也不会少，轻轻浅浅享一份清福就好。君子知命，随分守时而已。不是君子，更要懂得随分守时顺应天命自然。

乡民饭场多设在厨房外，屋里一张八仙桌四条凳子。桌子很旧，油漆脱落了，好在还牢固安稳。有人家水缸裂开了缝，用铁绳困住。天长日久，锈迹斑斑，水迹濡湿锈迹，像桑叶像地图。水缸面上浮着葫芦瓢，或敞口或覆身，泛出青铜色。从缸里舀半瓢水，仰头喝了，水线入喉清凉爽快，是清冽的山泉。

农人生来出力为务，上山砍柴、下田种稻，春天要播种，秋天要收割。地里依岁序种有玉米、蔬菜、小麦、红薯，年头忙到年尾，吃事舍不得花大块时间。

乡间日常，饮食仿佛余事。妇人从田间劳作归来，身上沾满尘土草叶。喂过家畜，洗净衣物，才有空闲进厨房。一日三餐不见山珍海味，素日不过米饭、各色蔬菜及家禽之类。粗瓷盘子或者海碗年年所盛都是笋、葱、白菜、豌豆、茄子、黄瓜、萝卜、冬瓜、粉条、扁豆。春节才有鱼，切成块，或者一整条，头尾饱满。年年有余，年年有鱼，鲢鱼、鲤鱼、鲫鱼或者草鱼。餐餐有腊肉，锅底米饭也会煮得满些，饭边是各色菜蔬，炖得发黄，不贪形色美丑。

日落日息，耕种挥汗，一年没有几天空闲。家里或者邻人做了年糕、米饼、芽粑、粽子、月饼、豆粉之类，虽平常物事，母亲却吩咐用盘子或者用藤编的箩筐装好与人分食。

月色中，星光下，漆黑里，捧着喷香的吃食轻扣柴扉。挨家挨户送过，人开门，惊喜盈盈，一边说多礼多礼、过情过情，呼小儿从厨下换碗接过。挨空回来，一路步履飞快，星月晚风草木虫鸣仿佛亦含笑。予人之乐如山涧流水，回响雅然。

饮食到底本性，山水风物娱目驰怀，远不及果腹重要。日常饭粥点心乃至闲食，均有各自底色，足见一方生活习俗。

惜字亭下不重三餐，但得饱食就好。最讲究的饭菜也不过八大碗，为何单单是八碗？一来取吉祥意思，二则古已有之。先秦王侯案头有八珍，直到宋元明清直至民国，历朝历代各有八珍，食材制法彼此不同。

陕西、湖南、江苏、福建、广东、中原、东北各地有本乡之八大碗。在江南吃过一次八大碗，当地人称头菜，也叫杂烩菜。就地取材，有鱼皮、海参、河虾、笋片、木耳、莴笋，用高汤烩制而成。味道甚好。还吃过满族八大碗、清真八大碗、布依族八大碗，觉得别有情意，与汉家风味不同风范不同。

惜字亭下的八大碗多在婚丧喜庆上。不管是婚事还是丧仪，上菜都用木做的红漆托盘端出，一碗碗递上，以示庄重。端菜人一边上新菜，一边顺手将桌子上吃剩的菜盘收回送进厨房。一道菜两盅酒，饭前上红烧肉、蔬食和咸菜，一顿饭下去，费时两个小时。那些场合，大人多是帮工，空下来的人在树下坐着或者在稻床敞处谈笑、玩牌。

孩子们不能真正懂得人间的悲欢，婚礼也好，丧事也好，只在人群钻来钻去，满头大汗。转得累了饿了，找到自家大人，溜进厨房盛半碗饭，从锅里舀几勺菜，海海堆着吃完，放下筷子，疯也似的跳将出门，又是一场好耍。

八大碗是宴席主菜，各村风俗不同，主料是豆腐，此外有银鱼、虾米、鸡、鱼、汤圆、猪肉、猪肚与心肺之类。另外也加粉丝和农家自制的蔬菜、咸菜，乡人称为吃饭菜。将老豆腐切成细条再放入银鱼，混在一起做成烩菜。很少的几条银鱼，取生活盈余的意思。虾米谐音像蜜，也是点缀。

银鱼虾米是珍贵物什，人又称八大碗为银鱼虾米饭，入口有饱满的油润润滋味，那是少时生活的膏腴，回忆中依旧丰沛。虽是家常菜，却有民间的富足安适，螺蛳壳里的道场经营得热热闹闹。菜放在厨房里，花花绿绿，很有一番金玉满堂景象。

八大碗中印象深的是六谷。乡人称薏米为六谷，谓其居五谷之外。薏米与排骨或精肉炖一起，炖到稀烂，别有清香。有年族下一老人高寿仙逝，我盛了半碗六谷在草棚外吃。枣树叶落光了，风吹动枯枝来回摆动，又萧瑟又干冷。碗里六谷春意撩人，吃了半碗，又加了一勺子。草棚一水牛如水墨绘就，望着我，几次仰头干嚼枯草，不见悲喜。

八大碗中香菇、生腐两道菜，印象不深，当年喜欢的是红烧肉。猪肉四方方整块，硕大像斧子的后脑头，以形得名，乡人说是斧脑块。众食客筷子奔至如风卷残云，很快见得碗底。油汪汪的肉汤，泡饭或者浸一块锅巴，有很好的滋味。这些年偶遇几次"斧脑块"，肉味变了，用汤泡饭来也不复当年滋味。

族谱记载，胡氏一祖任丈量官，宋朝时候来到惜字亭下，见风水宜室，定居下来。一世祖坟茔犹在，多少代人零落山丘，如草灰入地。当年祖父手植的几棵树或老死或挪作他用。只有一棵桂花立在屋边，被风吹过，摇响一垄秋声也吹开一枝冷香。

多少年，一次次从远方归来，老屋木门后，熟悉的人不在了，后来老屋也不在了。宋元明清到民国至今，一朝朝一代代，胡氏族人世世山野为民，务工出力，春种秋收。

从惜字亭入口，穿过老街，是一条稻田小路，路上有心窃窃想遇到的少女。她迎面而过，彼此无话。午后的风，静静的，轻轻悄悄吹动树叶发出沙沙声响。有时候也并肩而行，说是并肩，我终会慢半步。悄悄看着她侧脸，轮廓玲珑俊俏，颇似巧手精心打磨的玉人，蹙着双眉下，一对乌黑清亮的眼盈盈如不见底的一泓水，蕴藏着淡淡阴霾。她瘦而单薄的身躯像只小猫，风从耳际拂过，新耕的田地散发出清馨的泥土气息包裹着我，一些草的味道飘到鼻息间也瞬间包裹着我。初时的心事不敢点破，一抹私念悠悠漫漫，又如同飘扬的风筝，最后断了线，消失天边。

少年的矜持与羞怯，是高山上稀薄的云朵，是花叶之间微妙的芳香。坐在浅绿的草皮上，以手枕头，书散在一边。天湛蓝深邃，云片白蒙蒙像棉花糖，风吹即散，少年走神了。指缝滑落的比留在掌心的多。过去就过去了，只有记忆，当年岁月丢了，不能回来。少时旧友，为人夫妇为人父母，各自艰苦，各自欢愉，彼此相忘于江湖。

晨雾迷漫，只有青山、河流、老屋、古亭的影迹。春光浩荡，亭尖野草又绿了，野花高举。大雨过后，忽而云开，阳光照过亭尖画戟，斜斜切下一抹幽凉。惜字亭默默看着。小村人家生老病死，井然有序。有些人走了，有些人来了。惜字亭至今康泰，亭尖野草萎了又绿，青了又枯，反反复复。亭下一户户人家在光阴里老去，一年年，山改了模样，河改了模样。

窗外起了风，茶褐色的松针落满后山，枯叶萧萧，心绪也萧萧。枯叶寂寥，心绪也寂寥，内心有秋声赋。秋风刮过瓦片，飒飒的声音，不是秋声赋，是物之哀了。戏词说："你记得跨清溪半里桥，旧红板没一条。秋水长天人过少，冷清清的落照，剩一树柳弯腰。"落日冷清清照在西山，那些树那些草，被擦亮了一般。无数次静静地坐在门前塘埂上看夕阳之光，染得山影红彤彤的灿烂。

西山如笔架。民国时有风水先生路过，说门对笔架山，此地当出一个文士。我勤勉读书，以为自己会应了那话，将来做一文士。而实在生了逃离之心，出门是山，过了那山还是山，一座座山挡住了一切。孔子说他是丧家之犬，而那时我不过丧家的微尘虫豸。

后来到处见到像笔架的山，江山多胜迹，才明白此说无稽，风水先生讨一个彩头而已。人生业障太多太重，实在不必太多穿凿太多执念。

走在惜字亭边，喧嚣只在远处。近旁荒藤绿树老宅古桥，高且大的树栖居了飞鸟，长满了野草的废园。暮鸦归来，秋燕南去，风过塔顶，雨落天井，草动虫鸣……四季悄然更迭。白昼日光，夜阑月色，将惜字亭下的日子照得晴朗光明。

前人走过的路，年年山风，春草复生，一寸一尺一米一丈吞噬往日旧痕。下雪了，荒野堆银砌玉，亭子白了头。人间踪迹被一片白隐住了，倏忽回到了过去。山依旧，水依旧，树枝上三五只麻雀跳跃，几百几千几万几万万年前大概也如此。

小村陋室里第一次读柳宗元《江雪》，唐时景象让人沉迷。山无鸟影，路无人迹。孤舟上戴蓑笠的老翁，独自在寒冷的江面上垂钓。斯时想来，又写实又虚空，如人生诀。

戏台上演鲁智深事。花和尚醉闹山门，打坏寺院和僧人，被师父遣往别处，辞别之际唱曲，说自己赤条条来去无牵挂。人性空无，富贵人家与贩夫走卒无二，生来无物，死后带不走一粒尘埃，赤条条来去，在得失中参透看破，在拿起与放下之间解脱，最怕牵挂太多羁绊太多。古人说，几亩小园，一座破旧的小屋，能避风遮霜。蜗牛角与蚊虫的睫毛，都足以容身。先民心性如此豁达。

空而无心，空且有我，无所谓有无所谓无。人生至此，所得不过得，所失不过失。吃饭、喝茶、饮酒、读书、写字、作文、行乐、受苦、沉浮。沉沉浮浮，是河东河西岁月码头变换的风景。中国文章有人间天国，那是陶渊明幻构的桃花源，是《红楼梦》中的大观园。住到文章里，像走进了日月星辰。我欣喜写一点文章，潜入文字世界。

那些冷僻荒村，自甘平淡。村人不知外乡外埠繁华风光，知道也不羡慕，守着惜字亭下不大一块天一方地自生自灭。何止百年孤独，追忆逝水年华找不到引子。

人生在世，命途不同，足迹有别。有人轰轰烈烈做大事，有人终身平凡寂寞，激不起半点浪花。无有是非不论成败，各自福祸吉凶，都不过在世间谋一口热饭滚汤暖炕。有人谋得酒酣耳热笙歌夜夜，有人粗茶淡饭偏居一隅，最终都是走向空无，要的不过此身安妥。

惜字亭下人家撒豆播种，以田地为业。那是他们的桃花源、大观园。一茬茬农人无求无喜，酸甜苦辣尝遍，一切有度，自可过着生活。顺应天道，施肥灌溉，收成好了便好了，收成不好由它不好，来年春日再来耕种。人无妄念无着相，无有梦便不会醒，无牢骚心无矜夸心，处处有佛性有道性。乡农如此，乡景也如此。

秋夜过惜字亭边石桥，河里一轮圆月，明润在天，不知它照着溪水，溪水不知有月照着，不管不顾地流着。石桥、溪水、明月不知有我经过。

二〇二〇年十一月十九日，合肥

花 山

　　一路徐行，渐近自然，到达花山时，已过黄昏。人在树下穿梭，周遭黑黝黝一片。虫声像潮水，星火繁茂，灯光倒显得暗淡了。朦胧中只觉得山清秀平缓，山林的野气澎湃而来，深吸一口气，有蔬笋瓜果风味。

　　鸟虫未眠，鸣声自山间传来，咕咕、唧唧。泡了杯碧螺春，靠窗定定坐听，茶味、夜色与山风，似乎还有花香与新鲜的草木生气飘进室内，人也欣欣。鸟像知道有人在偷听其鸣，叫声越发高调，时近时远，彼此相和着。有鸟得意，有鸟得闲，有鸟得趣，有鸟得伴，有鸟得宠，有鸟得益，有鸟得食。听着听着，心里生出静气缓缓流动，静气像雾，又像花山的夜的况味。

　　后半夜飘起雨，雨丝落在树叶上，如春蚕食桑，屋檐积水打在芭蕉上，清脆如啄木。一股清凉包裹着身心，是风的意思是雨的意思，渐渐不知何时不知何处，更不知有我。

　　鸟鸣唤醒了人，唤醒了花山。一山翠微一山鸟鸣，还有风吹树木的声音，间或有犬吠有人语，虫子或许累了也或许沉睡未醒。

石路自脚下蜿蜒向上，遁迹树林，不知去处。入眼皆绿，青冈栎、橡树、榉树、三角槭、翠柏的绿，还有流水的绿，青苔的绿。入了绿野婆娑之地，人仿佛也是青翠的，心底一时松软沉醉，水流的哗然与树叶的鲜亮把人撩拨得浮想联翩。

花山的水干净，流在山沟中，远看是一道清亮晃动的白光，走近才知道是澄澈的一泓山泉。忍不住以手招水，手指一凉，胳膊一凉，拍在脸上，腮颊也一凉，然后温润。

掬得满满一捧山泉，剔透晶莹，有浅浅的欢喜。水从指缝淅沥下来，须臾掌心空空如也，很容易让人穿越时空。一千多年前的某天，一个叫支遁的僧人来此地开山隐居。超然世外的生活，看看阴晴圆缺，看看云卷云舒。天晴的日子，寻一块石头跏趺而坐，读读经书，听听风语。风像懂得人事一般，翻开了书页。树叶也簌簌作响，天籁与佛音一起，想想尘世熙攘，别有一番滋味在心头。

走得深了，树叶在头顶四周轻轻哗动，风吹来深幽的鸟鸣，越发显得山中幽静。

花山长满了树，纤细瘦长，树龄多不长，枝叶鲜亮，态度温柔，让山体多了舒缓。更奇的是或仄或卧或立的老树，遮天蔽日，藏匿山中，像隐逸的僧人。

不独树多，石头也多。苏州产美石，太湖石皱、漏、瘦、透之美迷倒众生。花山的石头却厚朴，满山散落的石头，颜色苍茫古旧。山顶莲花石奇峰独立，又奇倔又厚朴。一些石头凿有字，或写景或抒情或言志或警世，几百处楷行隶草篆石刻，写的是"山种""隔凡""吞石""坠宿""渴龟""花山鸟道""凌风栈""布袋石""皆大欢喜"……

最喜欢两方石刻。一方是"坠宿"，圆润的团石，说是天上落下的星宿。以手抚摸着石头，觉得有种天机不可泄露，神色一凛，心想这或许是文曲星。还有一方石头刻有"且坐坐"，忍不住上前摩挲。清风徐来，并无多少事体牵系，心里松动，却也解脱了些许凡尘的世事，一时凝思愣愣不语。

在花山住过几回，见过春阳，见过夏雨，见过秋风，见过冬意。阴晴风雨，花山无恙。雨下大了，窗外灰白的云雾如厚絮，山却格外透着绿。

天下处处有河有山，此处山以花为名，这是山的幸事。

此山有幸花为名，谁人有幸临花山。

得闲且去山中走，一步一景一重天。

花山，在苏州城西。

二〇二一年三月一日，合肥

谢朓楼记

南齐谢朓守宣城，后世多称他为谢宣城。宣者，大也，又有宽舒的意思。在宣城，但觉云气舒卷自如，每每通透，入目多清新，胸襟也为之一新。

当日谢朓自建一室名曰"高斋"，在此理事起居，吟啸自若，州郡亦安治。唐人怀念他，旧址建楼追慕一段魏晋风度。李白多次登临，饯别友人，所谓：

弃我去者，昨日之日不可留；
乱我心者，今日之日多烦忧。
长风万里送秋雁，对此可以酣高楼。
蓬莱文章建安骨，中间小谢又清发。
俱怀逸兴壮思飞，欲上青天览明月。
抽刀断水水更流，举杯消愁愁更愁。
人生在世不称意，明朝散发弄扁舟。

谢朓楼两层建制，高两丈有余，精巧若凉亭，远看俨然青铜酒器。阳光照过，有几缕幽香清清淡淡袅起，滋味如小谢文章。谢朓诗文绮靡软糯像是变体的楚辞汉赋，如同香草美人，淡梳轻妆，徘徊东陌上。

走进谢朓东陌，月出行人稀，突然看见"大江流日夜，客心悲未央"一句，高格如星辰悬天，无有古人，不见来者。小谢清丽柔骨忽发慷慨壮词，越发恳切动人。正如微寒料峭，冷意揉进骨缝，转眼又抽身离去。

不知道是不是写过《高松赋》的缘故，楼边岭坡栽植有松。楼不高而树渐长，慢慢围住了楼，一时又多了自然疏野。树无古意，却有强韧之气，像小谢的赋词。暮春之际，楼畔零星开着野花，司马光说得好："谁道群花如锦绣，人将锦绣学群花。"

谢朓诗文，亦如群花锦绣也。杜甫说谢朓每篇堪讽味，我意还是锦绣群花多一些。可叹好作雅言的人，最后却遭构陷，屈死狱中。人生须臾，斯文永恒流动，文字更寿于金石。

见过谢朓楼的四季。春日新鲜，江南绵绵细雨平添古艳，风拂过树条，吹起绿意。夏时蓬勃，阳光照耀着青苍的屋脊，清简明艳，虽不是千年古物，抬头看着也无端有亲近心。秋日蓝天下，小楼古意长风万里。冬日楼庭一卷雪白，像线装的宋版书。

谢朓楼头四处眺望，目光悠远，心绪悠远。飞檐挂满诗文，斗拱流过晨曦暮色，走过曲径回廊，光风霁月，一时无二。透过迷蒙的树影，今时人家如风俗画，工笔有之，写意有之，繁华有之，朴素有之，有一段世俗，又有远离世俗的诗文之梦。深陷世俗，肉身沉重，拽得人灵性消散。远离世俗，过于清玄无尘，一阵风吹过，沦为虚空。

一阵风吹过，缥缈悠荡，吹走了先秦，吹走了魏晋，吹走了谢朓，吹得草木青黄，吹得游人纷纷，吹不走的是几卷诗文，吹不走的是一座楼台。

二〇二一年九月七日，合肥

石 屿

在大船眺望良久，四面海水茫茫，哪见石屿踪影。换小舟进发，水声轰隆作闷雷声，不知行经几里，岛屿在望，现出一道淡淡的墨痕。海鸥纷飞，点点洁白舞动如散花玉屑。

进入礁盘，涌波小了些许。水尤清澈，恨不得就船舷一饮而尽，又想纵身跃入化作锦鳞游弋而去。水底皆礁石，不见间隙，如完整一块，有纹路有颜色，若蟒纹若鱼鳞，也像兽皮像羽翼。小鱼细密似麦芒，不计其数，如箭如电，出没水石间，看得人恍惚若处世外。

上得石屿，不过茅屋庭院大小。闲坐岸边，各色各形礁石，瘦、肥、透、奇、干参差有致。石缝别无他物，杂生无数碱蓬，皆肥硕肉滋，令人称奇。碱蓬耐盐耐湿耐贫瘠耐寒薄耐寂寞，它是我的知己。光照如火炉，海风冷清吹过，冷热交替，不独石屿如此，人生亦如是。

二〇二一年六月十七日，西沙

辑

五

傩

正月去池州东山村吴家、韩家两姓祠堂看傩戏《章文显》。舞台上热闹得很,台下人头攒动。台上男女戴着面具,慈悲、狰狞、美妙、简陋、非男非女、超凡入圣、超凡入魔,人间没有这样的脸。

一个人悄悄走出耳门,山里的夜,晚风清冷,紧紧衣服。侧院的墙残了,黑漆漆,闻得见青砖泥瓦的气息,不知道什么树耸在那里。抬头看见了月亮,大且明,月色极好,凉幽幽照在祠堂屋顶上,照着残缺的墙壁,一地砖砾碎瓦隐在墙下。

草木枯黄,万物隐而未发,月光蓦然打下来,惊心动魄,有苍茫感,真觉得月色慷慨,清贵得很。清贵比富贵高级。富贵里有锦绣,清贵却庄严简单,庄严简单如唐人造佛。龙门石刻佛像,丰腴典雅,又灵动又厚重,有十分虔诚有十分功力。

山风清寒,月下看山村看原野,似是李贺的诗,景况在"玉碗盛残露,银灯点旧纱"两句。书传李贺通眉,身材纤瘦,长指爪,能疾书。通眉是指眉毛长到了一起,民间称"连心眉"。李贺以诡谲之诗配古拙丑陋之貌,遂号诗鬼。

很多年前的一个个夜晚，也有这样的月色。几名乐人与一众傩者绕在一起。铿锵的锣鼓与喇叭声响彻屋顶，宛如深山狂飙的咆哮，和着松风之声，和着虫唧之声，和着人喧之声，和着春生之声。

傩戏《章文显》说的是秀才章文显赶考，皇亲鲁王见其妻百花娘子貌美多姿，心起邪念，企图霸占，百花娘子不从，遭毒打致死。章文显逢此不幸，告到开封府。府尹包拯命人捉拿鲁王治罪，借皇家"温凉帽"，救得百花娘子还魂，章文显夫妻团圆。后来，玉帝差仙家引渡章文显夫妇归赴仙坛。

《章文显》外，我看过的傩戏剧目还有《刘文龙赶考》《孟姜女》《摇钱记》《陈州放粮》和《薛仁贵征东》之类。一折折故事跌宕起伏，有狐气鬼气，又有喜气神气。狐气惊奇，鬼气怪异，喜气圆满，神气正大。农耕生活总希望在拍腿惊奇中一唱三叹，农耕生活也希望在皆大欢喜中尽欢而散，这是民人的悲悯，也是民人的夙愿。

傩戏内容涉及戏剧、美术、舞蹈、武术、音乐和宗教信仰等诸多领域。傩汇聚了多个历史时期的文化信息，有古朴、粗犷的原始风貌，是一种重要的民俗活动与民间艺术形式。

傩，源于远古人对自然、图腾、祖先和鬼神的崇拜意识。《古今事类全书》上说，颛顼有三个儿子，死后变成了疫鬼。于是每年的十二月，有祀官装扮成傩，驱除疫鬼。《荆楚岁时记》

说："周官岁终命方相氏，率百隶索室驱疫以逐之，则驱傩之始也。"傩最开始是人的神化，然后是神的人化，从娱神到娱人。

汉代一次傩祭牵动朝野上下，逐鬼童子以百计。唐朝傩舞多为四人，戴冠及面具，黄金为眼，身披熊皮，执戈扬盾，口作"傩、傩、傩"声，以为可以消除疾凶。唐朝的傩也有画面的，未必都戴面具，孟郊《弦歌行》即说"驱傩击鼓吹长笛，瘦鬼染面惟齿白"。宋代，一次傩事活动山呼海啸，有上千人参与。到了明代，傩戏表演曾出现过万余人齐声的景象。想想那样的场面，浑厚雄伟、热闹繁华，如青铜如黑炭，像地狱像天庭，又威严又活泼，正大里见巫邪气。

一个小男孩坐在父亲的肩头，被人群淹没了。官员的长翅帽碰歪了。小姐的暖轿停在村口，轿帘微开，露出半张粉面，纶巾羽扇的公子不时用余光瞟向轿内，轿中人心如小鹿乱撞，又惊又喜。傩事散了，公子拾起小姐留下的香帕，一阵痴蒙。

南宋高宗绍兴年间，一个叫孟元老的人从汴京飘零到杭州。西湖风月无限旖旎，故老闲坐却好谈旧京风物。避地江南数十年间，寂寞失落中孟元老遥想当年东京繁华，怅然中提笔追忆，回想起禁中傩仪的场景——

那些人戴着面具，衣服或刺绣或画了颜色，执金枪龙旗。有人身品魁伟，全副镀金铜甲，装扮作将军，或装作门神；有人肤色黝黑、丑恶魁肥，装判官；又装钟馗、小妹、土地、灶神之类，一共有千余人。自皇城里驱除晦祟出开封的南薰门外，转龙湾，谓之"埋祟"，才结束这一场盛事。

中原风俗如此，川蜀一带傩戏也有热闹处，释道隆《大觉禅师语录》中有诗专道此事：

> 戏出一棚川杂剧，神头鬼面几多般；
> 夜深灯火阑珊甚，应是无人笑倚栏。

傩有宫廷傩、军傩、寺庙傩、民间傩之分。池州傩属民间傩，即孔子所称的"乡人傩"。孔子遇到乡人行傩，穿着朝服恭敬地站在庙之阼阶观看。陆游也喜欢看傩，多次写诗记录傩事。

池州傩以宗族为载体，请神祭祖、驱邪纳福，戴面具表演。

傩舞、傩仪、傩戏的扮演离不开面具。面具俗称"脸子"，多将黄杨或大叶柳风干后雕刻、油漆、彩绘而成，以五官的变化与装饰来完成人物的彪悍、凶猛、狰狞、威武、严厉、稳重、深沉、冷静、英气、狂傲、奸诈、滑稽、忠诚、正直、刚烈、反常、和蔼、温柔、妍丽、慈祥等性格的形象塑造。

在闹市的楼顶傩雕师处看过脸子，有新有旧，新的摊放于地上，还没涂色，它们在等待人间香火的供奉。

千姿百态的脸子，彪悍之美、凶猛之美、狰狞之美、刚烈之美、英气之美……无不蕴含其中。脸子的造型、质料、色彩、民俗、意象之类，因地域、民族、文化、审美不同而有差异。脸子多为二十四尊，也有三十六尊、三十二尊、二十八尊、十八尊不等，各有说法。脸子是神化或他化的外相，村民戴上即不为本人，摘下则回到现世。

辞别傩雕师，下楼。不知道谁家的红色棉衣被风吹落地上，拾起来，轻轻抖落浮尘，挂在楼梯扶手上，留下一地木刻傩面在楼顶打坐冥想。

午后，风渐止。在农人小院饮茶，橙子几近饭碗大小，累累垂于头顶，阳光甚好。远处人家迎傩，传来稀稀落落的鞭炮声。

"嚎啕神圣"四个篆体大字，挂在礼台上方。"人敬神自灵，神灵人自敬。"写在村里祠堂的后门，楷书。字形拙劣，却有一种宝相庄严。这两句话也让我体悟文学神圣、文心要诚。"嚎啕神圣"里有生活的清妙庄严，中国民间遗存有汉韵遗存有唐风的。汉韵唐风自有敬畏，所谓举头三尺有神明。

汉韵与唐风跟后来宋元明清习气不同，一言以蔽之，可谓之浩荡。傩戏龇牙咧嘴，既有迷宫式的格局，也有穿越时空的鬼魅，幽默生动，又不失理性，通过隐喻之事和场景述说传奇述说往事。

乡下的民间生活，往往上只片瓦下仅立锥，甚至居无定所，偶有浪迹处。记忆里的有些事有些人，终有一天会笑着说起来，纵然荆棘满脚，纵然彷徨无助，纵然举步维艰，一出戏谑足以冲淡满是艰辛的岁月。黄尘与黑土掩映的日子，需要一台嬉闹一台祈愿，唧咣、唧咣、唧唧咣……

祠堂里的大锣敲响了，鞭炮一串串炸开，礼花在空中倏时四散。市井迎傩，备各色祭品以飨。人戴傩面具，带着供奉的香火朝社树走来。社树下，主祭人一声声喊着长长的吉祥词：

"风调雨顺哪！"

"好！"

"五谷丰登啊！"

"好！"

"早生贵子哈！"

"好！"

"做官的步步高升！"

"好！"

"生意人日进斗金！"

"好！"

呼应着祝词，四周轰然叫好。

古代封土为社，各随其地所宜种植树木，称"社树"。农人告诉我，恢复傩戏后，有个村子枯死多年的社树发了新芽，今有双臂合抱之粗矣。

春节刚过，村头屋舍的门楣上到处横批"万事如意"。年轻时候不懂得万事如意的美好，现在每每见到，总不禁心生欢喜。

看京昆，看的是性情。看傩戏，看的是天地一体、神民一家。傩戏自成一体，泼辣肆意有巫气神气，也有放诞与野趣，野趣中的精致、放诞间的简约，多有话头可参。

傩事活动皆在正月，自初七迎神下架、社坛起圣开始。将各方神祇一一请到，山川土地、水府之神、桥梁使者、府主城隍、文孝帝君、社令之神……最后，从日月箱里请出诸神脸子按序排列在龙床上，晚上搬演戏文——所谓请神、娱神、送神。

池州《梨村章氏宗谱》记载："新年蛋茶相迎，开筵请亲邻，作傩戏。初六七择吉戏神下架，至十六日止，乃上架。每年有神首轮管。或骑竹马，或踹高跷，《周礼》所谓'执戈扬盾''黄金四目'者，犹仿佛有之。鸣金跳号，谓之'逐疫'。"

《池州府志》说，当地乡村自正月十三至十六日夜，同一个族下的或者同一个村子的人，轮流迎社神于家，或踹竹马，或肖狮象，或打滚球，化装成神的样子，扮演杂戏，有人敲锣打鼓，有人和以喧号，大家在一起吃吃喝喝，最后才将社神送回庙里。

夜雨真大，我忘记带伞，从戏台下躲到车上了。这个叫"山湖村"的地方有一场傩戏高跷马表演。

云收雨散，场上四名头戴面具、身披战袍的青年踩着高跷，在爆竹鼓乐声中登场，做征战状。说的是三国故事——关索为关羽之子，攻打鲍家庄，与鲍氏兄弟恶战，二人不敌，鲍三娘施援亦败。比斗中，关索与鲍三娘互生情意，后结为夫妇。刀枪中的眉目传情比案头红袖添香多了英气也多了谈资。

贵池四乡逐疫踩竹马。竹马有地马和高跷马两种，有扮五猖的，也有扮勇士的，如关索、鲍三娘、鲍礼、鲍义，或者关羽和貂蝉。山湖村唐、王二姓的傩事活动以踩马为主，踩高跷马扮关索、鲍三娘与祈子民俗相结合：生儿育女的村民向竹马献红蛋，谓之"献马杯"；希望求子的人则向关索、鲍三娘乞求红蛋，谓之"接马杯"。山湖村踩地马由四名十二岁至十四岁的少年担任，穿武将服，腰间扎竹马。竹马用竹篾编成椭圆形的无底筐为马身，再扎马头捆扎于筐的一侧。

很多年后，孟元老以垂暮之身在杭州的油灯下写出《东京梦华录》，耳目中或者还有当年傩戏的声色之盛——鼓点声、车马声、人喧声、铜锣声、喇叭声、烟花声，一声声入了纸页，布衣和锦服、戏装与钗裙，一段段文字自笔管而下。人世的繁华如梦如幻如露如电，却最让人不舍最让人贪恋。最可忆，刹那逝水年华。

一九八二年初夏，沈从文回乡听了场傩戏，很动情，一时泪流满面，连连说是楚声。这年十二月，老先生八十生辰，汪曾祺写诗祝寿说："犹及回乡听楚声，此身虽在总堪惊"。

池州归来，携傩戏灯笼一只，上面写着一个大大的"傩"字。

二〇一八年三月五日，合肥

郴 子

　　北方平原的雪是龚贤的焦墨山水，辽阔里积郁深沉。南方平原的雪是赵孟頫的山水手卷，盈尺间上下清澈深远。

　　有人化积郁为笔墨，有人因笔墨而积郁。地脉不同，草木不同，山川不同，人物也不同。

　　平原的雪真好看，好看在浩大上。下雪的时候浩大，雪停了，依旧浩大。北方平原的雪，一望无际，都是白，天地一白，心里也映照着白。东边一白，西边一白，南边一白，北边一白，上下左右前后浑然皆白，乾坤赫赫气壮，气壮山河，气壮心胸。

　　在皖北，一路看雪。想起林冲雪夜上梁山的故事。

　　林冲与柴大官人别后，上路行了十数日，时遇暮冬天气……纷纷扬扬下着满天大雪。行不到二十余里，只见满地如银……踏着雪只顾走，天色冷得紧切，渐渐晚了，远远望见枕溪靠湖一个酒店，被雪漫漫地压着。穷途末路的一场冰冷之雪，寒气逼人，死一般寂静。远离世俗人间烟火，让人陷入无边的紧迫。

　　《水浒传》多次写到雪。武松住到武大郎家一月有余，十一月天气，朔风紧起，四下里彤云密布，当日那雪直下到一更天气，却似银铺世界，玉碾乾坤。作者好一番感慨：

> 尽道丰年瑞，丰年瑞若何？
> 长安有贫者，宜瑞不宜多。

宋江进击大名府，当晚纷纷雪下。吴用暗差步军去北京城外，靠山边河路狭处，掘成陷坑，上用土盖。是夜雪急风严，平明看时，约有二尺深雪……于是擒了索超。

索超被擒之后，宋江病重，张顺要救他，连夜趱行。北风大作，冻云低垂，飞飞扬扬，下一天大雪……张顺独自一人奔至扬子江边……只见败苇折芦里面，有些烟起。可惜遇到一艘贼船，半夜里张顺被捆，扔下江去。

《红楼梦》的雪则婉约一些。宝玉晨起，揭起窗屉，从玻璃窗内往外一看，一夜大雪，下将一尺多厚，天上仍是搓绵扯絮一般。于是走至山坡之下，顺着山脚刚转过去，已闻得一股寒香拂鼻。回头一看，恰是妙玉门前栊翠庵中有十数株红梅如胭脂一般，映着雪色，分外显得精神，好不有趣！

《红楼梦》的雪一路娉婷，白茫茫大地真干净，最后凄清。《水浒传》的雪，即便穷山恶水，也不失英雄气。英雄者，末路不脱豪迈。皖北梆子的况味差不多如此。

话说那一日看梆子《盘肠大战》，演罗通出战迎敌，先击败了苏宝童，苏部将王不超用车轮战法，趁罗通不防以枪刺穿了他的腹部，流出肠子来。

罗通故事《薛丁山征西》中有演义。好个罗通，拔出腰刀，割下旗角，将流出的五脏肝肠包好，盘在腰间，扎束停当，带战马冲至阵前。王不超唬得魂不附体，看得浑呆。罗通来得恶，手中长枪向前心一刺，王不超大叫一声："不好了！"仰面一跤跌下马。罗通跳下，割了他首级，上马加鞭来到营中，才一跤跌下马来，众将扶起，罗通大叫一声："好痛呀！"一命归阴去了。笔墨间有对英豪的惜爱。

也是皖北戏事，听一女子唱梆子。女子白衣红裙短发如一株杨一棵柳，站在台前甫一开口，竟暴雨倾盆，引吭作金戈声。唱的是《铡美案》中的一段：

陈驸马休要性情急，听包拯我与你旧事重提。大比年陈驸马连科及第，咱二人午朝门同把君陪，我观你年过三十成新贵，曾问你原郡家中还有谁。一句话问得你面红耳赤无言对，我猜你家中一定有前妻。到如今她母子来找你，秦香莲就是你的结发妻，当面认下是正理，过往之事永不再提。

激情处惊雷滚滚，声音如利剑快刀，高亢激越、痛快淋漓，从头顶径自削将下来，一腔硬气化作雷电，刚劲、豪爽、激愤，白茫茫在天地间碰撞出热烈的火炽。

有些地方戏的声腔是高山流水巧遇知音。皖北梆子则近天籁，近自然，丝丝入扣，剥啄悠扬，亢奋的声浪里把粗糙的日子过出豪迈的步履。

皖北梆子像豫剧，又略为不同，豫剧用的是河南话，梆子用的是皖北方言，吸收当地民歌和民间小调，演变成一特色剧种。唱腔高亢激昂，粗犷豪放，感染力强，在表演程式上受京剧的影响较大。梆子里不少传统剧目，如《伍子胥》《赶秦山》《收秦山》《八宝珠》，都是武戏。

清人笔记中说，北京人听戏，喜欢梆子、罗腔、京腔，梨园若上演昆曲，众看客片刻之间哄然散去。到底一方人听一方戏。

梆子鼓弦的声涛里，唱出了刀来剑挡的侠义，唱出了良辰吉日的喜气，唱出了赶考京城的斯文，唱出了除暴安良的硬朗。最是侠义喜气斯文硬朗让人流连。唱腔如此，配乐也有慷慨悲壮、苍凉凄楚之风。梆子的锣鼓点如马蹄，节奏鲜明，铿锵有力。

皖北的饮食也是这样，慷慨有燕赵气。早餐，当地人请我吃牛肉馍，大且辽阔的一块，像极了古时候的月亮。总疑心古时候的月亮比现在的大，悬在长城上，挂在枯树的枝头，照耀大漠边塞，也照耀寒窑破屋的房顶。

牛肉馍实则是牛肉饼，做法如下：

将黄牛肉剁成肉泥，以粉丝、葱、姜及多味中药材配料拌匀。以香油掺水和面，绵软黏稠。将面坨擀成薄片，卷入黄牛肉馅，放锅中，两面熥烤，转动炕熟，即成。炕时用炭火，旺火上盖一层炭灰，以不露明火为宜。

熟透的牛肉馍外壳金黄油亮光润，入口作脆声，馅鲜嫩不油腻。

梆子那样的声调需要牛肉馍来长力气。好文章要力气，好唱腔也要力气，好文章好唱腔之好见气不见力。

皖北的牛肉馍还是好吃。

旌旗风乱，那些山川、河流、戈壁、荒漠、古道、城楼、关隘、小桥、人家……车轮滚滚，沟辙深深。那些勇丁，那些长刀、弓箭、粮草、兵马。那些攻略，那些死守。风吹过，雨淋过，雪飘过，苍茫的北国大地上，呐喊厮杀，流一身热血，掂一把朴刀，拎一条性命，扑将前去……

"将军百战死，壮士十年归。"这是《木兰诗》中的句子，梆子戏的传统剧目，《花木兰》是其一。

沈从文墓碑上有黄永玉题写的碑文："一个士兵要不战死沙场，便是回到故乡。"呼应的是《木兰诗》中的花木兰："愿驰千里足，送儿还故乡。"

《木兰诗》最让人玩味的句子则是：

爷娘闻女来，出郭相扶将；

阿姊闻妹来，当户理红妆；

小弟闻姊来，磨刀霍霍向猪羊。

一场征战，爷娘老了，听说女儿回来了，互相搀扶着到城外迎接。姐姐听说妹妹回来了，对镜梳妆打扮起来。弟弟听说姐姐回来了，提着刀一声不响地走向猪圈和羊窝。

这是人伦之美也是人情之美。

戏曲之美也正是美在人伦美在人情。

花木兰很疲倦。一路舟车劳神，家里来了很多人，注视着她。年老的、年轻的，陌生的、熟悉的，一道道目光热切。她在中间说话或讲战场上的事，其实她想安静一会儿，想去睡一会儿。但此刻，是看客的中心，是听客的中心，必须滔滔不绝地说。她面对着满满一屋听众，有些还是从别的村庄跑过来看热闹的。

一众随从实在太累了，靠在墙脚坐着。北朝的阳光照在他们身上，棉布的气息与阳光的气息融为一体，真舒服，一个兵丁不知不觉睡着了。

晚饭时，一大桌子菜，爷娘愣愣不食，只顾着看着女儿。一口牛肉一口蔬菜，还是走时的味道。两汪眼泪上来了，花木兰悄悄擦去，埋头进碗里，装作浑若无事。

回到家里，我说："皖北的牛肉馍还是好吃。"

"生旦净末丑，相约花戏楼。"这一句词有喜气，也有一种时过境迁的风平浪静。这是今天的"一岁货声"，这一岁快二十年了。作词人如今也有时过境迁的风平浪静，在花戏楼下东看看，西走走。

花戏楼舞台凸字形。东侧为钟楼，西侧为鼓楼，中间前门。台中书"演古风今"四个金字，台前挂有对联：

一曲阳春唤醒今古梦，
两般面貌做尽忠奸情。

言词铿锵如殿前置铁鼎、铁鹤、铁龟。

皖北的花戏楼好看，好看在精致的沧桑上。雪未化净，一些残雪被铲起来堆在树下，有些残雪与草木一起，残雪斑驳，草木枯黄，很应景很般配。

花戏楼木雕也与皖北气息般配，都是三国故事。面北一大幅雕刻是《上方谷火烧司马懿》，面东几幅木雕有《三气周瑜》《孟德献刀》《许褚大战马超》《祢衡击鼓骂曹》，里层还有《蒋干盗书》《诸葛亮用计破羌兵》。

我最喜欢中间上下场门"想当然""莫须有"两块匾额。想当然与莫须有落脚处正在一个"戏"字上。

见过很多花戏楼牌匾，有"出将""入相"，还有"游龙"

"戏凤"。进一步出将入相，退一步游龙戏凤。戏里人生，雕栏画栋，管弦歌舞。

蟒袍、玉带、朝服、凤冠、霞帔，台下的看客一身平静，恬淡地在花戏楼下看戏，看梆子戏。

台上慢板、流水、二八、飞板、坠子唱腔翻转。板胡、筝、阮、梆子、笛子、三弦、扬琴、二胡齐鸣。板鼓、板、大锣、铙钹、手锣、小钹、碰钟、堂鼓、花盆鼓、唢呐高亢激昂，透过花戏楼，传过古涡河。河岸一众村妇拎着满篮子衣服在水里浆洗，棒槌举起、落下，举起、落下，周而复始，亦如梆子敲击。

"又唱戏了。"一浣衣的村妇不禁自语。河水呜咽，盖过了她的喃喃声。浪花淘尽英雄也淘尽芸芸众生。

皖北的牛肉馍真是好吃。

二〇一八年三月八日，合肥

一曲黄梅

那时候，安庆乡下不像现在这么燥热。我记不大清楚了，毕竟是三十年前的事。也或者热，但一定不燥热。

清凉如水的夏夜，一个小男孩，洗完澡，在凉床上躺着。凉床是古物，家传数代，席面有厚厚的包浆，床沿包浆更厚，呈红褐色。那是曾祖父与曾祖母的气息，也有祖父与祖母的气息，触手微凉，滑嫩如夏露，又如山风，很舒服。

真有山风，不远处树影晃动，风近身了。和风一同近身的，还有黄梅戏。星光暗淡，黑黢黢里只能看到人脸庞的线条与轻轻挥舞扇子的样子。风中的戏词也暗淡，断断续续，时断时续。

在黄梅戏会馆看戏，吃橘子，一颗颗牛眼大小。橘皮剥开，一股幽香，酸甜的幽香与绿茶的味道混合在一起。送一瓣入嘴，清冽的甜，微微的酸，衬得甜一意孤行、意气风发。

茶随剧情起伏，到底喝得淡了。稀薄的淡里，一回味，茶香还是自唇齿间泛开来。忽然想起曾经见过的一副对联："十分冷淡存知己，一曲微茫度此生。"字是馆阁闺秀体，清疏、明净，一笔笔是修养是境界是性情。喜欢十分冷淡，更喜欢一曲微茫。

世上事纷扰熙攘，戏里有十分冷淡。到底是戏，台上的事情再热烈激荡，台下人也能以冷淡心去看，戏终了，散场，一曲微茫。其中自有道也。庄子认为道无处不在，东郭子向他请教道究竟存在于什么地方：

"在蝼蚁上。"

"怎么处在这样低下卑微的地方？"

"在稊稗中。"

"怎么越发低下了呢？"

"在砖瓦间。"

"怎么越来越低下呢？"

"在屎溺里。"

东郭子不响。

东郭子的时代，世间无茶也无戏。倘或请他听听戏喝喝茶，或者不会如此执相。戏毕，茶淡，各自归家，与庄子作别而去。六祖惠能心平气和，说："此心本净，无可取舍，各自努力，随缘好去。"言毕，徒众作礼而退。

采茶之类大抵是女子的事。女人是水做的，只有水才能泡出茶的清香与纯净。采茶有歌，采茶歌的声音，是慢慢流出来的，从唇间轻轻吐出，像春风轻轻拂过大地，溪水缓缓流过那菖蒲、石头与沙滩。

陆羽《茶经》上说舒州潜山一带产茶。唐人的采茶歌消失在唐朝山水之间。从采茶歌到宋代民歌到元杂剧，民间戏曲渐渐发芽长大。至明代，南北一体，戏风颇盛。安庆的地方志上说，崇祯年间，十月农闲后，是属于乡戏的时间。那时候乡村常有庙，庙中虽塑有泥神，老百姓不全迷信。庙宇不独做敬神之所，因为庙门口大多宽敞，也是唱戏的戏台。一村或几村合伙出钱，请来戏班演出。然后就到了清朝，此时乡戏已经不限于农闲时了，祭祀、婚庆、生育，也请来伶人。

一代代黄梅戏艺人走村串乡、走州过府一年年。道光时，有竹枝词言道：

多云山上稻荪多，太白湖中渔出波。
相约今年酬社主，村村齐唱采茶歌。

光绪年间，桐城有人组织了黄梅戏班子，在怀宁乡间演出。民国《宿松县志》记载"邑境西南，与黄梅接壤，梅俗好演采茶小戏，亦称黄梅戏"。

那年回乡，微雨薄凉，在镇上祠堂里玩。老人不无惆怅地告诉我，当年这里是戏台，一唱黄梅戏，嚯，那个热闹。

拾步走上戏台，能嗅到旧日的气息。是弦歌，是清音，是铜锣皮鼓，是岁月天地，是家常烟火与众生百态，也是旧梦里永不卸妆的粉墨回忆。

　　有一次听黄梅戏，在老街祠堂二楼戏阁。观众不少，远远近近的村民都来了，闹哄哄挤满中堂庭院。一男一女在台上咿咿呀呀唱着，几个老太太点头轻轻相和。演的什么，想不起来了，不能忘记的是看戏人一颗颗晃动的脑袋。戏没完没了，似断又续。我坐在母亲腿上，完全被阻挡在热闹之外，不大一会儿就睡着了。回家时候方才醒来，有人牵牛过桥，夕阳穿过街口古亭尖上的画戟，照在母亲的脸上。那年她不到三十岁。

　　老家有很多祠堂，做一宗一族供奉亡灵、存放公物、议事祭祀之用。祠堂多设有戏台，两侧延伸与中、后厅厢房二层连通，人称走马通楼。戏台要么在前厅阁上，要么在正厅二楼，与后堂供奉的祖先牌位相对。戏固然供今人消遣娱乐，但不能忘了逝去的先祖。故乡城郊一宗祠戏楼楹联说的是：

　　　　演一部忠孝图后人作鉴，
　　　　唱几阕清平调先祖是听。

　　这是民间朴素的情谊，也是戏娱人娱神娱鬼的一面，有人情也有孝心，或许并无实处，其中却有昭昭天道，人心之上的天道。

　　有年春节回老家，猛地从路边的瓦宅里传来黄梅调。一阵轻妙的女声袅绕在风雪中，朗朗的，说不出的柔顺，像轻泉流过山石，忍不住停下来听了好久。此后若是天气不佳的日子，书读厌了，也不想写字，就守着那一脉轻吟浅唱，打发着飞雪连天、阴雨绵绵的时光。

天南地北的戏剧有各式各样的生长环境，水土不一，样式不一，一方水土一方人，一方男女一方戏。昆曲精描细写如工笔闺秀，京剧纵横捭阖若浊世公子，秦腔粗犷飞扬像高原大汉，越剧仿佛略施粉黛的写意仕女，黄梅戏则近似布衣粗裙的农家姊妹。

静下心来听戏，大抵是走向成熟走向中年的表现。一个人太年轻，往往不能领会戏曲的底蕴与内涵，及至长大，染世渐深，直到有了戏梦人生的沧桑时，才体会出舞台深处滋味。

记忆中关于黄梅戏的更多是乡野的场景。

山垄火粪的幽香澎湃而来，天幕上彩云追日。田间稻茬清干净了，农人扛着长凳或者小椅子簇拥在临时搭建的戏台下。戏台以门板楼板之类搭建而成，铺有红毯。去得早的坐前排，去得晚的只能踮起脚尖在后排，更远一些的索性站在板凳上甚至爬树上。开演时，锣鼓敲起来，三打七唱，自有一番富足的热闹。几个本地和邻村的闲汉不时疏疏朗朗打一声呼哨。

台下也热闹，各类小吃，臭干子、韭菜合子、爆米花，那些摊点还兼卖杂货。台下烟熏火燎，台上风月无边，各安其事。

看戏，总让我觉得在梦里，台上穿红挂绿，还有黑胡子、高帽子、白鼻子、长辫子、大花脸等，嘴里喊着念着唱着，一句不懂也一句都不喜欢。然而夜气很清爽，真可谓沁人心脾，我后来再也没遇到过那么好的空气，回想起来仿佛是梦境。

有人一边看一边嗑瓜子，壳落在前排人头上。旁有熟客见他头顶有瓜子壳，拉一下衣袖，那人回过头，扫扫头发，也不恼，嘟囔一句"你好生些"，又扭头朝戏台看去。

戏结束了，人踩踩脚，拍拍衣服上的浮尘，扛起凳子回去了。前排的总会等到谢幕才依依不舍地离去。除了凳子，还有人扛着或者抱着小孩回去。有人像棵树，身上挂着三个小孩，左挟右抱，背上还有一个。

这种演出，带着泥土的芳香。生活本身就是一场戏，戏则是拓宽了的生活。黄梅戏的男欢女爱，是人心美好的愿望。爱情，是黄梅戏舞台上永不凋零的风景，老人们说，黄梅调，就是这样开始的。

冬日农闲，偶尔会唱连本戏，每天夜里唱一场，连续好多天。北风呼啸，人披上大衣和厚重的棉袄，三五成群，有时跑十多里地。

村里唱了很多场戏，我记得清楚的是《珍珠塔》。

相国之孙方卿，被人陷害，家道中落，去襄阳投奔姑母，借贷不成，反受奚落，被冷言嘲讽："要是你得中高官，我愿头顶香盘跪接。"方卿愤愤离去。表姐陈翠娥贤淑善良，假托送点心，暗赠珍珠塔，助其读书。姑父陈培德深明大义，驱马追至九松亭，将女儿许配方卿。

黄州路上，方卿遇了强盗，珍珠塔被抢。陈翠娥知道后，一病不起。陈培德情急之下，假装方卿给她写信。三年之后，方卿果中状元，官封七省巡按。他想试探一下姑母，乔装改扮，看她是否依然势利。不料姑母本性难移，终于自食其果，羞惭地头顶香盘跪接方卿。方卿原谅了她，与翠娥结百年之好。

方卿羞姑，讽刺刻薄势利，入木三分，可谓大快人心，盛演不绝。

《珍珠塔》的故事，取材于陈王道嫁女。

陈王道旧宅在苏州同里古镇，前人旧事烟消云散，站在他家后院的河道边，流水依旧，柳枝依旧。

看过锡剧《珍珠塔》。方卿羞姑，陈翠娥斥责他挟嫌，并晓以大义："不容人者人不容，不尊人者人不尊。到头来得了金印失人心，众叛亲离怎立身？"方卿深受感动，在尾声中手托乌纱帽，跪地请罪。

也是在苏州。网师园，雕栏朱楼，水畔有柳，园中有花。假山后传出黄梅戏的声音，唱腔柔曼，软语醉人："我也曾赴过琼林宴，我也曾打马御街前。人人夸我潘安貌，原来纱帽罩哇罩婵娟哪。"朗朗有致，一时竟凝在那里。一阵风来，树上桃花兜头吹下，落得满身匝地，有些漂在水池内。花瓣浮在水面，游游荡荡，引得几尾小鱼摇曳而至。

唱一桩往事，说一折传奇，演一线旧痕，听一段花腔，看一出好戏。情窦初开的眉目传情，露水夫妻的男欢女爱，天宫水府的精怪神通，仙女牛郎的相依相爱。才子坎坷，佳人倾心，是生活的写照，也尽显男女的俏皮活泼。生来存在于想象中的故事真是唱不烂的老调，足以消解尘世苦乏。在庸碌的生活间隙追逐舞台上宽服长袖的清丽背影，也算是追逐一份人间风雅，谁都有一副浪漫的骨子。

有次与一黄梅戏演员同车回城，雨水漫窗，请她清唱了一段《牛郎织女》："架上累累悬瓜果，风吹稻海荡金波，夜静犹闻人笑语，到底人间欢乐多。"只觉得苍茫陈旧，音调婉转，又得了人间清正，朗朗乾坤一片无邪一片烂漫。

戏文常有绝妙好辞。《红楼梦》里薛宝钗庆生，为讨老夫人喜欢，点了一出《鲁智深醉闹五台山》。宝钗说，一套北《点绛唇》，铿锵顿挫，韵律不用说是好的了，辞藻中有一支《寄生草》，填得极妙。宝玉见说得这般好，不由得凑近央告："好姐姐，念与我听听。"宝钗便念道："漫揾英雄泪，相离处士家，谢慈悲剃度在莲台下。没缘法转眼分离乍。赤条条来去无牵挂，那里讨烟蓑雨笠卷单行？一任俺芒鞋破钵随缘化。"宝玉听了，喜得拍膝画圈，称赞不已。

戏事本是俗务，俗中透着雅，仔细一琢磨，余味绵长。黄梅戏里戏词之优美，常令人回味把玩。颇喜欢《龙女》中的一段唱词：

晚风习习秋月冷，更鼓声声乱我心。手握珊瑚对月问，可曾照见赠花人？风拂池水花弄影，疑是公主已来临。宝花呀，你能揭榜会治病，为何今夜不显灵！求你助我生双翼，展翅飞出相府门。

这段唱词，音调从容，庄重肃然，最见心绪。

喜欢无所事事坐在竹椅上听黄梅戏。清晨或者傍晚，天光微亮的景致，戏里的江南小调带来说不尽的旖旎风光，不知今夕何夕，甚至让人化进戏词，忘了此岸肉身。

最初的黄梅调，多表现劳苦民众对爱情的态度和想象。曾被当作淫词滥调，为士人所轻，然而，黄梅戏如野草一般滋生蔓延。人们喜爱这种民间的声调，贪恋艰难时世挣扎之余的刹那良辰。

有人说，安庆人温柔、多情，像他们所说的方言，有种温软、浪漫与俏皮。提到黄梅戏，总会想起一些声音。小生的声音、花旦的声音、锣鼓丝竹的声音，还有母亲的声音……这些声音像案头清供，干干净净的玻璃瓶，透明晶亮，装上净水，里面插上一枝桂花，似开未开，细碎如繁星一样的花蕾，香气淡淡氤氲，收敛而放肆。

黄梅戏是弄巷炎夏的一把凉扇，是山乡度夜的一盏油灯，是锅碗瓢勺碰撞的几声叮当。它是世俗岁月酿造的一盏米酒，盈盈浅浅，散发着清香。

江上晨雾散了又聚，阳光映在湿滑光亮的石头路上，新的一天开始了。黄梅戏温婉的歌唱声绵延屋檐，巷口芭蕉翠绿，院子里的枇杷树也翠绿。日子不紧不慢地花开花落，来了又去，去了又来……

一天又结束了，落日余晖渐渐淡尽，流水在暮色里呜咽。风摇起塔上风铃，江涛拍岸，和着古寺隐隐的梵呗之声。水鸟飞过树梢，天晴时，偶尔会遇见江豚，潜下去又在很远的地方冒出头。护堤上，行人三三两两，悠扬的二胡声飘过来，风一吹，忽然断了，风过去，又轻轻接上。有人在江畔唱黄梅戏："中状元，着红袍，帽插宫花好哇好新鲜哪。"

二〇一八年八月二十二日，合肥

二夹弦之歌

　　车在亳州行走，倘或是春夏之际，窗外掠过的是水粉画，是清人的山水。北过淮河，大片的绿是麦地，油菜结荚了，青绿褪得浅了，入眼多了一些褐黄色。

　　车在亳州行走，倘或是秋冬天，窗外掠过的是元人山水。元人的画，借山川、枯木、竹石，寄情抒志。浅绛和水墨，间或设色。浅绛烟云流润、高旷秀逸。水墨气势雄浑，萧散苍秀。枯笔苍浑浑厚，有萧瑟荒寒之感。湿笔蓊郁秀逸，俨然江南初春的景象。

　　披麻皴，牛毛皴，解索皴，雨点皴，卷云皴，斧劈皴，弹涡皴，荷叶皴，骷髅皴，鬼皮皴，矾头皴，马牙皴，豆瓣皴，乱柴皴，折带皴。一皴又一皴，一村又一村，景况如邵雍的诗意：

　　　　一去二三里，烟村四五家。

　　　　亭台六七座，八九十枝花。

邵雍与周敦颐、张载、程颢、程颐并称"北宋五子"。少有志，刻苦读书，游历天下，悟出"道在是矣"，后师李之才学《河图》《洛书》与伏羲八卦，得大成，著《皇极经世》《先天图》《渔樵问对》《伊川击壤集》《梅花诗》等。邵雍的诗我迷过，喜欢"林间谈笑须归我，天下安危宜系公"两句。慕其通透坦荡，又有竹林情味，请得书家笔录成联，存一份前人风致。当年吴湖帆先生也喜欢此联，常书来送人。

邵雍晚岁移居洛阳天宫寺西天津桥南，自号安乐先生。出游时必坐一小车，由一人牵拉。真是好风致。

看二夹弦《站花墙》的时候，脑海浮现"好风致"三字。

也真是好风致。

《站花墙》的剧名更有风致，究竟何风致，只是好风致。

《站花墙》是二夹弦传统剧目，又名《杨二舍化缘》《玉簪素珠记》。写兵部尚书王洪的女儿王美蓉，幼时许配杨二舍。后杨二舍父母双亡，投亲路上，仆人张宽起歹意，夺了他的衣物，冒名得进王府。待杨二舍赶到，岳父不认，杨二舍只得在关王庙充当道童。一日，杨二舍化缘路过王府花园，大骂王洪无义。王美蓉听到，上前在花墙下盘问，杨二舍诉说前情，夫妻相认。王美蓉折断金钗赠为表记，杨二舍亦回赠素珠，相约三更在花园会面。至时，王美蓉赠银助其赶考，后其果然得中，夫妻团聚。

此剧以唱为主。在原大板、二板、三板及北词基础上，糅进"娃娃""哭迷子"等民间俗曲，轻柔甜润。相会一场，尤悱恻缠绵、绚丽花哨。前人赞叹，一句戏，百人迷。

演王美蓉的女子并不年轻了，奇的是她扮相不脱秀丽俊美、端庄大方，唱腔刚柔相济、优美动听，吐字清晰柔和，善于抒情，花腔委婉动听，越唱越紧，听得台下人心里软软的。

二夹弦者，只因伴奏乐器四胡，四根弦每两根分别夹一束弓上的马尾进行演奏，以此而得名。有的地方称为"两夹弦""大五音"或"半碗蜜"。

半碗蜜的名字我喜欢，有民间的喜气，民间的喜气素朴。戏曲之美，差不多美在民间的喜气上，哪怕是悲剧。二夹弦的唱腔我也喜欢，清新、活泼、优美、朴实。

二夹弦的曲调是在纺纱小调基础上吸收了船歌、渔民号子、打夯号子、民歌小调及花鼓、琴书等融合变化而成。男女声唱腔各有特色，尤其是男声唱腔，真声吐字、假声托腔，听起来清晰、明快、流畅。

关于二夹弦的由来，传奇版本说：清朝嘉庆年间，山东濮州有一姓明的秀才，家境贫困，却精通音律。一日，听女儿哼唱的小调和纺棉花的声音交织在一起，美妙悦耳，十分动听，于是他把谱子记录改良成小调，教与女儿。后遭天旱，父女二人南下逃荒，沿途唱此调乞讨，颇受欢迎。至今二夹弦的唱腔里，常见鼻音和胸音，"哼"字尤为特别，那是前人手工纺车的一抹陈色一道旧味一缕余音。

"厚地高天,堪叹古今情不尽。痴男怨女,可怜风月债难偿。"
戏里的人生,竟是红绡帐里,女儿情深;西岭窗下,公子苦命。
年轻时候,希望活在戏里或者旧小说话本中,纵然坎坷曲折,
终有守得云开的那天,最后花好月圆,落一个皆大欢喜。

鲁迅在《病后杂谈》中说,许多人怀着一个大愿,秋天薄
暮,吐半口血,两个侍儿扶着,恹恹地到阶前去看秋海棠。这
样的大愿我从未有过。我的大愿是,春夜花墙下与小姐私订终
身,花墙外书童张望把风。第二日,进京赶考,骑驴看小桥。
也未必要赶考,只是"赶考"二字有旧气,有戏曲气。

古画里青山叠翠,湖水溶溶,熏风和煦,水面上微波粼粼,
岸上桃杏绽开,绿草如茵。仕女泛舟水上,有士人策马山径或
驻足湖边。那士人仿佛我的前世,那是赶考途中的小憩。

前几天看二夹弦《吕蒙正赶斋》。说北宋宰相刘懋之女玉兰
彩楼抛球招婿,选中穷秀才吕蒙正,父亲嫌憎,逼她退婚,玉
兰不同意,被赶出家门,与吕蒙正苦守寒窑。吕蒙正穷困潦倒,
在木兰寺赶斋饭为生,一日回来发现寒窑前雪地上有男人足迹,
疑妻子不贞。夫妻发生争执,后经刘玉兰讲明真相,足迹乃刘
夫人差院公和丫鬟送银米所致,当下言归于好。十年后,吕蒙
正高中状元。

故事简单,却跌宕自喜。整出戏伴奏不过四弦、坠琴和琵
琶。女声唱腔古而不旧,好在有娇媚气,不见花哨,高亢而不粗俗,
看得见清凌凌的生活。

明人王骥德在《曲律》中论及汉乐府的递变时说，入唐为诗，入宋为词，金章宗时渐更为北词。到了元代，元曲兴，而北词式微。沈德符在《顾曲杂言》中也说："自吴人重南曲，皆祖昆山魏良辅，而北词几废……"

二夹弦唱腔曲调中常有北词踪迹。《武家坡》中薛平贵对王宝钏的那段唱词，乐府气隐隐在焉。何为乐府气？汉风是也。

你息息火来把气咽，武家坡前是戏言。请三姐快把你的那个窑门闪，我是平贵只把那个家来还。曾记得妻享荣华夫讨饭，一桩桩一件件细听我言。花园里赠金米肺腑深感，背丫鬟又暗许终身姻缘，二月二搭彩楼招手是唤，一颗心随彩球落在了我胸前。你的父他见我出身贫贱，先赶我薛平贵，后赶你王宝钏。夫妻们长街来相见，咱同到寒窑内去把身来安。那一日正为你伤心感叹，宾鸿大雁把信传。罗裙上血和泪斑斑相见，骗走了代战女连闯三关。今日夫妻来相见，你掐掐你算算连去带来一十八年。

薛平贵和王宝钏从此妇唱夫随，举案齐眉。

十八年寒暑仿佛一瞬，这一瞬是古意，有侠气有义气有大气，更有不管不顾的浩荡。

薛平贵与王宝钏真是英雄儿女。他们的传奇绕开了清人习气，跌宕起伏，既有迷宫式格局，也有柴米油盐的家常。

亳州所恋有四：梆子、二夹弦、牛肉馍、曹操运兵道。

曹操运兵道在地底，曲折幽深，走入其中，迎面一股幽凉，是三国的幽凉，是"青山依旧在，几度夕阳红"的幽凉。本是普普通通的一古地道，因为曹操运兵所用，迎面恍恍惚惚有汉服古人的影子走来，那是曹操的身影、许褚的身影、张辽的身影，是夏侯渊、夏侯惇的身影。他们是我少年时的旧友，《三国演义》当年摩挲了半年。

一块块古砖，宽宽窄窄，触手凛冽如霜。心头有兵法，无有文章。兵家有诗，兵家一般不写散文。散文话太多，泄露了天机。曹操是兵家是诗人。

梆子、二夹弦有风致美，牛肉馍真好风味，曹操运兵道一块块砖石有风云。

二〇一八年八月二十七日，合肥

徽　剧

二〇一八年三四月间，正是江南春光烂漫之季，一行人去看徽剧，演的是"貂蝉拜月"故事。

貂蝉身姿俏美，细耳碧环，行时风摆杨柳，静时文雅有余，真个倾国倾城貌。我等须眉见了，只觉得肉身浑浊。传说月里嫦娥也自愧不如，见状匆匆隐入云中。正因为貂蝉貌美，《三国演义》上才说王允行美人计让董卓、吕布反目。

据说貂蝉降生人世，其地三年间桃杏之花未开即凋。那是美得惊世骇俗，夺了一方花木的灵气。

扮貂蝉的女子端立台上，一开口，清清爽爽干干净净幽幽怨怨。说起旧日深夜，荼蘼架侧，牡丹亭畔，与王允抒怀议事，连环巧计一施弄，干戈兵马都不用。董卓虽骄横，遭灭；吕布虽骁勇，败亡。人间的委屈冤屈、难处苦处，化作了腔调，萦回在那月亮地里。一轮皓月挂于中天，映入池面。风吹过，月影摇动，叶尖凝有薄露，淡妆美人貂蝉，人间天上，一时众生颠倒。东汉末年一个女人的心声，凝结一千多年，孤独寂寞，经徽剧唱出来，在风中飘散。

演义版本，吕布兵败后，貂蝉或死或隐，不知影踪。

《后汉书》记载，吕布看守董卓内宅，趁主人不在，与贴身婢女暗中相好，因惧情露求见王允，托出与董卓不和真相，反遭利用。这婢女该是貂蝉原型。

还有人说貂蝉是杜夫人。史书上还说关羽多次向曹操请求，将吕布部将秦宜禄之妻杜夫人赏赐予自己。曹操得知杜夫人美貌，纳为己有，拒绝了他的请求。

从合肥去徽州看徽剧。

我喜欢"徽州"两个字，有旧事之美。旧事之美最堪回味。回味之际，生出百味。

我们要去的地方是早期徽班的一个萌发之地——伏岭。

第二次来伏岭，不远处有章衣萍旧宅，再远一点是胡适先生故居。四周清静，偶有三三两两行人经过，像是风雅的古人，或者是章衣萍与胡适长袍马褂的身影。因为胡先生与章衣萍，我觉得绩溪山水文气殷殷。

车到伏岭，天空下起雨。雨歇间隙，巷子里人突然多了，手提着灯笼，簇拥着行进。这是当地延续千年的舞狮风俗。

传说古时徽州有石狮火虎作祟，只有异兽㺄能克镇。有人画了㺄的图形张贴堂上，从此狮虎敛迹。后世伏岭人便将其作为神灵信奉，并把每年的正月十五定为祭㺄日，历时三天。至今还有百姓把狗作为图腾挂于住宅厅堂供奉。

舞狗有几代相传的一套程式。先集于村头河滩祭坛，对山烧起木柴火堆，两壮汉披着用彩布制成的勇猛神狗出场，绕火堆领舞。随后村民手执油松火把、杉木火把、干竹火把和葵花秆火把间掺于锣鼓队、硝铳手、钢叉长矛队、木棒队伍之间，边行边舞，在鼓乐鞭炮声和呐喊声中做吃草、喝水、跳跃、扑滚、撕咬等动作。

舞狗时，随行队伍自由表演，齐声呐喊做追打赶杀状，旁观者也呼吼助威，仿佛与石狮火虎厮杀。祭坛上舞过之后，神狗领队绕村热烈巡游一圈驱除村中邪气。农户在家门前燃放鞭炮以示敬意，大户人家鞭炮格外长，挽留狗神在门前长舞不离，以兆福祉久长。

舞狗被视为神圣的活动，镇邪除恶，保一方平安祥和。只是过去用的火把换为纸灯笼。暮色下一盏纸灯笼又一盏纸灯笼，一百盏纸灯笼，几百盏纸灯笼从我眼前经过。《东京梦华录》中的老城不过这样繁华吧。一路经过祠堂、戏台、民居。满目黑白色，是古旧时之色，是古徽州之色，也是徽剧之色。舞狗的人充满活力，充盈着俗世欢乐。

暮色越来越重，人脸模糊，村子一头的广场上，舞台准备好了，徽剧要开场了。

徽剧《长坂坡》。

台上都是十来岁的少年，一众少男少女轮番演过生、旦、净、丑。唱、念、做、打，手、眼、身、法、步，四功五法有模有样、端端正正。

散板、哭板与声腔凭空而来如劈门闯入，有丝竹之色，又有金石之音。鼓点频发，锣声紧急，俨然战事模样，一时声色缭乱。余姚腔、青阳腔、京调、汉腔，轻重缓急大大方方稳稳妥妥在台上，俨然古人附体。飘忽的声腔像一只谙识乡音的禽鸟，飞入旧日家园，林泉旧事斯时泛起，山林人家并不在白云深处。

徽剧朴实、粗犷、重排场，"三十六顶网子会面，十蟒十靠，八大红袍"。演员能文能武，色艺兼优，歌、舞、乐、白，一环套一环。有些传统戏，龙套就有十几堂之多……演员边歌边舞，配以唢呐、锣鼓，声势如千军万马。

和许多地方戏一样，徽剧表演风格差不多也是大红大绿、大蹦大跳、大喊大叫，服饰与排场堂皇富丽，大多用大小唢呐伴奏，配以大锣大鼓，动作粗犷，气势豪壮，是泼墨大写意山水，而又不乏工笔虫草细节。

传统徽剧，还有不少特技表演，跳圈、蹿火、耍剑、飞叉、筋斗之类，更吸收了如红拳之类的民间武术。

徽剧发端于明代，早期称徽调、徽戏，主要声腔有二黄、吹腔、高拨子、青阳腔等。当年汉调艺人多在徽班唱戏，从而徽调、汉调、昆曲、梆子合流形成京剧。徽剧《滚灯》中的顶灯、《活捉》中的矮步、《三岔口》中的辫子功、《双下山》中的甩念珠、《月龙头》中的打红拳、《伐子都》中的三变脸等，都如京剧，有艺冠一时的精彩。

徽班徽剧发端自皖河水陆码头石牌，顺水而下，在安庆和盐商云集的扬州集众家之长，大放光彩。所谓徽班是指徽商出资组建的戏班，几种声腔并存竞奏，多数演员一专多能，兼擅南北曲，昆曲、乱弹、梆子俱谙，并工小调，同一剧目也能演唱不同声腔。乾隆年间有个叫樊大的人，善飞眼，演《思凡》一出戏，始则昆腔，继则梆子、罗罗、弋阳、二黄，无腔不备，人称他是戏妖。

徽州人爱戏，由来已久。东晋时地方上宴会，辄令倡伎作新安人，歌舞离别之辞。乡镇村野，祈福祛灾，祭祖还愿，一切年节婚庆常有演出，败于诉讼或违反乡规也要罚戏一台，请左邻右舍消遣。程朱阙里的惩恶扬善，也是这样含蓄周到，徽州的平凡生活诗意盎然。

万历年间旧事，有一年春日，士绅和商贾通过徽州会馆邀请各地剧团汇集于徽州，在白墙黑瓦雕梁画栋的戏台上举行迎春赛会。搭建戏台多达三十几座，天下名伶你方唱罢我登场，古老的皖南大地被戏服戏词渲染得五色粲然。正在南京编校《盛明杂剧》的戏曲家潘之恒也忍不住回到故乡，凑一场亘古未有的热闹。看戏听戏之余，老先生兴致勃勃出了一则"徽"字的字谜："待月西厢寺半空，张生普救去求兵。崔莺失却佳期会，只恨红娘不用工。"

明清时期，徽州是中国东南部的商业、文化中心。戏文在水上走着在陆上走着，一次次停下来的时候，已经不是过去模样了。苏州昆曲传入安庆，再传入徽州，当地艺人们创造性地融入本地剧种的演唱技巧、风格，逐步发展成既具有昆曲韵律美，又有弋阳诸腔通俗美的徽调。

"前世不修，生在徽州，十三四岁，往外一丢。"这是明清流行于徽州的一句俗语。最初，徽商背井离乡东奔西走南来北往，他们走在离家路上或者归来途中。后来，他们大富大贵或者成为小商小贩，经历不同的山水，感受一样的颠沛流离，感受一样的粉墨人生。

一代代一年年搭台唱戏，清乾隆年间，有个叫高朗亭的安庆人将徽班带进京城，班名"三庆"，与四喜班、和春班、春台班三家并称"四大徽班"。京剧缓缓登上舞台。这是闲话，且听下回分解。

雨忽大忽小，隔窗能看到湿漉漉的青石板路和石拱桥，远处菜园雨雾氤氲。徽剧流水里，皖南风景隐隐约约。穿着各色戏服的古人一晃而过，这应该是徽剧艺人正在远去的背影。

穿过长长的巷子，走过深深的庭院，踏上窄窄的楼梯，就是那些古旧的箱子，箱子里有伏岭人收藏的戏衣。

戏衣俗称"行头"，冠戴称"盔头"。戏剧服饰规格式样是以明代服饰为基础，并参酌唐、宋、元、清等朝代服饰之典型，加以综合与美化创造而成的，徽剧也如此。过去徽班有江湖行头、内班行头、私房行头与官中行头之分。戏鞋分为靴、鞋两类，靴可以分为厚底、薄底和方头三种。戏服的穿戴规制，早在宋元时期已有披秉、素扮、道扮、蓝扮等。

明代后期，各大戏班上演的剧目逐渐丰富，表演艺术不断精进，使歌与舞有了进一步的综合，演员行当的分工更加具体明确。不少戏班家底渐厚，戏衣、盔头越来越精美，妆容也越来越精美。

旧木柜子，收藏了往昔徽剧舞台的热闹。蟒、靠、褶、帽、靴、鞋，悄无声息，有民国旧物，有晚清旧物，红、黄、蓝、绿、白、黑各色杂陈。当年的繁华消散了，包裹半生故事，压在箱底，不染尘埃不问世事。长长的记忆，封存昨日。

徽剧脸谱颇有特色。传说包拯幼年时曾被恶嫂推入枯井，碰伤额头，故戏剧里他前额上画一粉红色肉包；张飞前额上画有一个大桃，象征桃园结义；魏延印堂画三条反骨，表明他有造反之意。

徽剧有不少三国戏。

除了《长坂坡》，我还看过《水淹七军》《单刀会》。

一个年轻人演绎关羽："又听得曹营内，大小儿郎闹嚷嚷，我也曾过五关来斩六将……"吹唱念拉打，气定神闲如处无人之境。

　　演《单刀会》的是一个平常的皖南戏班子，腊月里，引来附近一两百个村民看客。

　　剧里的关羽，不独是关公，不独是单刀赴会的猛将，还是活生生的人。离席后，心绪摇动，一叹再叹："昏惨惨晚霞收，冷飕飕江风起，急飙飙云帆扯。承管待、承管待，多承谢、多承谢。"

　　"承管待、承管待，多承谢、多承谢。"多少人情多少人性在戏台上荡漾啊荡漾。要较真，这些该是子虚乌有，却进入了民间记忆。

　　那是个雨夜，雨夜的凉与戏里的喧热一起。

　　那是个雨夜，徽剧之美与关汉卿元杂剧的美合二为一。

　　灯笼照亮了夜空，照亮了旧时亭台楼阁。灯光下，大殿恢复往昔的壮丽，角楼的轮廓映在地上。夜空中楼影旖旎，灯火将眼前的景色与徽州的历史编织成一体。是辛弃疾《青玉案》里的夜，花千树、星如雨、宝马雕车、一夜鱼龙舞……

　　雨后的徽州，有一种特别气韵，雨水洗去了三分旧味，又带来几缕沧桑。

　　路过影影绰绰的古戏台，一个头发花白的老人坐在低矮的花坛上，和着拍子，嘴唇嚅嚅而动。

附记：

谈到徽剧，程长庚是一个绕不开的人物，是京剧鼻祖也是徽班领袖。

清嘉庆年间，在丝丝愁怨、淡淡寂寞的冬日景致里，程长庚出生了。冬日苍茫，一生粉墨，当真是人生如戏。

十来岁的时候，程长庚随父亲去了北京。这一程千里迢迢，如今已经无从得知他进京时候的所思所想，大概是意气风发又忐忑不安吧。程长庚很快以《文昭关》《战长沙》的演出崭露头角。随后的人生，程长庚在安徽与北京之间几次来回。最后任三庆班班主。那一刻，决定了他的灿烂辉煌。

程长庚的灿烂辉煌不是仕途功与名，而是手眼身法步。

当年的唱音消失在历史的风云中，时人笔记中说程长庚嗓子穿云裂石，高亢之中又别具沉雄之致。大概是说他的唱腔不花哨，平直舒展。

程长庚喜欢扮英雄豪杰，伍子胥、关羽、岳飞、鲁肃、祢衡。有人见过他登场，声容之美、艺术之精，人莫能及，神采举止也有雍容尔雅气概，对古人性情、身份体察入微，俨若真身，大臣则风度端凝，正士则气象严肃，隐者则其貌逸，员外则其神恬，令人油然起敬慕之心。

艺名越来越大，朝廷封程长庚为"精忠庙首"。哪怕给皇帝表演，登台前也正色凛然道："上呼则奴止，勿罪也。"皇帝大笑，算是应了他。终其一生，没有人敢在唱戏时候大呼小叫。

清王朝的兴盛顺流而逝，走向山雨欲来之下势。鸦片战争爆发，程长庚义愤填膺，谢却歌台。道光年间，京城混乱，程长庚忧愤欲绝，闭门教授出了谭鑫培、孙菊仙、汪桂芬、杨月楼等人。

程长庚疏财仗义，凡有贫困的伶人，常接济财米。同治帝病死，国丧规定停止娱乐包括戏剧演出，长达两年零三个月。程长庚倾其所有，施粥赈饥，扶助同行，熬过梨园难关。艺人感激活命之恩，为他立长生禄位牌，上书"优人大成至圣先师"。

程长庚一生艺涯常青，晚年仍登台不绝。有人不解，他老老实实回答："这是我的职业啊！"

据说程长庚老来与孙菊仙争气，连演四本《取南郡》，一昼夜唱完全本，劳累得病，数月遂卒。为戏而生，为戏而死，一生不负粉墨。

二〇一九年三月十日，合肥

打目连

打目连即目连戏。

目连戏是民众戏剧，非一方独有。

旧时夏天，绍兴城坊乡村醵资演戏，以禳灾厉、敬鬼神，并以娱乐。所演之戏有徽班、乱弹高调等本地班，也演目连戏，言语是地道的土话。因为所着服装简陋陈旧，故俗称衣冠不整为"目连行头"。演戏不是职业，演员纯为民众，大抵系水村农夫，也有木工瓦匠舟子轿夫混杂其中，临时组织成班，秋风起时便解散，各做自己的事去了。

大概是小时耳濡目染，绍兴人鲁迅收藏了三种目连戏版本以及一批有无常画像的书，更在文章频频提及旧事，念念不已。鲁迅追忆观看目连戏的情景，笔下女吊令人过目难忘：少顷，门幕一掀，她出场了。大红衫子，黑色长背心，长发蓬松，颈挂两条纸锭，垂头，垂手，弯弯曲曲的走一个全台……她两肩微耸，四顾，倾听，似惊，似喜，似怒，终于发出悲哀的声音……还有活无常、死有份，勾魂的形象使人心中一凛。

与友人谈到写了《女吊》，大先生神情得意，面孔挤成皱纹而笑，难得真情流露。鲁迅所取目连戏中的样本，极诡异，反抗叛逆的色彩浓烈。《门外文谈》中说：

> 借目连的巡行来贯串许多故事……其中有一段《武松打虎》，是甲乙两人，一强一弱，扮着戏玩。先是甲扮武松，乙扮老虎，被甲打得要命，乙埋怨他了，甲道："你是老虎，不打，不是给你咬死了？"乙只得要求互换，却又被甲咬得要命，一说怨话，甲便道："你是武松，不咬，不是给你打死了？"

这是赞扬大众文学的刚健、清新，未染旧文学的痼疾，与无常、女吊的故事同一脉息。有学人也说目连戏有民众的滑稽趣味，与士流之扭捏不同。

目连戏，是一剧种，专演"目连救母"戏文。故事源自《佛说盂兰盆经》。目连的母亲青提夫人，家中富有，然吝啬贪婪成性，趁儿子外出时，天天宰杀牲畜，烹嚼吃喝，无有修善之心。青提夫人死后遭五管镗叉擒去，落了地狱阴曹，受尽苦刑的惩处。

目连有道心且孝顺，为此出家修行，得了神通，见地狱中受苦的母亲，心下大恸。其母生前罪孽深重，不能走出饿鬼道，喂食即化成火炭,不得吞咽。目连无计可施,悲哀难忍,祈求于佛。佛陀教他七月十五日举行盂兰盆会,借十方僧众法力以超度亡人。青提夫人得以吃饱转入尘世,变为狗。目连又诵咏七天七夜经文,他母亲方才脱离狗身,进入天堂。故事劝人向善,劝子行孝,更有"天下无不是父母"的隐喻。

目连原名为大目犍连,目犍连是其族姓,因姓立名。佛经里说大目犍连尊者有盖世神通,出身于婆罗门,是摩揭陀国王舍城外的拘律陀村人。当地拘律陀树非常多,此树有神性。目犍连之母婚后不育,对拘律陀树祈祷,居然怀孕了,生下目犍连,也有人叫他"拘律陀"。

徽州人称目连为"傅罗卜",说他是员外傅相之子。后来父子双双出家,夫人刘氏在家也一心吃斋念佛,不想破了荤戒,被打入十八层地狱,沦入饿鬼道。傅罗卜见至亲受苦,心中不忍,在地藏菩萨相助下,常为母送饭。牢饭还没到母亲手上,便被沿途众小鬼抢食了。一日,傅罗卜发现山上有种树叶能将白米染成黑饭,味道更好。傅罗卜试煮了一次送到地狱。饿鬼见饭呈黑色,认为有毒没有抢食,刘氏不再空着肚子。故事结局是傅罗卜修成正果,成功救出母亲。

为了褒扬傅罗卜一片孝心,皖南徽州一些农村年年做乌饭吃乌饭、演目连戏。

目连戏充斥鬼神形象和宗教内容,演出内容也渐由单纯的祭祀鬼神扩展到祈福禳灾、驱疫辟邪各个方面。目连戏唱腔属弋阳腔或青阳腔的高腔体系，还有徽州腔，以鼓击节，锣钹伴奏，不用管弦，上寿时则用唢呐，演出时没有固定场地，整个村落都是舞台，也像一场祭祀活动，因地因人因事可随意改动。当然，戏台上也常演出目连折子戏。

徽州目连戏班演出多以明郑之珍《新编目连救母劝善戏文》为母本。

郑之珍是徽州祁门清溪人，《新编目连救母劝善戏文》刊印于明万历年间，三卷一百折。上卷三十二折，写傅相敬佛济贫，得善报而升天。中卷三十四折，写妇刘氏不信佛教，得恶报而下地狱。下卷三十四折，写罗卜为救母出离地狱，历尽千辛万苦，最终超度刘氏升天。三本既可连台，也能单独演出。

新编目连戏久演不衰，随徽商足迹流转大半个中国，后人赞誉其支配三百年来中下社会之人心。郑之珍墓地至今犹存，石阶、石栏、墓碑、坟圈、祭坛、拜石均在，松柏肃穆，村人称之为"高石公墓"。

古人有言："世事短如春梦，人情薄似秋云。"新编劝善戏文也是效仿先贤，重申旧时纲常伦理。族人引以为傲，郑氏宗祠叙伦堂有一联：

目连记演不尽奇观趋吉避凶可当春秋全部，
高石公具如斯卓见劝善惩恶何如讲演十篇。

传说郑之珍是盲人，编成目连救母，感动了上苍，观音慈悲为怀，施佛法使他重见天日。写出《和尚下山》《尼姑下山》这两折戏后，郑之珍心血来潮加了一段僧尼相会的情节，有伤风化，公演这天，再次失明。后来目连戏班演《双下山》的时候，略去"僧尼相会"这一折，最初是祈愿郑之珍复明，后来则是一份真挚的纪念与感怀了。

南陵也有目连戏，母本更古老，比郑之珍版本多五十回，惜今已不存。王阳明和金圣叹曾先后来南陵观看目连戏。阳明先生更有高评："词华不似《西厢》艳，更比《西厢》孝义全。"

明清时期，南陵名伶辈出，班社应邀走遍江西、安徽、太湖及江淮之间。清代同治版《江南通志》就有"目连戏伶人多为南陵人"的记载。

目连戏一般在跑猖的戏中拉开序幕。有人装扮五猖登场，手拿铁叉，口喷大火，绕场狂奔，铁叉撞击的金属声、疾风暴雨般的锣鼓声、噼里啪啦的爆竹声与观众的口哨声呼叫声连成一片，震耳欲聋。

五猖最多则二十五人，分三六九等，上中下三堂，上堂五猖等级最高，中堂五猖是普通百姓，下堂五猖是地痞无赖。五猖脸谱各有其色：青脸者，东方青帝青五猖；赤脸者，南方赤帝赤五猖；白脸者，西方白帝白五猖；黑脸者，北方黑帝黑五猖；黄脸者，中央黄帝黄五猖。

打目连开始了。

打是行语，即演的意思。总是听那和尚念经的声调，时间久了，让人困乏，少不得要加入一些杂耍，如爬杆、盘彩、喷火、翻跟头之类。

打目连有两套功夫最难——盘旗和盘彩，皆为杂技表演。盘旗是在杉木杆上单手单脚扯旗，连续三套动作做完后，人倒身从高处抛下，离地三尺时抱杆而停，稍有不慎就会触地。盘彩是在两根木杆之间将三丈多长的布交织在一起，人在布条上不停翻转，做各种动作。热烈处，将自身一道道卷起，卷至顶端，突然翻滚而下。还有一个动作，演员蜷缩着将身体绞紧，然而头脚各套在白绫两端，身体突然挺直，绞紧的绫带在空中旋转，展开又卷紧。

目连戏最后一幕为驱鬼，这场戏是演员、观众互动，全村人一齐出场，手持火把，大呼小叫，浩浩荡荡向村外赶去。驱鬼后，行路不得回头，也不能讲话，否则"鬼魂附体"。徽州古时，有村人死于非命者，定要演目连戏消灾，驱赶恶鬼。

目连戏被当迷信禁演多年，在我知道的有限范围内，大概是中国现存演出最广泛的宗教戏，是很可注意的。它的艺术魅力，始终徘徊在幽冥之中，让人难以释怀。

目连戏耗时甚久，有村子自傍晚做起，次日天明才毕，费八九小时。演全本目连戏要八天七夜，除首尾以外，其中十之七八是演一场场传奇。目连的母亲在地狱里游遍十八阎罗殿，一步一吟，押解的众小鬼甩出铁制飞叉向她背后猛然刺去。有种越看越怕，越怕越看的诡异感。

目连戏宣扬因果报应宗教伦理，演绎的却是地狱世界众生百态。尤其目连救母时一路所见，趣味浓厚，最为民间所重。

譬如《女吊》，阴森森的配乐，听来毛骨悚然。自尽后的女子吊在长竹竿的尾梢，在观众头上急速摆荡旋转，不少看客面有骇色。也如鲁迅先生当年所见，那女子披头散发，一身红衣黑裤，黑色背心，胸前挂两串冥纸，侧着身躯，长发遮脸，突然甩过长发，露出面容，只见一脸白粉，血口中伸出长舌唱道："奴奴本是良家女，将奴卖入勾栏里。生前受不过王婆气，将奴逼死勾栏里。阿呀，苦呀，天哪！将奴逼死勾栏里。"诉说自己被逼为娼，受鸨儿欺辱，无奈上吊寻死的凄凉身世。虽是看戏，当不得真，仍然觉得心惊胆战，感到恐怖。

我看过一折《跳无常》，说无常深夜至荒郊野外打牙祭。有人祭祖上坟，无常眼神不佳，依稀看到供品中有整颗猪首，高兴万分，马上招呼无常嫂和儿子阿灵前来共享盛宴。谁知一阵犬吠，无常发觉猪首是狗头，怒极而骂，另有所指，一口气足足骂了几十种形形色色的狗头，种种世态淋漓尽致。

目连打开了地狱之门，舞台上青烟四起，手执钢叉和纸钱的五猖神紧追披发鬼。鞭炮齐鸣，锣鼓喧天，台上台下，响成一片。披发鬼从台上跳下来，逃向田野，五猖神紧追不放，乡民举着灯笼火把，尾随其后追赶，绵延的火龙，将古老的乡村照得通体透亮。

这一个晚上，村庄彻夜难眠。

一年目连三年熟，目连戏班演出颇费钱财，但依然是徽州戏台经久不息的剧种。

明人张烨芳曾有联语说目连戏：

果证幽明，看善善恶恶随形答响，到底来那个能逃？
道通昼夜，任生生死死换姓移名，下场去此人还在。

装神扮鬼，愚蠢的心下惊慌，怕当真也是如此。
成佛作祖，聪明人眼底忽略，临了时还待怎生？

张烨芳的侄子是张宗子，《陶庵梦忆》记过其叔搬演目连戏事，盛况豪奢。

演武场搭一个很大的戏台，雇来了徽州旌阳轻捷精悍的戏子和能相扑跌打的三四十个壮汉，演了三天三夜的目连戏。大戏台旁，设置了一百多个小戏台。

戏人在台上表演走绳索、舞绳带，在桌子梯子上翻滚、翻筋斗、倒立、蹬坛蹬臼、跳绳跳圈、蹿火耍剑。凡天地神祇、

346

牛头马面、鬼母丧门、夜叉罗刹、锯磨鼎镬、刀山寒冰、剑树森罗、铁城血海，像极了吴道子画的《地狱变相图》。

这场目连戏所用的道具花费万钱。放眼望去，灯下鬼色鬼气，观众惴惴不安。戏曲中的套曲，比如《招五方恶鬼》《刘氏逃棚》等，台下万人齐声。绍兴府太守以为有海盗突袭进城，惊诧惶恐，差衙官前来侦问。

文章难免有虚妄不实处，怕是张宗子也不例外，可能因追忆而夸大，但奇拔之状犹可见一斑。

张烨芳生性跋扈，好弹筝、蹴鞠、赌博、唱戏、斗鸡、骑马，更是戏痴，挥霍钱粮，常常自己粉墨登场。其门下食客无数，和文人名士谈艺说文，与江湖中人争长论短，各方竞相一见为荣。

张烨芳冒雨游山，酷热时节，冷溪中裸身戏水，以致两踝得病，行走酸痛，服药稍有起色。医嘱药有毒，一囊药百日一疗程，每天只可服一剂。医生离去，张烨芳将药一次吃下，毒发不治，年仅三十岁。斯人亦奇如目连戏也。

二〇一九年三月二十日，合肥

青阳腔

城依山窝着，城是青阳城，山是九华山。青阳的名字好，有汉唐风。"江南"二字也好，十足宋明味道，青阳恰好地处长江之南。青在山冈，林绿竹翠，生趣盎然，朝气勃勃，气宇轩昂。青阳，青阳，朗朗铿锵，如铙钹铜锣之声。

走过几次青阳，因为喜欢江南的绿色。

江南的绿色仿佛大胖妇人，偏偏出落得仪态万方，这是江南绿之禀赋，他乡抢不得也。我老家岳西地属江北，江北绿像清瘦的丫鬟，伶俐活泼。江南的绿，野性勃勃，心机全无，只是烂漫，其美正在这里。

满眼江南绿。果木之树的绿，松木之树的绿，杉木之树的绿，花木之树的绿，无名之树的绿……

空气中充满了肉欲的绿。近来看常玉的画，积压在肉欲上的梦，艳丽、秘密，如流淌之河。

脑海中闪出"肉欲的绿"四个字，吓一跳，四周望望，却释然了。快立夏，山岚绿意勃勃，这勃勃之气真像青春期的肉欲充满生机。勃勃中还有安静，是修养吧。英气兴发的青年，腹有诗书。绿到极处呈现出的安静，一下子让我不敢轻举妄动。脚步也轻了一些，青阳是九华佛地。

九华后山丛林灌木密枝交错，大树浓重的绿铺天盖地。野果、山风、岩石、草木的气息涤荡着登山人的身心。在山巅远望，气象雄浑像一轴长卷。深陷片绿，清风吹动枝叶，碧波轻漾如山的肌肤山的纹理。时而掠过野鸟，也有流水般澹澹绿意。忽有松鼠衔果拦路，沉醉于暖风的野果啊，在绿叶中绽出一片酡红，与人世同寂寥。

大大小小的村落，安安静静，看看山看看树看看花看看草看看人看看路，山中有树，树底有花，花畔有草，草地有路，路上有人。天下处处有树木花草路人，但我独恋青阳一片风景，该是前缘。再是登九华山，观莲峰，风过翠竹，梵音沉沉，露珠打湿鼓点，天风吹散晨钟，山水静穆，一城蔼然。

青阳，喜欢这个名字，如意、吉祥。

青阳腔，喜欢这个腔调，如泣如诉，如板如歌。

青阳腔的名字，一看到就暗暗叫好，大方、朴素、清正。"青阳腔"三个字，如果是木刻宋体印在绵纸或者宣纸上，感觉更好。存了一些木刻线装书，安安妥妥，有令人怀想的旧气。有些旧气令人生厌，有些旧气令人生念，青阳腔让我生念。转眼几百年了，一些往事真真让人生念。念念难忘，念念不忘。

青阳腔,亮点在腔。中国戏之美,无非声腔。

清人写《红楼梦》,录有几段戏事。

宁国府贾珍请众人看戏:"谁想贾珍这边唱的是《丁郎认父》《黄伯央大摆阴魂阵》,更有《孙行者大闹天宫》《姜子牙斩将封神》等类的戏文,倏尔神鬼乱出,忽又妖魔毕露,甚至于扬幡过会,号佛行香,锣鼓喊叫之声远闻巷外……"这四出戏都是弋阳腔的传统剧目。贾母为宝钗庆生演戏,在"贾母内院中搭了家常小巧戏台,定了一班新出小戏,昆弋两腔皆有"。这里的"昆弋两腔",指的是昆山腔和弋阳腔。

如今且说明朝嘉靖年间,江西弋阳腔流入皖南池州府青阳县一带,始有青阳腔。遥想当年,江西弋阳腔流传到安徽青阳,该是怎样一场风云际会。

青阳腔包罗颇广,某些组成部分,历史可以追溯到宋元以前,甚至更久一些。

宋代,东南沿海出现南戏,明朝始进皖南。四大声腔——海盐腔、余姚腔、弋阳腔和昆山腔先后在江南一带流行过。海盐腔、昆山腔精致高雅,士大夫赏识有加;余姚腔、弋阳腔通俗粗犷,为民众所偏爱。

作为弋阳腔之后的腔种,青阳腔采用弋阳腔之干唱,并在滚唱基础上,产生了一种穿插于曲牌之中或独立于曲牌之外的新的音乐表现形式——滚调。滚调长于叙事抒情,唱腔独特,以一人领唱、众人帮腔的表演形式广为流传，被誉为"天下时尚"的新调。具有独创性的腔滚结合是青阳腔的重要变革，影响了后世徽剧、京剧、赣剧、川剧、湘剧及黄梅戏等。

滚调节奏急促，以接近口语的唱腔来表现情绪，一方面发挥剧情，起到修饰作用；另一方面可以解释曲文，让故事通俗易懂，提升声腔表现力。

青阳腔创造了腔滚结合的歌唱形式，调子喧闹，热烈豪放。有生、旦、净、末、丑、外、贴七个行当，后来又增加了小、夫两个角色。表演讲究文戏武唱，穿插表演窜刀门、盘吊杆、翻高台、跳火圈等技艺。青阳腔中还有各种面具，在舞美上极具特色。

青阳腔继承弋阳腔锣鼓伴奏和帮腔的特点，采用村坊小曲、里巷歌谣，借用乡语，融合土调，将九华民歌，包括道士做道场、和尚放焰口的音乐舞蹈等，融为一体。演出剧目以改编南戏老本和文人传奇为主，改调歌之，唱时声调高昂，一唱众和，敲锣打鼓，热闹非凡，尤为平民百姓所爱。青阳腔偶尔又沿着平、低调发展，声腔婉转柔和。青阳腔不仅在皖南广为传唱，还随着商路、兵路传遍天下。

青阳是佛教建立道场、传经弘法的好处所。宗教的兴盛，是青阳腔产生和发展的一个重要因素。青阳腔所产生的嘉靖、万历年间，恰是九华山佛事繁盛兴旺之时，宗教文化作用于戏曲。青阳腔正是南戏声腔在池州一带融会佛俗说唱、歌曲等多种民间艺术，经过冶炼而成的。像一个不事雕琢的妇人，莽莽撞撞来到青阳，开始修饰起来，变得楚楚动人。

青阳腔属南戏高腔体系。演唱或用锣鼓伴唱，不加管弦，或一唱众和，独歌与帮腔相结合。

在青阳太平山房，格外想青阳腔。太平山房是几百年的老房子，建筑规模比想象的要大要深，镌于村头，仿佛一巨幅工笔画。

老叟的工笔比水墨更让人敬畏。

青阳腔也是老叟的工笔。

老房子的气息很奇怪，衰败中犹存生机。太平山房保存甚好，边走边看，心里觉得壮美。青阳腔，一言以蔽之，似乎也可谓之壮美。壮以美引出，美以壮衬住，像深山大雨。壮以美出，美有壮气，如江岸青山。

青阳腔自明初萌发，明末清初盛行，与徽州腔一同被誉为徽池雅调，成为全国主要声腔。青阳腔先在民间传唱，渐渐为士大夫聚会做应酬演出。但士人隔了民间的康健与生气，不乏揶揄讥诮。有人骂青阳腔只是取悦市井娈童游女的声乐，置之几案，殊污人目，是所谓画虎不成反类狗，还写诗嘲讽："何物最娱庸俗耳，敲锣打鼓闹青阳。"

万历年间戏文中有这样的净丑诨白："吴下人曾说，若是拿着强盗，不要把刑具拷问，只唱一台青阳腔戏与他看，他就直直招了，盖由吴下人最怕的这样曲儿。"虽是指责青阳腔粗俗，但又何尝不是风行一时的立字为证？崇祯时有词人写诗说："试听舟子为吴语，绝胜青阳唱曲腔。"语气颇不屑。

青阳腔里有乡野礼赞，民间礼赞。久在书斋的人，不多见那样充沛的血性。另外由于方言的隔膜，他乡人听来不甚习惯。大概当时青阳腔未臻成熟，袁宏道给湖北的友人写信说："歌儿皆青阳过江，字眼既讹，音复干硬……"又说，"楚妃不解调吴肉，硬字干音信口讹。"楚地伶人唱青阳歌只是照着原来的曲调信口讹唱，还没有形成让楚人习惯的腔调。

几年后，汤显祖听到青阳腔过江后的新曲，写诗感慨："年展高腔发柱歌，月明横泪向山河。"听柱歌之挺拔，见月明之意境，溢横泪之悲苦，冠以高腔之名，这曲青阳歌已被楚伶演唱得有声有色，以至在楚地逐渐流行。汤显祖还说："江以西弋阳，其节以鼓，其调喧。至嘉靖而弋阳之调绝，变为乐平，为徽、青阳。"直到清末，京腔进入鼎盛期，青阳腔才开始衰落。古调虽自爱，今人多不谈啊！

一曲青阳腔，听到后来，陡生伤感之心。

东游西荡，穿街走巷，夜气清爽，正所谓江南气息。江南气息究竟何谓？湿润、柔软、清丽，我也说不好，到江南看看就知道了。

来青阳几次，总是春日秋日，每每逢雨，格外有江南气息。

水汽笼罩下，雨飘在伞面上的声音使周遭出奇宁静。江南雨不大，却有铺天盖地之气势，耳中的青阳腔恰恰也潮湿温润带些悠远气。

这次在江南，一来听青阳腔，二来看看徽州模式的老房子。进入老宅后堂，走过狭窄的楼梯，推窗看雨，远山近瓦，入眼分明"屋漏痕"。有些建筑细节仿佛"锥画沙"，有些建筑细节仿佛"折钗股"。

一边看老房子，一边回味青阳腔，有云销雨霁，彩彻区明之感。王勃《滕王阁序》说："云销雨霁，彩彻区明。落霞与孤鹜齐飞，秋水共长天一色。"这几行文字深得高远之旨。青阳腔的风格，差不多也入了"高远"二字诀。古朴奇特可称之高远。青阳腔《三请贤》中的张飞，身段如提线木偶，台步顿挫分明，髯口颤动作憨笑，粗犷豪放。

青阳腔保留了宋杂剧插科打诨、滑稽调笑之遗风，又不断吸收其他戏曲剧种的表演艺术，开始向戏曲化、艺术化、程式化、规范化的舞台艺术发展，自成体系。水袖、扇子、云帚、翎子等各种新的表演程式和技艺，有树荫花影的风韵。

青阳腔是中国古代梨园的一粒种子，落在青阳，发芽生长，绽放出别样的风雅。

"但等那大功成，狼烟扫，奏明父王再接鸾交……"

"花被露，月又阴，对青灯轻扶慢凭，香闺被冷，凉夜着剑诛奸佞……"

庭院里，花腔疏密快慢，娉娉婷婷，自成节奏。沉郁高远、纵情而又紧扣韵律的古戏之声跃进青阳天空。岁月从袖口悄然流过。

春日里，又去青阳。听戏怀古，一杯九华茶袅起迷离的薄雾。

茶是新茶，江南好，风景旧曾谙。

戏是老调，青阳腔，情断马嵬坡。

无奈的帝王，无力的妃子。"云想衣裳花想容，春风拂槛露华浓"的芳华，落在三尺白绫上。《情断马嵬》，时而高亢，时而委婉，最后是死别的哀泣，纸片做的雪花漫天而落，白茫茫一片。

推门出来，远山凝成一轴水墨，仿佛那出凄美的马嵬情。

二〇一九年三月二十二日，合肥

释嗨声

第一次听说嗨子戏，想起张中行先生的文章。行翁有几篇短文，可谓隽永，我非常喜欢，比如《剥啄声》。老先生写得美，说剥啄是轻轻叩门声：……听到门外有剥啄声，轻而又轻，简直像是用手指弹，心情该是如何呢？这境界是诗，是梦，借用杜工部的成句，也许正是"此曲只应天上有，人间那（能）得几回闻"吧？

张先生笔下的剥啄声，几乎是人间至美之音。

剥啄声如此，嗨声也如此。人在屋中，门口有人喊："嗨，有人吗？""嗨，我到了。"自有欢喜。"有约不来过夜半，闲敲棋子落灯花"固然很美，然也颇为岑寂。

嗨是叹词，表示惊异、欢乐或打招呼。

元人杂剧《陈州粜米》第一折："嗨，本是十二两银子，怎生称做八两？"

《儿女英雄传》中有人说："嗨，你怎么这等误事？快快给我拿来……"

老舍《宝船》上即有："嗨，张不三，我找你来了！"

张中行先生说，也许越老心情反而越不能静如止水吧，人活世间，总是愿意哪怕是短时住在有些人的心里也是好的。有时闷坐斗室，面壁，就感到特别寂寞，格外希望听到剥啄声。剥啄声响，有朋自远方来，不亦乐乎？

没有剥啄声，没有朋友来访。没有朋友来，也就没有嗨声。听听嗨子戏也好，自有一股热闹。

人生就是一天过去，又一天过去。一天天春风得意或者愁肠百结也过去了，幽香而透亮的是一杯新茶和几声戏文。戏文是通向幽暗梦幻往昔的小巷，穿过这条小巷，前人的喜怒哀乐悲欢离合就在眼前。

嗨子戏大约形成于清嘉庆、道光年间，因每句起腔前先"嗨"或"哎嘛"后再唱，唱句间也用"嗨"做虚词甩腔而得此名。内涵丰富的嗨子戏，演绎民间的锅碗瓢盆，也演绎庙堂的忠孝节义，戏里戏外不变的是皖北阜阳一带的民俗风情。

嗨子戏角色也分为生、旦、净、丑几类。唱腔板式有苦味有喜味也有老生调与花腔。受南韵影响，嗨子戏风格趋向清丽、委婉、清脆、优美一类。叙事抒情皆有自家门面自家声调，曲牌杂调，直接采用民间歌舞《地灯》的音乐，共三十多种，常用的有凤阳调、彩调、打长工、开门调，多反映民间风俗。

演出时，以四五件锣鼓配以笛箫伴奏。唱腔以板腔为主，曲牌为辅，帮腔和声，唱、帮、打三位一体。老艺人说，过去演出很简陋，像说书评弹一般，一张桌子、两张板凳，外加锣鼓即可。男的大抵穿普通长衫，也没有什么道具，就靠袖子和折扇。女人着旗袍，拿手帕，以刻画角色的神态和情态。演员手、眼、身、法、步，朴拙一些，与传统戏曲动作稍有不同。每遇庙会、节日、农闲时，三五成群的民众选一空处，即可搭班演戏。

第一次听嗨子戏在冬日阜南。早晨的清凉侵体入骨，天气很好，白白胖胖的云，在空中，像插在小摊的棉花糖，挤出一团团恬静。一窗绿意，车外麦苗泛青，炊烟升起了乡村一天的幕帘。走走停停，到达阜南时，已是中午了。

行人不多，巷口小店几个人聚在一起，说些婆媳街坊家长里短，他们神态轻松自然。街道那头，有人在唱嗨子戏。几十年前，一百年前，也是这样天气，也有这样一众男女，正聚在一起唱嗨子戏。生前身后，过去将来，风风雨雨，破破立立，景物总会产生不同的格式，过客更是一代又一代换了面孔。一如既往的是戏里的声音与戏里的腔调，几株素心老梅芳香四溢神采依旧，锣鼓声也依旧。从前的戏人走远了，所谓物是人非，差不多就是这样的光景。

乡土小戏没有科班和专业剧团。服装道具亦简单，两只花篮挑上肩头，就能赶集串乡流动演出，因而群众又叫嗨子戏为"花篮戏"。鉴于它的演出活动多和地灯表演相联结，一般规律是白天和傍晚玩灯，晚上演嗨子戏，因此又有人称它为"灯戏"。

嗨子戏由说唱戏、灯舞发展而来，旧时多为逃荒人表演，生活气息浓郁，表演形式活泼，唱腔音乐朴实优美，加上唱、白均为乡土语言，更有浓厚的地方特色。

嗨子戏演出有时登高台、草台，连续几天，有时打地摊唱拉灯。所谓唱拉灯，俗称"露水灯"，就是在新年正月里，戏班在这个地方演了日场戏、夜场戏，又赶到另一个地方演戏。

戏班走时，观众鸣放鞭炮送行，接戏班的民众也摆成了阵迎戏。迎来送往之间是人间美好的情谊。这样的场景我经历过。连续演了几天的戏，戏班收拾好行头，有些疲惫有些满足。男人担着戏笼，女人们跟在后面一步步远去。村人的脸上都有些落寞有些空茫也有些不舍，这戏班再来怕要明年了吧。后来才知道，那戏班再也没有来过，那戏班再也不会来了，过去的戏台永远留在往日。

那时候小镇和村子里，一年难得演几出戏。因为难得，所以盼望。

二十几年后，路过当年戏台的空地，耳畔依稀传来童年时候软软的戏词，让人又一次重返乡村质朴的深处。

时间再一次倒回很多年前的某月某日。

嗨子戏在小镇和小镇之间来来往往，在村头路口或者简陋的祠堂书场茶楼说说唱唱。轻轻巧巧的唱腔背后是一代代艺人呕心沥血的锤炼，多少辛酸，多少日夜，山是见证，水是见证，人是见证，日月星辰是见证。

从前的江湖，流水绵延，山形逶迤。朦朦胧胧的景致里，一叶叶扁舟欸乃而行。船游水中，人在船头，一帮红绿衣服的少年男女站在甲板上，有人左顾右盼，有人径自看着远方。两岸有不断变幻的风景不断变幻的世情，莺飞蝶舞，炊烟袅娜。阳光仿佛是薄如蝉翼的轻纱，绿色柳条就是河的帘子。堤岸边，山刚毅精壮，树却婀娜柔曼。山水的性灵让戏人心潮起伏，人衣袂飘飘地立在船头，一声长啸，水润湿了绒鞋。

皖北平原干燥，风起更无阻挡。从前的官道或者村路上，那些戏人风尘仆仆，风吹起衣服一角，树枝栖着几只小鸟。人高声唱出来，没有器乐，清风徐来，将戏词送往远处，在天空经久游荡。鸟一惊，左右顾盼，复又静立不动，似懂非懂地听着。这是往昔的日子和过去的戏事。或者是嗨子戏的一幕，大概也是所有地方戏的一幕。

嗨子戏常演曲目有《放鹦哥》《三击掌》《大钹缸》《三打桃花》《王三姐住寒窑》等，曾是流民逃荒时抒发内心情感的曲调。唱着唱着，听着听着，有些事就忘了，轻轻松松，散散淡淡，平平常常，实实在在，从从容容，真真切切，这就是地方戏的力量吧。

最初的岁月随着一年四季，春华秋实，朝霞与夕阳照过人家鱼鳞小瓦，日子就这样一天一天过去。当我们转过头来时，一声嗨再一声嗨，日出日落，竟过去了一百年的光阴。

嗨子戏在屋子里飘来荡去，戏人大大方方、朴朴素素、挥挥洒洒地一唱，一脸羞涩一脸红晕。

戏词听得并不大清楚，听得明白的是戏词里朴素的抒情，诗意盎然。嗨子戏让我想起年画或者窗花，平常日子里产生的情趣也可以让人再三把玩。它像村庄里的树木和花草，或者只是庄稼。不多的刻意和雕琢，不多的规范与拘谨，少了艳丽少了娇情。

嗨子戏大多叙古，往事是一座张灯结彩的戏院。有时候，连戏院也没有，历史就在朴素的村落之间风云变幻。乡里乡亲平静地看着生旦净末丑扮演的传奇人物，演绎一些天地君亲师的悲欢离合。

嗨子戏是俗戏，但偶见雅曲，幽微意思是抓不着又容许遐想的一些迷离恍惚的情愫。这些浮荡在心中的戏词在夜里听来，让人迷蒙，可谓赏心乐事。

地方戏的雅曲雅调，完全不同于京剧昆腔的雅。京昆是阳春白雪，是文士大夫们把玩之风雅，是高雅的雅。地方戏里的雅是山朗朗水清清，是凡人的潇湘，是百姓的乐事，是民间的闲话。地方戏的美妙，恰恰是溢出京昆之外的风雅与世俗。粗瓷碗的纹路没有元明青花精美，却有青花所无的憨实。

每年农忙后，村里人稍微闲一些。这个时候，戏班来了，乡俗叫草台班子。只因戏台设在稻田里，简陋如草棚。戏开演了，往往连续几天。演员碎步，唱念做打，小时候看来并不优美，相反倒有些厌烦。往往期盼能有武戏，地方戏偏偏少见武戏，只是台上软软地走，软软地唱，不厌其烦。那时候并不明白，转头四望，看见了泪光。

清风明月与远山近水，从前将来都是故事都是传奇，对酒当歌把栏杆拍遍，蓦然回首又踏破铁鞋，山中成仙，花下做鬼，帝王将相和贩夫走卒，烟花风月与家长里短。从那些戏文里，常常听到一种亘古的寂寞。戏事总是热闹，戏文背后每每寂寞。热闹时听戏，自寻寂寞；寂寞时听戏，自寻热闹。

幼年住在乡村，有人家昼夜唱戏声响不绝。人羡慕他终日热闹，我听了只是寂寞。

二〇一九年四月八日，合肥

坠子坠子戏

她说坠子戏是原来的道情。

道情我从小就知道,《西游记》中提起过。

那日孙行者遇见"赛太岁"金毛犼麾下小妖,小妖说大王愤怒,教他去下战书,明日与孙行者交战。行者道:"怎的大王却着恼呵?"小妖道:"正在那里着恼哩。你去与他唱个道情词儿解解闷也好。"

《西游记》里孙行者降妖伏魔,偶尔也谈文论艺,医道也懂,佛道也懂,会不会唱道情词儿,书中未表。孙行者本是猴性,长相不端,圆眼睛,满面毛,雷公嘴,面容羸瘦,尖嘴缩腮,身躯像个食松果的猢狲。虽然像人,却比人少腮。要唱道情词儿,少不得要做一番收拾变化。这等模样怕是唱不出也唱不好。

书上说,"赛太岁"金毛犼本是观音菩萨坐骑,偷偷下凡为妖,将朱紫国金圣宫娘娘掳走了。

太岁又叫"肉灵芝",古书上说食之无尽,更生如故。俗语云"在太岁头上动土",意思是触犯超出自己能力的人和事。段成式笔记集《酉阳杂俎》上说，有个叫王丰的人，在太岁头上掘坑，见一肉块，大如牛，蠕蠕而动，遂以土填之。岂料那肉随填而长，王丰大惧，弃之而逃。一夜时间，那肉块长塞于庭。兄弟奴婢数日内悉暴卒，只一女活下来了。

金毛犼之犼，也有来历。袁枚《续子不语》说佛所骑的犼，乃僵尸所变，先为旱魃，再变即成犼。古书上还说东海有兽名犼，能食龙脑。

金毛犼大概常听小妖唱道情解闷，算是解得风情，可见妖道也有人间情味。道情本为曲艺之一种，用渔鼓和简板伴奏。原为道士演唱的讲道教故事的曲子，后来用一般民间故事做题材。

唐代有《九真》《承天》等道情曲，宋代又创制了渔鼓为道情的主要打拍乐器。《全元散曲》里道："我则待闲遥遥唱个道情，醉醺醺的打个稽首。"《清平山堂话本》中也说："忽见张良渔鼓简子，口唱道情，仙鹤绕舞，野鹿衔花，前来接驾。"清代，道情同各地民间音乐结合，形成了同源异流的多种曲艺形式。

道情唱词雅俗共赏，文士以示高雅，劳力者用来消愁解闷。曲调易学易记，爱者甚多。随着听众增多，慢慢出现了大批以此糊口的职业艺人。表演形式古老简朴，演唱时，渔鼓夹于左臂弯内，右手击打鼓面，左手击打简板，打击一阵后便开始演唱，有时道白，有时唱歌，无论走街登台，总引得不少男女老幼驻足细听。

她给我们唱坠子戏。唱《小菜园》，也唱移植新编的《智取威虎山》《沙家浜》。八十岁的人，一脸阳光一脸青春。一声老腔是她的阳光，一句唱词是她的青春。哭腔、花腔、清脆、水灵、俏皮，那是她的二十岁、三十岁、四十岁，那是她一生的烂漫与璀璨。

她说当年演《窦娥冤》，鼓手、琴师也忍不住悄悄抹眼泪。

五十年前的窦娥老了，《窦娥冤》依旧年轻，略有一些苍老的窦娥的声音悲苦无望地诉说，越发见出坠子戏的魅力。

古人遥远的背影，在戏台上忽隐忽现。最初的刀耕火种在风雨中一唱三叹，延绵至今，古旧岁月凝成了鱼米芬芳锅碗瓢盆的日常。

戏台上一派明媚春色。

宿州有四宝：砀山梨、坠子戏、灵璧石、符离集烧鸡。

去符离镇看戏。田野在车窗外层层后退，绿意满眼满怀，蓝天上停着几朵白云，心情也是晴朗的意思。

皖北春日迟迟，夹道垂柳返青，草皮透绿，有一点点初春景象了。前几天刚下过雨，微寒，带着潮润的细腻和清新，境况还是有点冷清。

她在符离镇演坠子戏，演绎少年闵子骞的事。

符离集在我心中是美食之地。

少年时吃过符离集烧鸡,回忆里如形散而神不散的文章——形是烧鸡之形,而神则为烧鸡之味。烧鸡松软喷香,肉质白嫩烂至脱骨,一抖即开,入嘴肥而不腻,又凝聚着透亮厚朴的滋味,飘忽如云在野,惊艳似花入瓶,嚼骨有余香。

符离集是历史名镇,始建于先秦,史书多有记载。一些笔记与地方志说,此地有离山,生得遍野符离草,可制成席子。我睡过草席,蒲草编织而成,夏日高卧其上,自得清凉。起兴时,唱得几句戏词,多荒腔走板,不知所云,只知其乐。

符离又作"扶离""附离",还说曾名"福履集"。福履集的名字有抬头见喜、步步是福的美意,让人大有好感。《韩非子》说全寿富贵谓之福,《尚书》中说人有"五福":一曰寿,二曰富,三曰康宁,四曰攸好德,五曰考终命。可知得福自古不易。

宿州萧县境内有鞭打芦花车牛返村。

鞭打芦花车牛返村名之由来因闵子骞而起。闵子骞年少失恃,冬日随父赶牛车外出,大雪纷飞。闵子骞掌鞭赶车,寒冷饥饿,致使马车滑入路旁水沟。骞父怒极鞭打闵子骞,袄烂而芦花飞,发现棉衣里絮的不是棉花而是芦花,始明真相,赶车返家,愤而休妻。此时闵子骞却跪在地上求父亲饶恕后母:"母在一子寒,母去三子单。"其母感动认错,一家人复归于好。孔子得知此事,连连夸赞:"孝哉,闵子骞!孝哉,闵子骞!"并收闵子骞为徒,后来闵子骞成为孔门七十二贤之一。两千年后,闵子骞的故事在他家乡以坠子戏上演。

锣鼓声骤雨般乍起，人绕进了打击乐里，绕进了情意绵绵的声腔中。走过村落，依稀可辨的痕迹，看见了古人忽隐忽现，古音忽隐忽现。

暖红的日光中，声声鼓点声声催动落日，飘飘忽忽是旧事是戏文是人情。

戏台上的锣鼓声音倏地住了，春日阳光渐渐爬到舞台上，又一次照过戏服，照过曲终未散的人。不远处的山脉，春林染红，杜鹃花开了。

扮演闵子骞的是一女子，眉梢的风情娇娇俏俏，恰好显出乖觉，别有一番慷慨恢廓和风流蕴藉。

夕阳下的广场上，二〇一九年的阳光照耀着两千五百年前的古人。孝哉，闵子骞。

看戏人泪光闪烁。

说书唱戏，劝人之旨在焉。

田野篱下花正好，符离集市日夕佳。

坠子戏是黄淮地区曲种，起源于萧县，原为大扬琴班，最初由琴书发展而来的单口坠子，因主奏乐器坠胡而得名。

坠子戏有独特个性，唱腔俏皮活泼，华丽丽是民间的诙谐幽默，长于抒情，多以乡村题材为主，具有浓郁的乡土气息，深受农人喜爱。

民国时候，山东郓城女艺人到安徽萧县唱戏，跟当地农民结婚，安家落户。为吸引更多观众，她和一些民间艺人一起，在单口说唱基础上，吸收其他曲艺风格来演唱坠子。此后尝试化妆穿箱，完全以戏曲形式进行表演，曲艺坠子开始向戏曲坠子演变。唱腔经过加工改造，以琴书为主，加进拉魂腔、梆子腔，农忙耕种，农闲时外出唱戏。

穿上戏曲演员行头后，坠子戏越发风靡。不打场，不犁地，也要去听坠子戏。说的即当年盛况。听着坠子，听着方音，喃喃不休，诉说岁月变换更迭。过去的日子，像一页书的正面和反面，轻轻一翻，就到了今天。

坠子戏仍保留道情的艺术风格，说与唱结合自如，主乐器坠胡音色接近人声，乐器和唱腔浑然一体，自然成趣。坠子戏多用乡间口语，难得不土、不酸、不俗，有田园之美。

坠子戏的角色行当，主要分生、旦、净、丑四大类。生，包括娃娃生、小生、须生、老头（即老生）四种。旦，包括闺门旦（小花旦）、青衣、摇婆旦、老旦。净，坠子戏里叫"脸子"，分为大花脸、二崩子、奸白脸、小黑头。丑，有小丑、老丑、文丑、武丑之分。

坠子戏使用的语言因剧目而异，生活小戏基本使用淮北方言，公案、袍带大戏使用方言韵白。

坠子戏的唱腔朴实易懂，板式丰富，常用的有平板、寒板、慢板、快板等。平板一板一眼，宜于叙事，也能抒情，是主要唱腔。寒板以淮北一带的自然哭腔为基础，用来表现人物忧郁、悲伤的情绪。慢板是在平板的基础上，将节奏变化拉长、伸展扩充而形成的，节奏为一板三眼，抒情性较强，善于刻画人物内心活动，有时也用来叙事。快板有板无眼，善于表现激昂慷慨和热烈欢快的情绪。

同样是北词，梆子有英雄气，是慷慨激昂的，如男儿骑在看不见的马上纵横，拔剑遥指兵阵关隘，天高气爽，鬃毛猎猎，横刀竖戟，猎猎西风舞动战袍。坠子戏是白头宫女闲坐说玄宗，有秋风味道，墙头月影，游廊灯昏，灯光里白杨的光影斑斑映在木窗上。

北方人高歌，南方人吟曲，所谓北歌南曲。

北方人唱燕赵悲歌，苍凉激越，声遏行云，气吞万里。南方人吟吴越小曲，玲珑剔透，凄婉隽永，韵味无穷。歌变戏，曲成腔。宋元时期的戏剧，北方的叫"杂剧"，南方的叫"戏文"，北剧南戏。

宿州，地处安徽北部，襟连沿海，背倚中原，坠子戏得北剧之苍凉激越、南戏之玲珑隽永。

回程。路在绿中劈开，没有尽头。

车行如风，看见那些芦花冒出了头，快立夏了。立夏之后，芦花就开了。芦花是开的吗？似乎是一点点从芦苇尖抽出来的，一点点长，一点点紫，一点点白。在绿水边，渐渐寂寞到苍白，然后枯萎，飘散在空中。

再一次想起鞭打芦花的往事。

老家岳西芦花不多，房舍外大片田野水塘，大片的山，山上到处是芭茅。一到夏天，河岸沙洲连到山冈峰岭，一片青翠翠的芭茅起起伏伏。芭茅也有花，芒花，白花花的芒花也起起伏伏。芒草起伏绿意深深，芒花起伏苍苍莽莽，风中翻飞一直从田间连到天边。

见到宿州的芦花，人疑惑着，有旧事感，仿佛花草丛中会走出一个少年闵子骞一个少年胡竹峰。

芦花下的人是八岁十岁十四岁。车窗里的人已经是三十五岁了。二十几年过去了。二十几年过去算什么？以后还会过去二百年，二千年，二万年，二万万年，二万万万年……

回程路上下雨了，漫天的雨。雨点砸落，不像春雨，像是暑天的大雨，敲窗如击鼓。前几天刚看过一出击鼓骂曹的戏，干净利落，祢衡狂傲不失温文尔雅。此等人物像《广陵散》，如今绝矣。

二〇一九年四月十六日，合肥

拉魂腔

在皖北听拉魂腔。

天空下一声声高亢的唢呐锣鼓，田野沟垄高低不一，麦浪起伏。拉魂腔响起了，口音腔调重、闷、沉、稳、磁、大、硬、正，辛酸哀婉，泪水涟涟，明丽中有泼辣，风云之气肃杀之声在焉。

皖北地脉如关外如中原，如果是冬日，景象更为相似，有种黄褐的辽阔。黄的是土，几万万年自然之力聚集如此。褐色是草木稼穑，寒风吹送，翻起了一轮又一轮苍茫，起伏不定。平原的河埂沟壑上总有一排排冲天而起的大树，白杨、苦楝、刺槐、梧桐，枝干粗壮，一人抱不过来。旧式黄瓦砖墙的老宅一栋栋在远处忽隐忽现，偶尔眼前掠过一座朱楹雕栏、飞檐翘角的老房子。往昔日月斑斑驳驳闪烁。

时序三月，皖北不似江南春意纤秾，却也和风熏柳，更有花香醉人。皖北的绿，轻轻浅浅，似花将开未开，如月半遮半掩，像李清照的词。未必贴切，差不多是胡适的新诗吧。近来读《胡适文集》，读出了胡先生文章的山水。文章要得些山水的意思才有意思。

近来作文但求意思，真是不好意思。

意思里有只可意会的蝉翼之美，不好言传。

京剧近乎一条大河波浪宽；昆曲像吴风里的桃花；徽剧如粉墙黛瓦的壁画；梆子似是黄河边的一声汽笛；黄梅戏俨若江南村落田间盛开的紫云英；拉魂腔仿佛皖北的柳芽，见风即长，夭夭葱葱。

地方戏是人与自然共处的音符。山河无情，花开花落，无须泪眼问花，梦中一切无恙一切依旧。地方戏大多采撷于乡村田野，是一幅幅乡村生态画卷，是先秦歌谣之"风"，也是乡村大地之"风"。拉魂腔里有皖北的风，皖北的风貌风情。

拉魂腔在淮北称作"泗州戏"，在山东和江苏分别又称作"柳琴戏"和"淮海戏"。

泗州是古城，府制从北周到晚清，民国时废州为县，辖区囊括今天泗县、泗洪、天长、盱眙、明光一带。泗州为东南大都会，黄淮之水滋润着这片土地，养成了淳朴而善良的民风。

泗州戏发端于乾隆年间的民间曲调，以鲁南、皖北小调为基础，加入反映农民丰收喜悦的太平调与猎户猎获后喜悦的猎户腔。民间艺人在此基础上整理加工，形成了曲调流畅活泼、节奏明快的泗州戏板腔体系拉魂腔。

最开始唱拉魂腔的是衣食无着的穷苦人，串门卖唱于乡村集镇。农忙季耕耘种植，农闲时节，收拾些破烂衣服，带一家老小四方流浪演唱卖艺度日。这种形式，是为"跑坡"。

村庄外面是大路，几百年人来人往。一个个跑坡人向炊烟走去，向山河走去，抵达一个又一个陌生的集市或村镇。他们登上简易的台子，在幕布前做戏。很多时候连台子也没有，在露天院子里，提一提心口，凝神静气，心里或许早已经泪流不止，但开腔一亮嗓子，巧笑妍妍，脸上堆风。然后又风尘仆仆走在清晨的露水中，一脸倦容迈向夕阳斜照里，腰间披藏着零碎银子。

艺人最初借助简单行头，帽子、毛巾、彩绸、饭单等，演唱过程中更换服饰表示角色变换，观众称其为"抹帽子戏"，或称"当场变"。

早期拉魂腔用一副梆子击打节奏，打地摊演唱时，为吸引观众，开场前敲击小锣或大锣，演唱中叮叮咣咣地敲一敲，是活跃气氛也是闹台，没有成套的点子。以后又演变为弹琴兼敲击大小锣，伴奏没有固定的曲谱，只是跟着唱腔跑。伴奏乐器是大三弦，出行时顺便当挑行李的扁担。

大三弦太笨重，不易弹奏，后来改用月琴，再改用形似柳叶的柳叶琴。无论是用大三弦、月琴、柳叶琴，艺人仅用其打击节奏，弹一些简单的过门，自弹自唱。

一年年，伴奏乐器逐渐丰富起来，增加了笙、笛、二胡、扬琴、低胡、大提琴、琵琶等乐器，形成了以柳叶琴为主弦、高中低音完备的乐队，又增加了管乐器，用京剧里的锣鼓经为拉魂腔伴奏。自此，拉魂腔的唱腔在动人心魄的凄厉婉转中多了甜美少了悲切，多了欢快少了压抑，多了豪放少了拘谨。生活中的喜怒哀乐、酸甜苦辣在一曲曲拉魂腔里呈现释放。

拉魂腔的表演，喜、怒、思、悲、恐、惊，各有形态。声腔高亢激昂，音域宽广，粗放时裂金碎玉，柔和时则细若游丝。男声用本嗓演唱，粗犷奔放，女声花腔委婉清亮。乐器随奏以大锣、大钹和唢呐伴奏。其唱腔与本地方言紧密结合，乡土气息浓厚。

拉魂腔的流行区域，在苏、鲁、豫、皖接壤地区，尤以蚌埠最为盛行。蚌埠是古城，自古水陆交通要塞，又是采撷珍珠的宝地，素有"珍珠城"美誉。传说大禹治水南下淮泗，路过涂山娶涂山氏女为妻，生下儿子启。

走过几个蚌埠城镇村庄，所到之处，皆有戏班，乡民也多会唱几句拉魂腔。黎明或者黄昏时分的皖北平原，早起晚归的独独在田野中高唱一曲，几声雄壮悲凉的古戏词，听得人呆了，胸中一股强硬的气魄随同血脉流遍全身。

民间传小媳妇爱听戏，不管哪村唱戏，都要赶过去。那天，邻村来了戏班，耳听得小锣子、大鼓钹一响开，柳叶琴婉转悠扬，阵阵奏起。小媳妇急不可待，抱起在床头睡觉的孩子，拿张小板凳，赶了过去。到了戏场，发现怀里抱的是长南瓜，心想刚才被南瓜秧绊倒了，抱错了。来到那棵南瓜秧子前一看，地上是一个枕头。丢下南瓜，捡起枕头回到家里，小孩子香睡未醒。乡间故事在村落里活灵活现地传来传去，说这一曲戏能拉魂，又称其为"绊倒小大嫂"。

旧时但逢唱戏，各类小吃摊趁机摆开，食摊上卖花生、瓜子、糖果、油茶、麻花、烧鸡、煎饼，叫卖声长长短短高高低低起伏不绝。

拉魂腔传统剧目有《休丁香》，故事发生地就在古泗州城。

风流员外张万仓有万顷良田、万贯家私，可惜心术不正，喜新厌旧，娶妓女王海棠为妻，以结婚四年不能生育为由休掉贤妻郭丁香并赶出家门。丁香路遇勤劳善良的樵夫范三，在范母的撮合下重结连理，小家庭幸福美满，更得一子。张万仓娶得新妇，整天吃喝玩乐，不料好景不长，一把大火将家产烧光。王海棠卷财另攀高枝，张万仓沦为乞丐，讨饭到丁香家门前，羞愧难当，后悔不已，至此才醒悟才懂得丁香的好。

台上的丁香，面容姣好，中气十足，时而柔情，时而悲怆，引得台下几多感叹泪垂。

《休丁香》的故事，黄梅戏唱过，庐剧唱过，拉魂腔也唱，这是天道人心的惩恶扬善。地方戏向来恩怨分明，善恶分明，报应分明，讲究善有善报，恶有恶报，因果不虚，报应不爽。人在戏台上感受着伦理纲常，人在戏台下经历着悲欢离合，戏台是村民的学堂。舞台上的生旦净末丑各显了真性，恶其丑，善其美，民风的教化就在锣鼓锵锵里如影随形。

农人自古辛劳艰苦，淮河两岸悲欢离合的故事格外多。淮河涨水泄洪时，拉魂腔是背井离乡大苦中的大乐。牛累得筋疲力尽，人拽住木犁疙瘩绳，立在犁沟里大喊大叫来一段拉魂腔，心胸肺腑、上下关节的困乏便涤荡得干干净净了。

他们说先去喝汤，再听拉魂腔。汤由上古雉羹演变而来，今以羊、鸡、牛肉为主料熬制，加入白芷、小茴香、草豆蔻、高良姜、桂皮、丁香、生姜、大葱、胡椒、面粉、麦仁等。先用大火煮，后用文火熬一夜，待骨酥、汤浓、瘦肉浑烂时，再用面粉勾芡。出锅洒上香醋、香油、芫荽即可食用，或以滚热高汤冲鸡蛋花。此汤鲜咸，汤味厚重，细腻柔韧如棉絮，舌尖是肉味肉香，香浓绵长。

一碗汤入肚，周身俱暖，起身听戏去。窗外，绿树遍野，不知名的野鸟四处觅食。在大片大片绵延的麦田与树林中，旧舍的灰与白隐在淡淡新绿里。灰暗低矮的土房子里，传出一阵阵戏声。

三月的风中，入眼是流动的绿，田野渐渐青了高了密了，绿意汪汪一片。

在一辆流动的戏车下坐定，舞台上盛开的美丽如花房，喜气洋洋。柳琴，咿咿呀呀，板鼓，咚咚嗒嗒，琵琶也嘈嘈切切地响起。那女子抹了胭脂，描过眉眼，面目越发齐整。甩一甩水袖，一嗓子"哩得儿"腔，抛一个媚眼，将那容易把人抛的流光隔在台下：

一会儿是侠肝义胆的杨八姐，一会儿是英姿飒爽的樊梨花，还有大花园里的妹妹、拾棉花的少女。是芸芸众生的前生，也是芸芸众生的后世。

戏散了，演员开始卸装。众看客乐呵呵各回各处，男人三五成群聚在一起，女人们站起身来，系上围裙，走进厨房开始摆弄锅碗瓢盆。不多时，饭菜之香穿街过巷。炒辣椒的气息透过纱窗弥漫到路上，干烈辛辣。

又下雨了，细雨中的皖北，飘荡着泥土气。这是蚌埠的雨，皖北的雨，春天的雨，天地的雨，落在油菜田，碧绿绿一片，暮色在散花细丝中绵延不绝。再过一阵子，油菜花就要开了。那时候桃红柳绿花满枝头，花是皖北的布景，苍茫大地一下子新鲜起来。

第二天，雨停了，山水越发清晰。走在皖北土地上，看过迷迷蒙蒙的山水，听过旧味苍苍的拉魂腔，心思有了一些莫名的牵挂。

太阳暖洋洋照过山河湖泊菜畦，光阴不紧不慢走着。拉魂腔的声音被风送出老远，心情犹如杨万里的诗："小荷才露尖尖角，早有蜻蜓立上头。"

拉魂腔是雅正的皖北之声。广漠旷远的淮河两岸，只有这拉魂腔，也只能是这拉魂腔才可以表达这一方人广漠旷远的心情。我们走过蚌埠，感受了拉魂腔的一唱三叹，也感受了皖北大地与皖北人民朴素而执着的真诚。

田畈里，有人在劳作，戴着草帽，低头无声，四野浑然，天地浑然。草丛里，拉魂腔的声音断断续续传来。

微茫心事中，凿井勘田、击壤而歌的故事经久不息。千百年来，墙垣下草木葳蕤，一代代男女接续着耕田织布、挑水浇园的恬淡。

二〇一九年六月十八日，合肥

四句推子

并非只有一首《圆圆曲》，吴梅村的诗我向来爱读，见才情见史识。学识贫虚浅薄，正好读他的文集充盈腹笥；才情干枯平淡，正好读他的文集采撷灵气。

吴梅村会试第一，上批"正大博雅，足式诡靡"，赐假归娶。同人沉浮不定，只有他稳坐鱼台。

李自成攻陷北京，崇祯皇帝煤山吊亡，吴梅村得讯想要轻生，为家人所阻，大病一场。明亡后，不得已出仕，宦海多年，身心俱疲。虎丘会上，某士人投书与他："千人石上坐千人，一半清朝一半明。寄语娄东吴学士，两朝天子一朝臣。"吴梅村展读后，默然无语。友人遭流放，吴梅村写赠诗，悲愤之心赫然："山非山兮水非水，生非生兮死非死。"应召赴京，行旅所咏也常有郁结。

"问华佗，解我肠千结？"

"浮生所欠只一死，尘世无由识九还。"

吴梅村抵京后，心情抑郁，应制诗亦有感慨，常见悲凉之风，不见纱帽气头巾气，处处有我。广德楼台柱曾挂有一副对联，相传即为彼时所作：

> 大千秋色在眉头，看遍玉影珠光，重游瞻部；
> 十万春花如梦里，记得丁歌甲舞，曾醉昆仑。

广德楼是明季传下来的老戏园。联语别有心事，读之使人惆怅。

吴梅村晚年终得清静，专心著述。可惜天不假年，六十出头即病逝，死前遗言：吾一生际遇，万事忧危，无一刻不历艰难，无一刻不尝辛苦，实为天下第一大苦人。吾死后，敛以僧袍，葬我于邓尉、灵岩相近，墓前立一圆石，题曰"诗人吴梅村之墓"。

在皖北听四句推子，想起往事，何止十万春花如梦里？

扬琴响起的时候，我想起老房子堂屋下那一个又一个遥远的午后推磨的时光。石磨缓缓转动着，一圈圈磨着，发出吱吱呀呀的声音。人抓一把麦子或者玉米、高粱喂进磨眼，顷刻吞没成粉，石磨永远也不得饱，像不知足的饕餮。

扬琴响起的时候，一阵清爽的男声一阵婉转的女声也跟着响起。丝丝缕缕都是旧时月色，悠悠漫漫，推剧《白蛇传》的故事丝丝缕缕传进耳朵。

演的是白娘子与许仙相会的故事，一把伞寄托了情绪。眉目之间来来回回是女子最初的心动。呆书生，俏丫头，憨船夫，一折折，低回婉转。旧时男女的爱意如此热烈如此含蓄。

白娘子的扮相也好，楚楚动人，哀怨里一笑一颦都是心事。

《白蛇传》故事我读得熟。一个是戏里的，演绎人妖共处的良辰美景。另一个是话本里的，却说人妖不可共居，为人不可贪色。

话本里高僧法海本是唐宣宗宰相裴休之子，出家后，曾与白蟒斗法。

唐代也有白蛇成精，化成美女迷惑人的传奇。

地方志上说，宋代净慈寺附近山阴曾出现过巨蟒，巨蟒变成女人蛊惑害人。《南宋杂事诗》中，还有"闻道雷峰覆蛇怪"的句子。冯梦龙《白娘子永镇雷峰塔》一篇依旧是除妖故事。小说里蛇妖害人，害得书生几次遭灾，法海和尚一身正气。

清初戏曲《雷峰塔传奇》中，白娘子开始成了正面人物，法海成为破坏白许婚姻的罪魁祸首。戏曲里还演绎了盗取仙草、水漫金山寺等情节，此时，蛇妖是楚楚动人的白娘子。再到弹词《义妖传》和《白蛇宝卷》，都在为白蛇抱不平，还说玉皇大帝也怪法海多事，以致荼毒生灵，想要拿办他了。法海逃来逃去，最终逃到蟹壳里避祸，不敢再出来。鲁迅先生也说，他对玉皇大帝所做的事，腹诽的非常多，独于这一件满意。

螃蟹肚子里有个罗汉模样的东西，有头脸、身子，是坐着的，小孩子称其"蟹和尚"，传说就是躲在蟹壳里面避难的法海。

大概是执迷于名、利、色、情，以致真相湮灭，也可能见多了男女的薄幸，太过失望，索性把人间的情意寄托在一条蛇身上。戏里风情可敌醉里风情，向来如此，田夫野老、蚕妇村氓的民意向来如此。

人间名利如春梦，戏里风情姑妄言。《桃花扇》如此，《牡丹亭》如此，《西厢记》也如此。姑妄言之，姑且听之。

推剧，民间朴素地称呼为"四句推子"。

四句推子本是在花鼓灯基础上发展而来的地方戏，委婉抒情、流畅明快，以演生活小戏见长。

民国初年，淮河流域流行一种歌舞艺术——花鼓灯，年节农闲娱乐需要，水灾旱灾要害关头，人们镇瘟气、送瘟神、拜神求雨，做一场花鼓灯祈福消灾，婚后夫妻求子也做一场花鼓灯还愿。

一九三一年，淮河流域受涝灾，几年后又有蝗灾、旱灾，庄稼颗粒无收。凤台县域，老百姓贫病交加，民不聊生。为了谋生，正值青春年少的花鼓灯艺人组织灯班卖艺为生，渡过淮河，前往江淮之间走乡串户，含辛茹苦地表演灯艺，吟唱花鼓歌。

传统花鼓灯舞蹈表演，有个重要组成部分——节目最后，有场情节简单的小戏，被称作"后场小戏"。这种小戏可以单独表演，久而久之，后场小戏脱离了花鼓灯舞蹈表演序列，独立形成一种民间戏曲艺术形式。

艺人们为增益后场小戏，融凤阳歌、琴书和民歌小调的腔调，加上过门，用板胡、笛子等乐器伴奏。配上简陋的道具简单的化装，唱词以七字、十字为主，起、承、转、合四句式唱腔，故取名"四句推子"。

布衣粗服的艺人，走街串巷，以坐唱形式，用板胡伴奏，唱一些帝王将相的故事，讲一些才子佳人的传说。那时候的四句推子是曲艺的一种。一步步完善，四句一反复，推来推去，由五音阶组成唱腔，慢慢成为推剧。

推子的发源地凤台为丘陵地带，演戏没有固定的舞台，找一块大点的空地，搭上幕布再围上一圈观众，敲锣打鼓暖场后，戏就正式开演了。

过去的舞台简易，大多是选一空地露天演出，到了晚上，挂两只汽灯。满天星斗，演员们出将入相或者扮贩夫走卒、才子佳人，演尽世间百态。那时候没有音响设备，演员用本嗓演唱，让周围的人都能听见，要中气足、嗓门高。

除了《白蛇传》《梁山伯与祝英台》，推剧演出最多的戏是《送香茶》。这个故事极富淮河两岸风情，曲调亦如山茶般清香，唱词俚俗，却别有情致。

我看到青石条板铺地街心。一街两巷都是买卖人，饭店门口碗摞碗，酒店门口坛子对瓶，铁匠铺里当当响，木匠铺里传出来锯齿声音……

　　这一段唱词写得很美，简洁而有韵味，仿佛一幅画，一卷有声音的工笔白描民俗图。旧时演员大多不识字，记不得台词，便有人在幕后递台词。演员忘了台词时，就边哼曲谱边往后台扭，接过幕后递过来的台词，再返身向前。

　　戏散了，过足了瘾的戏迷们，一路走一路唱。有人记不得台词，反反复复地哼着曲谱。有人起早犁地，一边吆喝耕牛，一边唱四句推子，悠长的唱腔传出很远。树上的鸟儿一惊，自枝头跃下，飞向空中，化作黑点，消失得无影无踪。

　　村落是撒在大地上的种子，而地方戏则是种子发芽长成大树后的枝叶，仿佛飞在空中的蒲公英，不知不觉悄然落下。

　　午后的时光，一栋栋虚掩着门的房子，人在午睡。屋檐下几只小狗伸长了舌头，赖在门口不理世事。爬山虎在古墙青砖缝里疯长，绿藤映入眼帘，燥热跟着退避身侧。遥遥听见拖长了调子的说话声、吱呀的开门声和小孩的呼喊声，稀稀落落传来四句推子的声音。历史和文化以日常的姿态，生生不息地流传，山水和花果也仿佛染上了流水戏词的灿烂。

　　夏日皖北灿烂，树叶灿烂，绿色的灿烂，枝头颜色深了，瞬息墨绿。

二〇一九年八月八日，合肥

平安戏

清水一名"泠水",又名"清弋水",发源于黄山,汇石台、太平、旌德、泾县诸水,河身渐广,春暖水涨时,竟也波涛汹涌,故曰"江"。

青弋江浩浩碧水,日日夜夜无穷无休从芜湖城中流过,汇入长江后方才归于大海。临江土场边上,植有一排数十株乌桕树。南方秋天来得迟一些,十月天,乌桕叶子才泛红如火烧过一般。太阳渐渐收了通黄的光线,女人孩子们在门口空地上泼些水,放下小桌子和矮凳。树下围着一堆村民,男男女女和十几个小孩,正自聚精会神地听戏。演的是徽州府休宁松萝道人的《狮吼记》。

此部传奇说四川眉山书生陈季常惧内的故事。

陈季常以求功名探父友之名,淹留京城多日,沉醉歌舞,结识了同乡苏东坡。陈妻柳氏闻得此事,怒气冲天,写信谎称代娶四个"美人"在家,盼夫速归。陈季常回家,见所谓美人容貌丑陋,啼笑皆非,从此被管制于家中。苏东坡被贬黄州，邀其同去赏花。柳氏疑心同行必有歌伎，不允，陈季常说若有则甘受责罚。柳氏派人打探，果有歌伎。陈季常回家罚跪，苏东坡见状不平欲评理，反被推出门去，陈季常更遭杖责。柳氏心中气愤，拉他去见官。审判官处罚柳氏，遭其妻痛打。柳氏又告到土地祠，土地公公同情陈季常和审判官，也遭土地娘娘责打，官司只得作罢。

后来，苏东坡担心陈门无嗣，赠来侍儿秀英。陈季常将此姝置于附近别业，暗中来往，终被发觉。柳氏妒火中烧，绑绳索于陈季常脚上，终日监视。陈季常求助于巫婆，设计使柳氏误以为祖宗动怒将自己变为羊。离家逃得三日闲，归来后，柳氏怕陈季常再变为羊，只得同意纳妾，秀英回到陈家。几天后，柳氏妒火中烧，大闹一场，家中鸡犬不宁。阎王因柳氏罪孽太重，差牛头马面摄去柳氏生魂，严刑拷打，幸有佛印禅师把她度回阳间。自后柳氏尽改性情，一家和睦。

台上男女粉墨登场，说一段，唱一段，故事荒诞不经，引得村民无不眉飞色舞。

戏毕，一垂髻童子托出一只盘子。有人从荷包里拿出两枚三枚嘉庆通宝放入木盘，木盘里顷刻间放了六七十文。妇人们一言不发，陆续各自归家。不多时，几户人家的烟囱冒出烟来。

一众男人兀自坐在矮凳上，满脸陶醉，摇着大芭蕉扇一边闲谈，一边挥打脚边乱舞的花脚蚊子。几个孩子飞也似的跑来跑去，或者蹲在乌桕树下玩抓石子。青弋江上驶过几艘渔船，遥遥与熟识的村民高声打招呼。有船靠了岸，以竹竿挑着几尾新鲜的鱼递过岸来，自有买家接过，扭身回村而去。

时间如水，这一幕转眼过去两百多年了。

窗外风冷，长江的风，芜湖的风。

室内温暖，戏词温暖，人情温暖。

一桌人团团围坐，听戏，听艺人谈戏。唱腔如云雀入秋，一声声里寒蝉凄切，又似千里烟波，暮霭沉沉楚天阔，让人心里涌起许多故旧苍茫，抬头，青弋江水无声流过。恍恍惚惚里，戏人的长翎划出来一道道优美的弧线。

那艺人元气很足，腰背笔直，一声声唱腔云淡风轻，举手投足神采奕奕。年轻时候练过童子功，到底不一样，半个世纪过去，家底还在。一身老式衣服整洁端庄，乡音徐缓有致。饭桌上我聊起过去的戏事，戏事与世事相连，笑中有泪，泪中带笑。饮尽杯中的残酒，琵琶弦上弹出的相思分明有苦味有苦意。老太太说了很多陈年旧事，跌宕起伏，说当年下乡演戏如何如何，说剧团命运如何曲折。说起梨簧戏的明月前身，说起梨簧戏的流水岁月。

戏里从来没有平淡，平淡了做不成戏，要的是拍案惊奇。都说人生如戏，戏如人生，戏里戏外注定了几多坎坷几多磨难几多山穷水尽几多柳暗花明，总算欢笑多过唏嘘。逝者如斯，旧日戏台不存。打马看过的长安花早已凋谢，金玉堂上结满蛛丝尘网。

梨簧戏是芜湖市井戏，在方言、民间小调上，汲取二黄、柳子腔和昆曲等的唱腔和音律，形成自己风貌。史志记载，当涂、芜湖、宁国一带立春日"妆戏到，征女伎"。雍正年间，一知县深得民心，去任时，老百姓沿途供帐，演剧为他送行，那真是民间最隆重的情义。

芜湖是水乡，农人祈求平安规避风雨，梨簧戏常常用来拜神娱神。旧时芜湖风俗，每逢正月上元灯会、端午龙舟竞渡、秋后迎神赛会，总会请梨簧戏艺人演唱。办喜事、做寿、小孩满月，祈求人寿年丰、四季平安，也要唱梨簧戏。

梨簧戏起自村坊小曲、里巷歌谣，是市井戏也是草根戏，老艺人自养自传。唱的是喜庆，唱的是平安，深受人们欢迎，又称为"平安戏"。内阁大员黄钺道光年间告老回乡，老夫子觉得平安戏的名字太平白，见江淮春日景象佳美，大地以梨花为妆，人间处处丝竹伴奏，可如孔子感慨的那样，咏而归，遂改平安戏为梨簧戏。

我更喜欢平安戏的名字。"平安"二字比"梨簧"悠远坦荡。"梨簧"佶屈拗口，无怪前途曲折，不像黄梅戏、庐剧、徽剧声名远大。

戏名、地名、人名都有命运。京剧、秦腔、昆曲、豫剧，又浩大又亮堂。有人说秦瘦鸥这样凄楚的姓名写小说必是鸳蝴派；"鲁迅"二字正大长远，弄文学注定留名；张恨水这个笔名更适合作家，比原名张心远飘逸。

老派人言谈下笔追求平安，故家门楼边上常有"平安二字：安"双钩隶书。信笺上印有"平安"二字，辞书上说这叫"平安字""平安信""平安纸"。

宋人陈与义的诗："细读平安字，愁边失岁华。疏疏一帘雨，淡淡满枝花。"元代《桃花女》楔子说："想我河南人出外经商的可也不少，怎生平安字捎不得一个回来？"那人自是不知李永周之苦："欲将数行信，无处寄平安。"岑参最好，逢入京使，对他说："马上相逢无纸笔，凭君传语报平安。"范梈《福州杂诗》："家人定得平安字，最念痴儿不解看。"

人求名求利求官位，最难得却是平安：故人平安，世间平安。听戏的日子，平平安安。

梨簧戏最初的表演形式为盲人坐唱，道光年间始有职业梨簧戏班子。后来，徽班和苏州评弹流传过来，为了争取票友，梨簧戏越发本土化、民间化，有人称为"泥簧戏"或"篱簧戏"。泥土篱笆味是焉。

地方戏之妙正美在泥土味上，美在篱笆味上。记忆中，乡下一到天晴，风和日丽，篱笆长满花花绿绿的衣服。夏日篱笆下还蔓延了野草，偶尔也有牵牛花之类如长蛇蜿蜒而上。

走在听戏的路上，阳光透过树叶，斑驳婆娑。一百年两百年前的日子，一代代梨簧戏艺人，也这样走在路上，唱戏的路上。戏服盔头散发着圣洁的光芒，夜里的清风做伴，唱出幽淡的芳香。

撩开江南的面目，大多是从春夜开始的。

春夜喜雨，灰色的屋檐下，雨水滴滴答答像一阕满贮诗意的乡间小调，萦回不去。屋檐下，梨簧戏的声音被雨声锁住，一屋子平安吉庆。"灯船戏罢平安戏，豪竹哀丝处处催。"词中的梨簧戏，丝竹悠悠唱出故乡调。

梨簧戏唱词不要求七字句和十字句，不求合辙押韵，只要通俗易懂、朗朗上口。梨簧戏的语言有京剧中韵白的影子，戏中除了韵白之外，口语白来源于芜湖方言。《太平府志》上说芜湖方言轻清不足，而明白易晓，芜湖方言在外乡人如我听来明白易晓，梨簧戏的唱词也明白易晓。

梨簧戏自民间破土而出，经过艺人改良，从其他剧种取长补短，使其具有完整的生旦净末丑的表演。完整剧目有《安安送米》《清风亭》《长生殿》《白娘子传奇》等，折子戏有《牡丹亭》的《春香闹学》、《西厢记》的《拷红》等。

音律上，梨簧戏与民间摇篮曲、芜湖民歌有着密不可分的关系，在这基础上，吸收昆曲、二黄、西皮、梆子的声腔艺术和音律结构。时至今日，梨簧戏既有昆曲的优雅腔调，又有梆子、西皮、二黄贴近生活的形式。因此有人赞叹"梨园美哉梨簧腔，雅俗共赏渊源长"，又说它"昆曲梆子二黄调，翻出新腔皆入妙"。

"十八岁大姐吃八样瓜，洋糖拌西瓜，烧鸭煨冬瓜，中前午后吃香瓜，青壳鸭蛋汆丝瓜，青大椒肉丝炒荚瓜，酱麻油拌黄瓜，糯米饭蒸南瓜，烫饭童子瓜。"这是梨簧戏的一段唱词，让我想起汉乐府《江南》：

> 江南可采莲，
> 莲叶何田田，
> 鱼戏莲叶间。
> 鱼戏莲叶东，
> 鱼戏莲叶西，
> 鱼戏莲叶南，
> 鱼戏莲叶北。

文意入戏，文脉不绝。

戏里相逢，一曲平安。其中俚语，亦见大雅。

窗外风冷，长江的风，芜湖的风。锣鼓声歇了，戏散场了，那些风吹散了梨簧，吹老了一代代戏人。风过如水，不舍昼夜。

二〇一九年九月二十八日，合肥

后 记

吟诗填词，超脱物象，方才焕发精神。画家之上上者，多遗貌取神，水墨之妙，在无相有相。拙文从心，有兴致一面，心情常常在看山是山、看水非水之间。文章心迹，走笔如水，并无定式，是露珠是洪流是大河是小溪是湖泊是海洋是沼泽是泥塘……随物而赋最好，无所谓形无所谓神，形神十全好，形神俱废也好，不破不立，无需执念，无非一段气韵。

随心所欲，无所依附，无阻碍无隔膜，是作文人的自在，也是好文章底色，俨若狡兔，且不止三窟。兔起鹊落，空山不见，内心素白也野马也尘埃也，文章也要和光同尘。

古人说文以气韵为主，须题外立意，气韵不足，虽有辞藻也非佳作。陶渊明之天成、李白之神气、杜甫之意度、韩愈之风韵、苏轼之海上风涛气，各自气韵不同，皆为逸思妙想所寓，不是绳墨度数所能束缚。应酬辞章，容易流丧生气，咿唔模仿，自加桎梏，难觅性灵。好文章触动灵机，囹圄入得自然境，秉天地而生。只求行文灿烂，才华四溢，怕是逃不出匠人的五指山。

初习写作，唯恐稻粱无着。生活安稳，又担心消磨掉灵气，折损了才华，写不出肺腑。现在懂得浮沉不由己，躬耕其中就好，如牛负重田地，疲极不敢左右顾视，出离乃可苏息。人生刻意如刻舟，拾不回落水之剑。

少小读先秦诸子魏晋文章，读唐诗宋词元曲明清小说，感受无多。涉世渐深，慢慢体会到古人笔力，懂得文脉一代代传承，所谓千古一道，千古一心。晚明李卓吾先生手不释卷，终日抄写，自批自点，自歌自赞，说与先贤为友，彼此作用，多有妙处。古人的遣词造句芬芳了中国人的文心，文明离不开文字，我希望写出汉语之美，脱胎换骨进入前人营造的珠玑美玉氛围。兴趣使然，一直偏爱中国古典文学。写作白话文，向前人借鉴，会多些厚实多些意味多些古旧的色泽。文章大国由来已久，唐宋以文章取士，文而优则仕。

文体初兴，活跃灵动，商周青铜器铭文，不乏绝妙清简的言辞。《尚书》《诗经》之生气元气，字字千斤，后世鲜有匹敌。《世说新语》记人，《水经注》写景，《搜神记》志怪，《齐民要术》《农政全书》谈瓜果草木、种植牧养，《天工开物》论营造工匠，造句行文摇曳情致。

散文可以写虚，小说往往落实，唐传奇、《红楼梦》、《儒林外史》坐实为虚，读来似坠幻境，像自家经历，不觉得杜撰人为。散文亦能写实，《史记》《汉书》行文安稳如磐石，韩柳欧阳不弄花枪，不要花腔，观天地，观世界，观灵觉。文学近乎虚邑，借实言虚，以虚坐实，是现今对文章的追求之一。

世事寒热浓薄，文章宜虚宜实，繁灯如海中笔墨兴会，多少悲欢离合泛起。文学可以冲淡现实的乏味冲淡喧嚣的尘音，如执火炬，如近火炉。赏心悦目的种种美好慰藉此岸路途，最留恋彩虹雨后、月上柳梢的风情，虽是极小的景致，境况难逢，并不虚无。

听人赞扬文章写得好，大抵于登山途中迎来凉风，固然欣喜静立小憩，万万不会弃路而去。作文一事，攀附前贤，倒如子路一般闻过则喜。春秋时人高缭，在晏子座下为官，从无过错，却遭辞退。晏子说，我像一块弯曲的木头，必须用墨斗来弹，以斧头来削，拿刨子来刨。每个人都有缺点，别人不说，自己看不见。高缭随身三年，从来不说我的过错，只得辞退。古风如此，令人仰慕。古风中有古调，文章我偏爱古调，哪怕今人多不弹。

文章如手指，长短不同，但通连人心，心血并无高下之分。作文时候心中存着一个大愿，勿依傍他人，不重复自己。写作技法或许有些进步，思路也渐近自由，但文章从来不止这些，个性和感情尤为重要。书中舛误不足难免，读我文者即为友也，朋友的指教欢迎之至。惜字亭下偶相逢，纸上幸会祝平安。

二〇二一年十月十五日，合肥

图书在版编目（CIP）数据

惜字亭下 / 胡竹峰著. —— 长沙：湖南文艺出版社，
2021.11（2023.9 重印）
  ISBN 978-7-5726-0339-6

Ⅰ.①惜… Ⅱ.①胡… Ⅲ.①散文集－中国－当代
Ⅳ.①I267

中国版本图书馆CIP数据核字(2021)第189492号

惜字亭下
XIZITING XIA

作　　者：胡竹峰
出 版 人：陈新文
策 划 人：陈新文
责任编辑：杨晓澜
责任校对：梁学明　彭　慧
封面设计：肖睿子
内文插画：何立伟
书名题字：胡竹峰
内文排版：钟灿霞

出版发行：湖南文艺出版社
　　　　　（长沙市雨花区东二环一段508号 邮编：410014）
网　　址：http//www.hnwy.net
印　　刷：长沙超峰印刷有限公司
经　　销：湖南省新华书店
开　　本：880mm×1230mm 1/32
印　　张：12.75
字　　数：250千字
版　　次：2021年11月第1版
印　　次：2023年9月第2次印刷
书　　号：ISBN 978-7-5726-0339-6
定　　价：59.00元

（若有质量问题，请直接与本社出版科联系调换）